Gröls Verlage

„Bücher sind wie Fallschirme. Sie nützen uns nichts, wenn wir sie nicht öffnen.“

**Gröls Verlag**

## Redaktionelle Hinweise und Impressum

Das vorliegende Werk wurde zugunsten der Authentizität sehr zurückhaltend bearbeitet. So wurden etwa ursprüngliche Rechtschreibfehler *nicht* systematisch behoben, denn kleine Unvollkommenheiten machen das Buch – wie im Übrigen den Menschen – erst authentisch. Mitunter wurden jedoch zum Beispiel Absätze behutsam neu getrennt, um den Lesefluss zu erleichtern.

Um die Texte zu rekonstruieren, werden antiquarische Bücher von Lesegeräten gescannt und dann durch eine Software lesbar gemacht. Der so entstandene Text wird von Menschen gegengelesen und korrigiert – hierbei treten auch Fehler auf. Wenn Sie ebenfalls antiquarische Texte einreichen möchten, finden Sie weitere Informationen auf www.groels.de

Viel Freude bei der Lektüre wünscht Ihnen das Team des Gröls-Verlags.

**Adressen**

Verleger: Sophia Gröls, Im Borngrund 26, 61440 Oberursel

Externer Dienstleister für Distribution & Herstellung: BoD, In de Tarpen 42, 22848 Norderstedt

**Unsere „Edition | Werke der Weltliteratur“** hat den Anspruch, eine der größten und vollständigsten Sammlungen klassischer Literatur in deutscher Sprache zu sein. Nach und nach versammeln wir hier nicht nur die „üblichen Verdächtigen“ von Goethe bis Schiller, sondern auch Kleinode der vergangenen Jahrhunderte, die – zu Unrecht – drohen, in Vergessenheit zu geraten. Wir kultivieren und kuratieren damit einen der wertvollsten Bereiche der abendländischen Kultur. Kleine Auswahl:

**Francis Bacon** • Neues Organon • **Balzac** • Glanz und Elend der Kurtisanen • **Joachim H. Campe** • Robinson der Jüngere • **Dante Alighieri** • Die Göttliche Komödie • **Daniel Defoe** • Robinson Crusoe • **Charles Dickens** • Oliver Twist • **Denis Diderot** • Jacques der Fatalist • **Fjodor Dostojewski** • Schuld und Sühne • **Arthur Conan Doyle** • Der Hund von Baskerville • **Marie von Ebner-Eschenbach** • Das Gemeindekind • **Elisabeth von Österreich** • Das Poetische Tagebuch • **Friedrich Engels** • Die Lage der arbeitenden Klasse • **Ludwig Feuerbach** • Das Wesen des Christentums • **Johann G. Fichte** • Reden an die deutsche Nation • **Fitzgerald** • Zärtlich ist die Nacht • **Flaubert** • Madame Bovary • **Gorch Fock** • Seefahrt ist not! • **Theodor Fontane** • Effi Briest • **Robert Musil** • Über die Dummheit • **Edgar Wallace** • Der Frosch mit der Maske • **Jakob Wassermann** • Der Fall Maurizius • **Oscar Wilde** • Das Bildnis des Dorian Grey • **Émile Zola** • Germinal • **Stefan Zweig** • Schachnovelle • **Hugo von Hofmannsthal** • Der Tor und der Tod • **Anton Tschechow** • Ein Heiratsantrag • **Arthur Schnitzler** • Reigen • **Friedrich Schiller** • Kabale und Liebe • **Nicolo Machiavelli** • Der Fürst • **Gotthold E. Lessing** • Nathan der Weise • **Augustinus** • Die Bekenntnisse des heiligen Augustinus • **Marcus Aurelius** • Selbstbetrachtungen • **Charles Baudelaire** • Die Blumen des Bösen • **Harriett Stowe** • Onkel Toms Hütte • **Walter Benjamin** • Deutsche Menschen • **Hugo Bettauer** • Die Stadt ohne Juden • **Lewis Caroll** • *und viele mehr….*

# Alexander Puschkin

# Der Schneesturm und andere Erzählungen

## Deutsch von Alexander Eliasberg

## Inhalt

# Dubrowskij

## Erstes Kapitel

Vor mehreren Jahren lebte auf einem seiner Güter der Landedelmann vom alten Schrot und Korn Kirila Petrowitsch Trojekurow. Sein Reichtum, seine vornehme Abstammung und seine Verbindungen verliehen ihm ein großes Gewicht in dem Gouvernement, wo sich sein Gut befand. Von seiner ganzen Umgebung verwöhnt, pflegte er keiner Laune seines heißblütigen Gemüts und keinem Einfall seines recht beschränkten Geistes einen Zaum anzulegen. Die Nachbarn waren froh, wenn sie seine Wünsche erfüllen konnten; die Gouvernementsbeamten zitterten bei der bloßen Erwähnung seines Namens. Kirila Petrowitsch nahm alle Zeichen der Unterwürfigkeit als einen ihm zukommenden Tribut auf. Sein Haus war immer voller Gäste, die stets bereit waren, ihm in seinem Müßiggange Gesellschaft zu leisten und seine geräuschvollen, zuweilen auch tollen Belustigungen zu teilen. Niemand erfrechte sich, eine Einladung zurückzuweisen, oder versäumte es, an bestimmten Tagen im Dorfe Pokrowskoje seine Auswartung zu machen. Kirila Petrowitsch war ungewöhnlich gastfrei und litt, trotz der ungeheuren Ausdauer seiner Körperkräfte, an die zweimal in der Woche an den Folgen seiner Unmäßigkeit und war jeden Abend angeheitert. Nur wenige leibeigene Mädchen entgingen den Anschlägen des fünfzigjährigen Wollüstlings. Außerdem wohnten in einem Seitenflügel seines Hauses sechzehn Dienstmädchen, die sich mit den ihrem Geschlechte eigenen Handarbeiten beschäftigten. Die Fenster dieses Flügels mit einem Holzgitter versehen, die Türen immer abgeschlossen, und die Schlüssel befanden sich bei Kirila Petrowitsch. Die jungen Gefangenen gingen zu festgesetzten Stunden unter Aufsicht zweier alter Frauen im Garten spazieren. Kirila Petrowitsch verheiratete ab und zu eine von ihnen und nahm dann an ihre Stelle eine neue. Die Bauern und das Hausgesinde behandelte er streng und despotisch; trotzdem waren sie ihm ergeben: sie waren auf den Reichtum und das Ansehen ihres Herrn stolz und erlaubten sich ihrerseits vieles gegen ihre Nachbarn,. da sie auf den mächtigen Schutz ihres Herrn rechnen durften.

Die ständige Beschäftigung Trojekurows bestand darin, daß er seine ausgedehnten Besitztümer besuchte, dauernd Zechgelage veranstaltete und

Streiche verübte, die er jeden Tag neu erfand und denen gewöhnlich jemand von seinen neuen Bekannten zum Opfer fiel, obwohl ihnen auch die alten Bekannten nicht immer entgingen, – mit der einzigen Ausnahme von Andrej Gawrilowitsch Dubrowskij. Dieser Dubrowskij, ehemaliger Leutnant der Garde, war sein nächster Nachbar und besaß nur siebzig leibeigene Seelen. Trojekurow, der im Verkehr mit den hochstehenden Personen hochmütig war, hatte vor Dubrowskij trotz dessen bescheidenen Vermögens Respekt. Einst waren sie Dienstkameraden gewesen, und Trojekurow kannte aus Erfahrung sein aufbrausendes Wesen und die Festigkeit seines Charakters. Das denkwürdige Jahr 1762 trennte sie für lange. Trojekurow, der mit der Fürstin Daschkowa verwandt war, machte Karriere; Dubrowskij war aber gezwungen, Abschied zu nehmen und sich mit den Resten seines Vermögens auf das ihm noch verbliebene Gut zurückzuziehen. Als Kirila Petrowitsch davon erfuhr, bot er ihm seine Hilfe an, aber Dubrowskij dankte dafür und blieb arm und unabhängig. Einige Jahre später kam Trojekurow als General en Chef a.D. aus sein Gut zurück; die beiden sahen sich mit großer Freude wieder. Von nun an waren sie jeden Tag zusammen, und Kirila Petrowitsch, der sonst niemand die Ehre seinem Besuches erwies, besuchte oft ohne alle Förmlichkeit das bescheidene Haus seines alten Freundes. Da sie Altersgenossen und vom gleichen Stande waren und die gleiche Erziehung genossen hatten, besaßen sie eine gewisse Ähnlichkeit im Charakter und in den Neigungen; in manchen Beziehungen waren auch ihre Schicksale ähnlich: beide hatten aus Liebe geheiratet, waren früh Witwer geworden, und ein jeder hatte ein Kind. Der Sohn Dubrowskijs wurde in Petersburg erzogen, und die Tochter Kirila Petrowitschs wuchs im väterlichen Hause heran. Trojekurow pflegte zu Dubrowskij zu sagen: „Hör' mal, Bruder Andrej Gawrilowitsch: wenn aus deinem Wolodjka was rechtes wird, will ich ihm meine Mascha geben, und wenn er auch so arm ist wie eine Kirchenmaus." Andrej Gawrilowitsch schüttelte den Kopf und sagte: „Nein, Kirila Petrowitsch, mein Wolodjka ist nicht der passende Mann für Marja Kirilowna. Für einen armen Adligen, wie er, ist es besser, eine arme Adlige zu heiraten und der Herr in seinem Hause zu sein, statt der Diener eines verzogenen Weibes zu werden."

Die Eintracht, die zwischen dem hochmütigen Trojekurow und seinem armen Nachbarn herrschte, erregte in allen Neid, und alle bewunderten die Kühnheit des letzteren, wenn er bei der Tafel Kirila Petrowitsch offen seine Meinung äußerte, ohne sich darum zu kümmern, ob sie den Überzeugungen des Hausherrn entsprach. Manche versuchten es ihm gleichzutun und die Grenzen des gebührenden Gehorsams zu überschreiten; aber Kirila Petrowitsch jagte ihnen dann solche Angst ein, daß sie für immer jede Lust zu solchen Versuchen verloren: nur Dubrowskij allein stand außerhalb dieses Gesetzes. Durch einen Zufall wurde aber dieses Verhältnis getrübt und gestört.

Einmal, im Frühherbst, wollte Kirila Petrowitsch zur Jagd. Am Tage vorher erging an die Stallknechte und Pikeure der Befehl, um fünf Uhr früh bereit zu sein. Das Zelt und die Küche wurden schon vorher an den Ort verbracht, wo Kirila Petrowitsch zu Mittag essen sollte. Der Hausherr und seine Gäste besuchten den Hundezwinger, wo mehr als fünfhundert Spür – und Windhunde behaglich und warm lebten, die Freigebigkeit Kirila Petrowitschs in ihrer Hundesprache preisend. Hier befand sich auch das vom „Stabsarzte“ Timoschka geleitete Lazarett für die kranken Hunde und eine Abteilung, wo die Hündinnen ihre Jungen warfen und säugten. Kirila Petrowitsch war auf diese herrliche Einrichtung stolz und ließ sich keine Gelegenheit entgehen, mit ihr vor seinen Gästen zu prahlen, von denen jeder diesen Zwinger schon mindestens zwanzigmal gesehen hatte. Von seinen Gästen umgeben und von Timoschka und den Ober-Pikeuren gefolgt, ging er durch den Zwinger und blieb hie und da vor einer Hundehütte stehen, um sich bald nach dem Zustand der Kranken zu erkundigen, bald mehr oder weniger strenge und vernünftige Bemerkungen zu machen und bald die ihm bekannten Hunde herbeizurufen und sich mit ihnen freundlich zu unterhalten. Die Gäste hielten es für ihre Pflicht, ihr Entzücken über den Hundezwinger Kirila Petrowitschs zu äußern; Dubrowskij allein schwieg und machte ein finsteres Gesicht; er war leidenschaftlicher Jäger, aber sein Vermögen erlaubte ihm, sich nur zwei Hetzhunde und eine Windhündin zu halten; darum konnte er beim Anblick dieser großartigen Zucht seinen Neid nicht unterdrücken.

„Was blickst du so finster,“ fragte Kirila Petrowitsch, „gefällt dir mein Zwinger nicht?“ – „Nein,“ antwortete Dubrowskij streng, „der Zwinger ist herrlich, Ihre Leute haben wohl kaum ein so gutes Leben wie Ihre Hunde.“ Ein Pikeur fühlte sich beleidigt. „Über unser Leben,“ sagte er, „können wir dank Gott und unserm Herrn nicht klagen, aber für manchen Edelmann wäre es gar nicht schlecht, sein Gut mit einer beliebigen Hundehütte zu vertauschen: da gäbe es mehr zu essen und er hätte es auch wärmer.“ Kirila Petrowitsch lachte bei der frechen Bemerkung seines Knechtes laut auf, und mit ihm lachten auch alle andern, obgleich sie fühlten, daß der Scherz des Pikeurs sich auch auf sie hätte beziehen können. Dubrowskij erbleichte, sagte aber kein Wort. In diesem Augenblick brachte man Kirila Petrowitsch in einem Körbchen einen Wurf neugeborener Hunde; er widmete sich ihnen, wählte zwei von ihnen aus und ließ die übrigen ertränken. Andrej Gawrilowitsch verschwand indessen, ohne daß es jemand bemerkte.

Mit den Gästen aus dem Hundezwinger zurückgekehrt, setzte sich Kirila Petrowitsch an die Abendtafel und vermißte erst jetzt Dubrowskij. Seine Diener sagten ihm, Andrej Gawrilowitsch sei nach Hause gefahren. Trojekurow befahl, ihm sofort einen Boten nachzuschicken, der ihn zurückbringen sollte. Noch nie war er ohne Dubrowskij, diesen erfahrenen und feinen Kenner der Hunde und den oberster Richter in allen Jagdstreitigkeiten auf die Jagd gefahren. Der Diener, den er Dubrowskij nachgeschickt hatte, kehrte zurück und meldete, als alle noch bei der Tafel saßen, seinem Herrn, Andrej Gawrilowitsch hätte ihm nicht gefolgt und wolle nicht zurückkommen. Kirila Petrowitsch, wie immer durch den genossenen Fruchtschnaps erhitzt, wurde böse und schickte den gleichen Boten nochmals, Andrej Gawrilowitsch zu sagen, daß, wenn er nicht nach Pokrowskoje käme, um da zu übernachten, er, Trojekurow, sich mit ihm für immer verzanke. Der Diener ritt wieder davon. Kirila Petrowitsch stand von der Tafel auf, entließ die Gäste und legte sich schlafen. Seine erste Frage am andern Morgen war: „Ist Andrej Gawrilowitsch hier?“ Man überreichte ihm einen zu einem Dreieck zusammengefalteten Brief. Kirila Petrowitsch befahl seinem Schreiber, den Brief laut vorzulesen, und hörte folgendes:

„Mein gnädigster Herr!

Ich bin nicht gewillt, so lange nach Pokrowskoje zurückzukehren, ehe Sie mir den Pikeur Paramoschka mit einer Entschuldigung geschickt haben; es soll dabei in meiner Macht stehen, ihn zu bestrafen oder ihm zu verzeihen; ich habe aber nicht die Absicht, die Späße Ihrer Knechte zu dulden und werde sie mir auch von Ihnen nicht gefallen lassen, denn ich bin kein Narr, sondern ein alter Edelmann. Indessen verbleibe ich Ihr ergebener Diener

Andrej Dubrowskij.“

Nach den damaligen Anstandsbegriffen war der Brief im höchsten Grade verletzend; Kirila Petrowitsch wunderte sich aber nicht über den seltsamen Stil, sondern nur über den Inhalt. „Wie?“ schrie Trojekurow auf, mit bloßen Füßen aus dem Bette springend. „Ich soll ihm meine Leute mit einer Entschuldigung schicken! Was fällt ihm ein? Weiß er auch, mit wem er es zu tun hat? Ich werde es ihm schon zeigen! Er soll wissen, was es heißt, gegen Trojekurow aufzubegehren.“ Kirila Petrowitsch zog sich aber doch an und fuhr mit seinem gewöhnlichen Prunk auf die Jagd. Er hatte kein Glück; den ganzen Tag bekamen sie nur einen einzigen Hasen zu Gesicht, der ihnen obendrein entging; das Mittagessen im Freien unter dem Zelte war gleichfalls mißlungen oder entsprach wenigstens nicht dem Geschmack Kirila Petrowitschs, der den Koch verprügelte, die Gäste grob anfuhr und auf dem Heimwege mit der ganzen Jagdgesellschaft durch die Felder Dubrowskijs ritt.

## Zweites Kapitel

Es vergingen einige Tage, und die Feindschaft zwischen den beiden Nachbarn nahm nicht ab. Andrej Gawrilowitsch dachte gar nicht daran, nach Pokrowskoje zurückzukehren; Kirila Petrowitsch langweilte sich aber ohne ihn und machte seinem Ärger in den beleidigendsten Ausdrücken Luft, die dank dem Eifer der damaligen Edelleute Dubrowskij in verbesserter und vervollständigter Fassung erreichten. Ein neuer Zwischenfall vernichtete auch die letzte Hoffnung auf eine Versöhnung. Dubrowskij machte eines Tages eine Runde durch seinen kleinen Besitz; als er sich dem Birkenwäldchen näherte, hörte er Abschläge und gleich darauf das Krachen eines gefällten Baumes; er eilte hin und erwischte mehrere Bauern aus Pokrowskoje, die ruhig sein Holz stahlen. Als sie ihn sahen, wollten sie davonlaufen, aber Dubrowskij fing mit Hilfe seines Kutschers zwei von ihnen ein und brachte sie gefesselt auf seinen Hof; auch drei feindliche Pferde fielen dem Sieger zu. Dubrowskij war außerordentlich erbost; bisher hatten sich die Trojekurowschen Leute, die sonst als Diebe bekannt waren, in den Grenzen seines Besitztums nie etwas erlaubt, da sie die freundschaftlichen Beziehungen zwischen den beiden Besitzern kannten. Dubrowskij sah, daß sie sich den zwischen ihnen ausgebrochenen Zwist zunutze machten, und entschloß sich, entgegen allen Vorschriften des Kriegsrechts, seine Gefangenen mit den Ruten, die sie selbst in seinem Wäldchen gestohlen hatten, zu züchtigen, die Pferde aber dem herrschaftlichen Arbeitsvieh zuzuteilen.

Die Nachricht von diesem Ereignis erreichte am gleichen Tage Kirila Petrowitsch. Er geriet ganz außer sich und wollte schon im ersten Ausbruch des Zornes mit allen seinen Leibeigenen einen Angriff auf Kistenjowka (so hieß das Gut seines Nachbarn) unternehmen, es vollkommen verwüsten und den Besitzer selbst im Herrenhause belagern; solche Heldentaten waren für ihn nichts Neues; aber seine Gedanken nahmen eine andere Richtung. Während er mit schweren

Schritten im Saal auf und ab ging, blickte er zufällig durchs Fenster und sah vor dem Tore eine Troika halten; ein kleines Männchen in Ledermütze und Friesmantel entstieg dem Wagen und begab sich in den Seitenflügel zum Verwalter. Trojekurow erkannte den Assessor Schabaschkin und ließ ihn zu sich rufen. Nach einer Minute stand Schabaschkin schon vor Kirila Petrowitsch, machte eine Verbeugung nach der anderen und wartete mit Andacht auf seine Befehle.

„Guten Tag, ... wie heißt du noch?“ sagte Trojekurow. „Wozu bist du hergekommen?“

„Ich fuhr zur Stadt, Euer Exzellenz,“ antwortete Schabaschkin, „und wollte bei Iwan Demjanow nachfragen, ob Euer Exzellenz keinen Befehl für mich hätten.“

„Du kommst mir gerade gelegen ... wie heißt du noch? ... Ich will von dir was. Trink ein Glas Schnaps und Höre mich an.“

Dieser freundliche Empfang überraschte den Assessor auf die angenehmste Weise; er verzichtete auf den Schnaps und begann den Worten Kirila Petrowitschs mit der größten Aufmerksamkeit zu lauschen.

„Ich habe einen Nachbarn,“ sagte Trojekurow, „einen landarmen Gutsbesitzer, einen Grobian, und ich will ihm sein Gut nehmen ... was denkst du darüber?“

„Euer Exzellenz, wenn Sie vielleicht irgendwelche Dokumente haben ...“

„Unsinn, Bruder, was brauchst du Dokumente? Dafür gibt es Ukase. Das ist eben der Witz, daß ich ihm das Gut ohne jedes Recht nehme. Wart' aber! Dieses Gut hat einmal uns gehört, es war irgendeinem Spizyn abgekauft und dann dem Vater Dubrowskijs verkauft worden. Kann man sich das irgendwie zunutze machen?“

„Es ist schwierig, Exzellenz; der Verkauf war wohl unter Beobachtung der gesetzlichen Vorschriften abgeschlossen worden.“

„Denk' mal nach, Bruder, überlege dir die Sache.“

„Wenn Euer Exzellenz zum Beispiel von Ihrem Nachbarn die Urkunde bekommen könnten, auf der sein Besitzrecht beruht, dann natürlich ...“

„Ich verstehe, aber denke dir nur das Pech: alle seine Papiere sind bei einer Feuersbrunst verbrannt.“

„Wie, Euer Exzellenz, seine Papiere sind verbrannt? Was wollen Sie dann noch? In diesem Falle belieben Sie auf dem gesetzlichen Wege vorzugehen, und Sie können überzeugt sein, daß die Sache zu Ihrer vollsten Zufriedenheit erledigt werden wird."

„Du glaubst so? Also pass' auf, ich verlasse mich aus deinen Eifer, und meiner Dankbarkeit darfst du versichert sein."

Schabaschkin verbeugte sich fast bis zur Erde und ging hinaus; am gleichen Tage machte er sich an die beschlossene Sache, und Dubrowskij bekam dank Schabaschkins Geschicklichkeit schon nach zwei Wochen aus der Stadt die Aufforderung, sich unverzüglich zu der beim Gericht vom General en Chef Trojekurow eingelaufenen Klage, daß er das Gut Kistenjowka zu Unrecht besitze, zu äußern.

Andrej Gawrilowitsch, über die unerwartete Anfrage erstaunt, antwortete am gleichen Tage mit einem recht groben Briefe, in dem er erklärte, daß er das Gut Kistenjowka von seinem seligen Vater geerbt hätte, daß er es auf Grund des Erbrechtes besitze, daß Trojekurow die Sache nichts anginge und daß jeder Versuch, ihm sein Eigentumsrecht streitig zu machen, nichts als Betrug und Gaunerei sei. Dubrowskij hatte keine Erfahrung in Prozeßsachen und ließ sich meistenteils vom gesunden Menschenverstand leiten, dessen Führung selten die richtige und fast immer eine ungenügende ist.

Dieser Brief erfreute dem Assessor Schabaschkin das Herz; er sah erstens, daß Dubrowskij von Geschäften wenig verstand und zweitens, daß es gar nicht so schwer sein würde, einen so hitzigen und unbesonnenen Menschen in eine höchst unvorteilhafte Lage zu versetzen. Andrej Gawrilowitsch sah sich die vom Gericht eingelaufene Anfrage noch einmal ruhig an und erkannte die Notwendigkeit, etwas ausführlicher zu antworten; er schrieb einen recht vernünftigen Brief, der sich jedoch später als ungenügend erwies.

Die Sache zog sich in die Länge. Von seinem Rechte überzeugt, kümmerte sich Andrej Gawrilowitsch wenig um die Sache; er hatte weder Lust noch die Möglichkeit, mit Geld um sich zu werfen, spottete über das käufliche Gewissen der Rechtsverdreher, und der Gedanke, daß er das Opfer einer Rechtsbeugung werden könne, kam ihm nie in den Sinn. Trojekurow kümmerte sich auch seinerseits sehr wenig um den Erfolg des von ihm angestrengten Prozesses; Schabaschkin führte die Sache in seinem Namen, machte sich die Richter durch Einschüchterungen und Bestechungen gefügig und legte alle existierenden

Ukase auf seine Weise aus. Kurz und gut, am 9. Februar 18.. erhielt Dubrowskij durch die Stadtpolizei eine Aufforderung, vor dem Landgericht zu *** erscheinen, um das in der Streitsache zwischen ihm, dem Leutnant Dubrowskij, und dem General en Chef Trojekurow wegen eines strittigen Gutes gefällte Urteil anzuhören und durch seine Unterschrift entweder dem Urteil die Zustimmung zu geben oder aber dagegen Berufung einzulegen. Dubrowskij begab sich noch am gleichen Tage in die Stadt. Unterwegs überholte ihn Trojekurow: sie sahen einander hochmütig an, und Dubrowskij bemerkte im Gesichte seines Gegners ein boshaftes Lächeln.

In der Stadt stieg Andrej Gawrilowitsch bei einem ihm bekannten Kaufmann ab, übernachtete bei diesem und erschien am nächsten Morgen vor dem Landgericht. Gleich nach ihm kam auch Kirila Petrowitsch; die Schreiber steckten ihre Federn hinter die Ohren und erhoben sich; die Richter empfingen ihn mit dem Ausdrucke tiefster Unterwürfigkeit und schoben ihm aus Achtung vor seinem Rang, seinem Alter und seiner Körperfülle einen Sessel hin. Er setzte sich, während Andrej Gawrilowitsch an eine Wand gelehnt stand. Eine tiefe Stille trat ein, und der Sekretär verlas mit lauter Stimme die Entscheidung des Gerichts. Der Sekretär verstummte; der Assessor stand auf und wandte sich mit einer tiefen Verbeugung an Trojekurow mit der Aufforderung, das Papier zu unterschreiben. Der triumphierende Trojekurow nahm aus seiner Hand die Feder und schrieb unter das Gerichtsurteil sein vollkommenes Einverständnis mit demselben. Jetzt war die Reihe an Dubrowskij. Der Sekretär reichte ihm das Papier, aber Dubrowskij stand regungslos mit gesenktem Kopf da. Der Sekretär wiederholte die Aufforderung, „seine volle und bedingungslose Zustimmung oder seinen ausdrücklichen Protest gegen das Urteil niederzuschreiben, falls er wider Erwarten von der Gerechtigkeit seiner Sache überzeugt sei, und falls er die Absicht habe, in der von den Gesetzen vorgeschriebenen Frist gehörigen Ortes Berufung einzulegen“.

Dubrowskij schwieg... Plötzlich hob er seinen Kopf, seine Augen funkelten, er stampfte mit einem Fuß, stieß den Sekretär so heftig zurück, daß jener hinfiel, ergriff ein Tintenfaß und warf es dem Assessor an den Kopf. Dann schrie er mit wilder Stimme: „Diese Schändung der Kirche Gottes! Hinaus, Gesindel!“ Dann wandte er sich an Kirila Petrowitsch und fuhr fort: „Hat man es schon gehört, daß Stallknechte Hunde in die Kirche Gottes bringen! Hunde laufen in der Kirche herum! Ich werde es euch zeigen!“ Alle waren entsetzt. Die Gerichtsdiener kamen auf den Lärm herbei und überwältigten ihn mit Mühe.

Man führte ihn hinaus und setzte ihn in seinen Schlitten. Trojekurow verließ gleich nach ihm das Gericht, und alle Richter gaben ihm das Geleite; der plötzliche Wahnsinnsanfall Dubrowskijs machte auf ihn mächtigen Eindruck und vergiftete seine Siegesfreude; die Richter, die auf seinen Dank rechneten, bekamen von ihm kein einziges freundliches Wort zu hören; er begab sich sofort nach Pokrowskoje zurück, von heimlichen Gewissensbissen geplagt und ohne die Befriedigung seinen Hasses voll ausgekostet zu haben. Dubrowskij lag indessen im Bett; der Kreisarzt (der glücklicherweise kein völliger Ignorant war) ließ ihn zur Ader und setzte ihm Blutegel und spanische Fliegen an; gegen Abend fühlte er sich besser, und am anderen Tage brachte man ihn nach Kistenjowka, das ihm fast nicht mehr gehörte.

## Drittes Kapitel

Es verging einige Zeit, aber das Befinden des armen Dubrowskij war noch immer schlecht. Die Anfälle von Wahnsinn hatten sich zwar nicht mehr wiederholt, aber seine Kräfte nahmen von Tag zu Tag ab. Er vernachlässigte seine gewohnten Beschäftigungen, verließ selten sein Zimmer und grübelte oft Tag und Nacht. Die gute alte Jegorowna, die einstige Wärterin seines Sohnes, wurde nun zu seiner Pflegerin. Sie pflegte ihn wie ein kleines Kind, erinnerte ihn an Essen und Schlafen, fütterte ihn und brachte ihn selbst zu Bett. Andrej Gawrilowitsch gehorchte ihr in allen Dingen, ließ aber sonst niemand zu sich. Er war nicht imstande, an seine Geschäfte und an die Wirtschaft zu denken, und die Jegorowna hielt es für notwendig, den jungen Dubrowskij, der in einem der Garde-Infanterieregimenter diente und sich in Petersburg aufhielt, über alles zu benachrichtigen. So riß sie ein sauberes Blatt aus dem Wirtschaftsbuche heraus und diktierte dem Koch Chariton, dem einzigen Mann, der in Kistenjowka zu schreiben verstand, einen Brief, den sie am gleichen Tage nach der Stadt zur Post schickte. Es ist aber Zeit, den Leser mit dem eigentlichen Helden unserer Geschichte bekannt zu machen. Wladimir Dubrowskij war in einem Kadettenkorps erzogen worden und dann in die Garde als Kornett eingetreten. Der Vater wandte alles auf, um seinem Sohne anständige Mittel zur Verfügung zu stellen, und der junge Mann bekam von zu Hause mehr, als er eigentlich erwarten durfte. Da er leichtsinnig und ehrgeizig war, erlaubte er sich kostspielige Liebhabereien: er spielte Karten, machte Schulden, dachte nicht an die Zukunft und sagte sich mitunter, daß er wohl früher oder später eine reiche Heirat machen würde.

Eines Abends, als mehrere Offiziere auf seinen Sofas lagen und seine Pfeifen rauchten, reichte ihm sein Kammerdiener Grischa einen Brief, dessen Aufschrift und Siegel den jungen Mann nicht wenig überraschten. Er öffnete ihn schnell und las folgendes:

„Unser gnädiger Herr, Wladimir Andrejewitsch! Ich, deine alte Wärterin, wage es, dir über die Gesundheit deines Vaters zu berichten. Es geht ihm sehr schlecht, manchmal weiß er nicht, was er spricht, und sitzt den ganzen Tag wie ein dummes Kind da. Gott ist der Herr über Leben und Tod. Komme schneller zu uns, mein lieber Falke, wir wollen dir nach Pessotschnoje Pferde entgegenschicken. Man sagt, das Landgericht schickt zu uns seine Beamten, um uns dem Kirila Petrowitsch Trojekurow zu übergeben, weil wir, wie er sagt, ihm gehören; wir gehören aber von jeher euch, etwas anderes haben wir auch nie gehört. Du könntest darüber in Petersburg unserem Väterchen, dem Zaren, melden, er wird es nicht dulden, daß uns Unrecht geschieht. Ich verbleibe deine treue Magd Arina Jegorowna Busyrojowa.“

Wladimir Dubrowskij las diese wenig verständlichen Zeilen einigemal hintereinander mit ungewöhnlicher Erregung. Er hatte seine Mutter in der frühesten Kindheit verloren und kannte seinen Vater fast nicht, da er schon im achten Lebensjahre nach Petersburg gebracht worden war. Trotzdem hing er an ihm mit romantischer Liebe und liebte das Familienleben um so mehr, je weniger er von seinen stillen Freuden gekostet. Der Gedanke an die Möglichkeit, den Vater zu verlieren, zerfleischte ihm schmerzhaft das Herz, und die Lage des armen Kranken, die er nach dem Briefe der Wärterin ahnte, erfüllte ihn mit Entsetzen. Er stellte sich seinen Vater vor, wie er einsam im entlegenen Dorfe, von der dummen Alten und der leibeigenen Dienerschaft gepflegt, daliegt ... bedroht von Unheil und ohne Hilfe in körperlichen und seelischen Qualen dahinsiechend. Wladimir warf sich sträfliche Nachlässigkeit vor. Als er von seinem Vater lange keine Nachricht erhalten, hatte er gar nicht daran gedacht, sich selbst zu erkundigen, und geglaubt, der Vater sei verreist oder mit der Wirtschaft beschäftigt. Am gleichen Tage fing er an, sich um einen Urlaub zu bemühen, und saß schon nach zwei Tagen mit seinem treuen Grischa im Postwagen.

Wladimir Andrejewitsch näherte sich der Station, von der er nach Kistenjowka abbiegen mußte. Sein Herz war von traurigen Vorahnungen erfüllt; er fürchtete, seinen Vater nicht mehr am Leben zu finden; er malte sich die traurige Lebensweise aus, die ihn auf dem Gute erwartete: Einsamkeit, Mangel an

Gesellschaft, Armut und Geschäfte, von denen er nichts verstand. Auf der Station angekommen, fragte er den Stationsaufseher, ob er nicht Privatpferde haben könne. Der Stationsaufseher erkundigte sich nach seinem Reiseziel und teilte ihm mit, daß die ihm aus Kistenjowka entgegengeschickten Pferde schon seit vier Tagen hier auf ihn warteten. Bald erschien auch der alte Kutscher Anton, der ihn einst in den Pferdestallungen herumgeführt und sein eigenes kleines Pferdchen gepflegt hatte. Anton vergoß beim Wiedersehen mit ihm einige Tränen, verbeugte sich vor ihm bis zur Erde, sagte, daß der alte Herr noch am Leben sei, und eilte hinaus, um die Pferde anzuspannen. Wladimir Andrejewitsch verzichtete auf das ihm angebotene Frühstück und machte sich schleunigst auf den Weg. Anton fuhr ihn auf Dorfwegen, und unterwegs entspann sich zwischen ihnen folgendes Zwiegespräch:

„Sag' mir bitte, Anton, was hat mein Vater mit dem Trojekurow?“

„Das weiß Gott allein, Väterchen Wladimir Andrejewitsch. Unser Herr hat sich mit Kirila Petrowitsch irgendwie nicht vertragen können, und jener verklagte ihn bei Gericht, – obwohl er meistens selbst sein eigener Richter ist. Wir Knechte dürfen nicht über ihren herrschaftlichen Willen urteilen; aber bei Gott, es ist schade, daß dein Väterchen dem Kirila Petrowitsch getrotzt hat; ein Beil kann man mit einer Peitschenschnur nicht durchhauen.“

„Dieser Kirila Petrowitsch macht also hier bei euch alles, was er will?“

„Gewiß, Herr: der Assessor ist für ihn Luft, den Polizeimeister gebraucht er zu Botengängen, und alle Herrschaften kommen zu ihm gefahren, um ihm ihren Respekt zu zeigen. Es ist ja wahr: wenn es nur einen Trog gibt, die Schweine kommen von selbst.“

„Ist es wahr, daß er uns unser Gut nehmen will?“

„Ach, Herr, davon haben auch wir gehört. Neulich sagte der Küster von Pokrowskoje bei der Kindstaufe bei unserm Dorfschulzen: „Es ist euch lange genug gut gegangen; jetzt nimmt euch Kirila Petrowitsch in Zucht.“

Aber der Schmied Mikita sagte ihm: „Genug, Ssaweljitsch, betrübe den Gevatter nicht und mache die Gäste nicht trübsinnig. Kirila Petrowitsch ist ein Mensch für sich, und Andrej Gawrilowitsch einer für sich, – wir sind aber alle Knechte Gottes und des Zaren.“ Aber an einen fremden Mund kann man nicht gut einen Kopf annähen.“ „Also wollt ihr nicht in den Besitz Trojekurows übergehen?“ „In den Besitz Kirila Petrowitschs? Gott schütze und bewahre uns!

Seine eigenen Bauern haben ein schlechtes Leben, wenn er aber auch noch fremde bekommt, so schindet er ihnen nicht nur die Haut vom Leibe, sondern auch das Fleisch von den Knochen. Nein, Gott schenke unserm Andrej Gawrilowitsch ein langes Leben; wenn ihn aber Gott zu sich nimmt, so wollen wir keinen anderen als dich allein, du unser Ernährer. Halte zu uns, und wir werden für dich mit Leib und Seele einstehen." Bei diesen Worten holte Anton mit der Peitsche aus und zog die Zügel an, und die Pferde begannen einen schnellen Trab zu laufen.

Durch die Ergebenheit des alten Kutschers gerührt, verstummte Dubrowskij und gab sich seinen Gedanken hin. So verging mehr als eine Stunde; plötzlich weckte ihn Grischa aus seinen Gedanken mit dem Rufe: „Da ist Pokrowskoje!" Dubrowskij hob den Kopf. Er fuhr am Ufer eines weiten Sees entlang, dem ein Flüßchen entströmte, das sich zwischen Hügeln schlängelte und sich in der Ferne verlor. Aus einem der Hügel erhob sich über den grünen Wipfeln eines Gehölzes das grüne Dach und Belvedere eines großen steinernen Hauses; auf einem anderen eine Kirche mit fünf Kuppeln und einem alten Glockenturme; ringsum lagen die Bauernhäuser mit ihren Gemüsegärten und Ziehbrunnen zerstreut. Dubrowskij erkannte diese Gegend; er erinnerte sich, daß er als Junge auf diesem selben Hügel mit der kleinen Mascha Trojekurowna gespielt hatte, die zwei Jahre jünger als er war und schon damals versprach, eine Schönheit zu werden. Er wollte sich nach ihr bei Anton erkundigen, aber eine gewisse Scheu hielt ihn davon ab. Als der Wagen am Herrenhause vorbeifuhr, sah Dubrowskij ein weißes Kleid zwischen den Bäumen des Gartens schimmern. Aber im gleichen Augenblick schlug Anton auf die Pferde ein und sauste, dem Ehrgeize folgend, der allen ländlichen Kutschern und Fuhrleuten eigen ist, über die Brücke und am Garten vorbei. Als sie das Gut hinter sich hatten und einen Hügel hinaufgefahren waren und Wladimir ein Birkenwäldchen und links davon ein kleines graues Häuschen mit rotem Dache erblickte, fing sein Herz schneller zu schlagen an – vor ihm lag Kistenjowka mit dem ärmlichen Hause seines Vaters.

Nach zehn Minuten fuhr er schon in den Gutshof ein. Mit unbeschreiblicher Erregung blickte er um sich: zwölf Jahre hatte er seine Heimat nicht gesehen. Die Birken, die man zu seiner Zeit längs des Zaunes gepflanzt hatte, waren gewachsen und zu großen schattigen Bäumen geworden. Der Hof, den früher drei regelmäßig angelegte Blumenbeete schmückten, zwischen denen ein breiter, sorgfältig gekehrter Weg führte, war jetzt in eine ungemähte Wiese verwandelt, auf der ein gekoppeltes Pferd weidete. Die Hunde fingen schon zu bellen an, verstummten aber und wedelten mit den buschigen Schwänzen, als sie Anton erkannten. Die Leute liefen aus den Gesindegebäuden heraus und umringten den jungen Herrn mit lauten freudigen Ausrufen. Nur mit Mühe konnte er sich durch die dienstfertige Schar hindurchdrängen und die morsche Freitreppe hinauflaufen. Im Flur empfing ihn Jegorowna, die weinend ihren einstigen Pflegling umarmte. –"Guten Tag, guten Tag, Kinderfrau," wiederholte er, die gute Alte an sein Herz drückend: „Wie geht es Väterchen, wo ist er? Was macht er?" – In diesem Augenblick trat ein großgewachsener, blasser und hagerer Greis, in Schlafrock und Nachtmütze, mit Mühe die Beine bewegend, in den Saal. – „Wo ist denn Wolodjka?" fragte er mit schwacher Stimme, und Wladimir umarmte voller Inbrunst seinen Vater. Die Freude hatte den Kranken zu stark erschüttert: er wurde plötzlich schwach, seine Beine knickten ein, und er wäre wohl hingefallen, wenn sein Sohn ihn nicht gestützt hätte. „Warum bist du vom Bett aufgestanden," sagte ihm Jegorowna: „Er kann nicht mal stehen, will aber immer hin, wo die anderen Menschen sind." Man trug den Alten ins Schlafzimmer. Er wollte mit dem Sohne sprechen, aber seine Gedanken gerieten durcheinander, und seine Worte hatten keinen Zusammenhang. Er verstummte und versank in einen Schlummer. Der Zustand des Vaters hatte Wladimir erschüttert. Er folgte ihm in sein Schlafzimmer und bat, ihn mit seinem Vater allein zu lassen. Das Hausgesinde gehorchte; alle wandten sich nun Grischa zu und führten ihn in die Gesindestube, wo man ihn erst ordentlich mit Fragen und Begrüßungen quälte und dann auf ländliche Weise mit größter Gastfreundschaft bewirtete.

## Viertes Kapitel

Einige Tage nach seiner Ankunft wollte der junge Dubrowskij die geschäftliche Lage kennen lernen, aber der Vater war nicht mehr imstande, ihm die nötigen Erklärungen zu geben; Andrej Gawrilowitsch hatte auch keinen Bevollmächtigen. Bei der Durchsicht der Papiere fand Dubrowskij nur den ersten Brief des Assessors und den Entwurf zu der Antwort auf diesen. Daraus konnte er keine klare Vorstellung vom Prozeß bekommen und entschloß sich, im Vertrauen auf die gerechte Sache, die Folgen ruhig abzuwarten.

Der Zustand Andrej Gawrilowitschs verschlechterte sich indes von Stunde zu Stunde. Wladimir sah schon seine baldige Auflösung voraus und wich nicht von der Seite des Vaters, der vollkommen kindisch geworden war.

Indessen war die vorgeschriebene Frist verstrichen, und eine Berufung war nicht eingelegt worden. Kistenjowka gehörte Trojekurow. Schabaschkin kam zu ihm mit untertänigsten Glückwünschen und der Bitte, bestimmen zu wollen, „wann Euer Exzellenz belieben, den Besitz des neuerworbenen Gutes anzutreten, sei es in eigener Person, sei es durch einen bevollmächtigten Vertreter“. Kirila Petrowitsch fühlte sich etwas verlegen. Von Natur war er gar nicht habgierig; er hatte sich von der Rachsucht zu weit hinreißen lassen, und sein Gewissen murrte. Er wußte, in welchem Zustande sich sein Gegner und alter Jugendfreund befand, und der Sieg freute ihn nicht. Er sah Schabaschkin drohend an und bemühte sich, einen Grund zu finden, um ihn zu schelten; da er aber keinen genügenden Grund finden konnte, sagte er böse: „Geh' weg, ich hab' für dich keine Zeit!“ Als Schabaschkin sah, daß er schlechter Laune war, verbeugte er sich und eilte hinaus; aber Kirila Petrowitsch begann auf und ab zu gehen und dabei den Marsch zu pfeifen: „Laut erdröhne Siegesjubel“, was bei ihm immer ein Zeichen heftiger innerer Stürme war. Schließlich ließ er einen Jagdwagen anspannen, kleidete sich warm an (es war schon Ende September), ergriff selbst die Zügel und fuhr aus.

Bald erblickte er das Häuschen Andrej Gawrilowitschs. Die widerstrebendsten Gefühle erfüllten seine Seele. Die befriedigte Rachlust und Herrschsucht erstickten bis zu einem gewissen Grade die edleren Regungen, aber die letzteren siegten schließlich doch. Er war entschlossen,. sich mit seinem alten Nachbarn zu versöhnen, alle Spuren des Streites zu vernichten und ihm seinen Besitz wiederzugeben. Als Kirila Petrowitsch seine Seele durch diesen Entschluß erleichtert hatte, ließ er sein Pferd Trab laufen und fuhr auf den Gutshof.

Der Kranke saß zu dieser Zeit am Fenster des Schlafzimmers. Er erkannte Kirila Petrowitsch, und eine furchtbare Erregung zeigte sich aus seinem Gesicht: Ein tiefes Rot trat an Stelle der gewöhnlichen Blässe, die Augen funkelten, er gab unverständliche Laute von sich. Sein Sohn, der bei ihm, mit den Rechnungsbüchern beschäftigt, saß, hob den Kopf und erschrak über den Zustand des Vaters. Der Kranke zeigte mit dem Finger zornig und erschrocken auf den Hof. In diesem Augenblick erklangen die schweren Schritte und die Stimme Jegorownas: „Herr, Herr! Kirila Petrowitsch ist gekommen, Kirila Petrowitsch hält vor dem Hause!“ Jegorowna fuhr erschrocken fort: „Mein Gott, was ist denn das? Was ist mit ihm geschehen?“ Der Alte raffte eilig die Schöße seines Schlafrockes zusammen, um von seinem Sessel aufzustehen, erhob sich ein wenig – und fiel plötzlich zu Boden. Der Sohn stürzte zu ihm hin; der Alte lag unbeweglich, bewußtlos, ohne zu atmen: der Schlag hatte ihn gerührt. „Schnell, schnell, in die Stadt, nach einem Arzt!“ schrie Wladimir. – „Kirila Petrowitsch möchte Sie sprechen,“ meldete ein eintretender Diener. Wladimir warf ihm einen furchtbaren Blick zu. „Sag' Kirila Petrowitsch, er soll sich sofort scheren, sonst lasse ich ihn hinauswerfen ... marsch!“ Der Diener eilte freudig hinaus, um den Befehl seines Herrn auszuführen. Jegorowna schlug die Hände zusammen. „Väterchen,“ rief sie mit weinerlicher Stimme, „du wirst dich zugrunde richten! Kirila Petrowitsch wird uns alle auffressen.“ – „Schweig', Kinderfrau,“ sagte Wladimir zornig. „Schicke sofort Anton in die Stadt nach einem Arzt.“ Jegorowna ging hinaus. Im Vorzimmer war niemand mehr, alle Leute waren hinausgelaufen, um Kirila Petrowitsch zu sehen. Die Alte ging auf die Freitreppe hinaus und hörte die Antwort, die der Diener dem im Namen des jungen Herrn gab. Kirila Petrowitsch hörte, in seinem Wagen sitzend, den Diener an; sein Gesicht wurde finsterer als die Nacht; er lächelte verächtlich, blickte das Gesinde drohend an und fuhr im Schritt vom Hofe. Er sah zum Fenster hinauf, an dem soeben Andrej Gawrilowitsch gesessen hatte; jetzt war aber niemand mehr da. Die Kinderfrau hatte den Befehl ihres Herrn vergessen und stand noch immer auf der Treppe. Das Gesinde besprach laut das Ereignis. Plötzlich erschien Wladimir unter den Leuten und sagte mit zitternder Stimme: „Der Arzt ist nicht mehr nötig, Väterchen ist verschieden.“ Es entstand eine Verwirrung. Die Leute stürzten ins Zimmer des alten Herrn. Er lag im Lehnstuhl, auf den ihn Wladimir gebracht hatte; die rechte Hand hing zu Boden herab, der Kopf war auf die Brust gesenkt, kein Lebenszeichen war in diesem noch nicht erkalteten, aber durch den Tod schon entstellten Körper zu sehen. Jegorowna schluchzte laut; die Diener umringten den ihrer Fürsorge anvertrauten Leichnam, wuschen ihn, bekleideten ihn mit der noch im Jahre 1797 genähten Uniform und legten ihn auf denselben Tisch, an dem sie so viele Jahre ihren Herrn bedient hatten.

## Fünftes Kapitel

Die Beerdigung fand am dritten Tage statt. Die Leiche des armen Greises lag, von einem Bahrtuch bedeckt und von Kerzen umgeben, auf dem Tische. Das Eßzimmer war von Leibeigenen angefüllt, die ihr das letzte Geleite geben wollten. Wladimir und die Diener hoben den Sarg.

Der Geistliche ging voran, und der Küster folgte ihm, Beerdigungslieder singend. Der Herr von Kistenjowka verließ zum letztenmal sein Haus. Der Sarg wurde durch das Wäldchen getragen, hinter dem sich die Kirche befand. Es war ein heiterer und kalter Tag; das Herbstlaub fiel von den Bäumen. Als sie das Wäldchen durchschritten hatten, erblickten sie die Holzkirche von Kistenjowka und den von alten Linden beschatteten Friedhof. Hier ruhte die verstorbene Mutter Wladimirs; neben ihrem Grabe war am Tage vorher ein neues Grab geschaufelt worden. Die Kirche war voll von Bauern, die gekommen waren, um ihrem Herrn die letzte Ehre zu erweisen. Der junge Dubrowskij stand im Chor; er weinte nicht und betete nicht, aber sein Gesicht war entsetzlich. Die Trauerzeremonie war beendet. Wladimir trat als erster an den Sarg, um von der Leiche Abschied zu nehmen. Ihm folgten alle Leibeigenen. Dann brachte man den Deckel und nagelte den Sarg zu. Die Weiber weinten laut, die Männer wischten sich oft mit der Faust die Tränen aus den Augen. Wladimir und die gleichen drei Diener trugen den Sarg, vom ganzen Dorfe begleitet, auf den Friedhof. Man versenkte ihn ins Grab, alle Anwesenden warfen eine Handvoll Erde hinab, das Grab wurde zugeschüttet, alle verbeugten sich noch einmal vor dem Hügel und begaben sich nach Hause. Wladimir verließ schnell den Friedhof und verschwand, alle Leidtragenden überholend, im Wäldchen von Kistenjowka. Jegorowna lud in seinem Namen den Geistlichen, den Küster und die ganze Klerisei zum Trauermahl ein und erklärte allen, daß der junge Herr demselben nicht beiwohnen würde. So gingen der Pope P. Onissim, seine Frau Fjodorowna und der Küster zu Fuß auf den Gutshof und sprachen unterwegs mit Jegorowna von den Tugenden des Verstorbenen und von den Dingen, die seinen Erben zu erwarten schienen. (Der Besuch Trojekurows und der Empfang, der ihm zuteil geworden war, waren schon in der ganzen Nachbarschaft bekannt geworden, und die Dorfpolitiker prophezeiten die ernstesten Folgen.)

„Was auch kommen mag," sagte die Popenfrau, „es wär' schade, wenn wir nicht Wladimir Andrejewitsch zum Herrn bekämen. Denn er ist ein trefflicher junger Mann, das muß ich sagen."

„Wer soll denn unser Herr sein, wenn nicht er?" unterbrach sie Jegorowna. „Kirila Petrowitsch regt sich vergebens auf, er hat es nicht mit einem Feigling zu tun. Mein junger Falke wird schon selbst für sich eintreten können, auch Gott wird ihm beistehen, und seine Wohltäter werden ihn auch nicht im Stich lassen. Viel zu stolz ist dieser Kirila Petrowitsch! Wie er aber den Schwanz eingezogen hat, als unser Grischa ihn anschrie: „Hinaus, alter Hund!.. Fort von hier!'„ „Ach, Jegorowna," versetzte der Küster, „wie hat es Grigorij bloß über die Lippen gebracht? Ich glaube, ich entschließe mich eher, den Bischof um etwas zu bitten, als Kirila Petrowitsch scheel anzusehen. Wenn man ihn bloß anblickt, befällt einen Furcht und Schrecken! Und der Rücken beugt sich ganz von selbst…"

„Es ist alles eitel!" sagte der Geistliche. „Auch dem Kirila Petrowitsch wird man einst die ewige Ruhe singen, wie heute Andrej Gawrilowitsch. Höchstens wird die Beerdigung prunkvoller sein und man wird auch mehr Gäste zusammenrufen, aber vor Gott ist das ganz gleich." „Ach, Väterchen, auch wir hatten es vor, die ganze Nachbarschaft einzuladen, aber Wladimir Andrejewitsch wollte es nicht. Wir haben von allem genug, um viele Gäste zu bewirten, aber was soll man machen? Wir haben nur wenig Gäste, aber ich werde wenigstens euch gut bewirten, meine Lieben." Dieses freundliche Versprechen und die Hoffnung, einen schmackhaften Kuchen vorzufinden, beschleunigten die Schritte der Gesellschaft, und alle erreichten bald glücklich das Herrenhaus, wo der Tisch schon gedeckt war und der Branntwein bereit stand.

Wladimir drang indessen immer tiefer ins Dickicht ein und suchte seinen Seelenschmerz durch Bewegung und Ermüdung zu betäuben. Er ging, ohne auf den Weg zu achten; die Zweige streiften ihn jeden Augenblick und zerkratzten ihm Gesicht und Hände, seine Füße sanken immer in den Morast ein, – er merkte es nicht. Endlich erreichte er eine kleine, rings vom Walde umgebene Lichtung; ein Bächlein schlängelte sich lautlos zwischen den Bäumen dahin, die der Herbst schon halb entblößt hatte. Wladimir machte halt, setzte sich auf den kalten Rasen, und Gedanken, einer düsterer als der andere, drängten sich in seinem Herzen… Er fühlte seine bedrückende Einsamkeit, und die Zukunft erschien ihm von drohenden Wolken verhüllt. Der Streit mit Trojekurow verhieß ihm neues Unheil. Sein ärmlicher Besitz konnte leicht in fremde Hände übergehen; in diesem Falle erwartete ihn der Bettelstab. Lange saß er regungslos auf dem gleichen Platz da, verfolgte mit den Blicken den langsamen Lauf des Baches, der einzelne welke Blätter mit sich forttrug, und empfand darin lebhaft die Ähnlichkeit mit dem Leben, sah ein so treues und gewöhnliches Abbild des Lebens. Endlich merkte er, daß es schon dunkelte; er stand auf, um nach dem Wege zu suchen. Lange irrte er in dem ihm unbekannten Walde umher, bis er endlich auf einen Pfad geriet, der ihn gerade zum Tore seines Hauses führte. Unterwegs traf er den Popen mit der ganzen Klerisei. Ihm kam der Gedanke, daß eine solche Begegnung nach dem Volksglauben glückverheißend sei. Unwillkürlich bog er vom Wege ab und verschwand hinter den Bäumen.

Sie bemerkten ihn nicht und sprachen eifrig miteinander. „Meidet das Böse und tut Gutes," sagte der Pope zu seiner Frau. „Was sollen wir noch länger hier bleiben? Es ist nicht deine Sorge, wie die Sache ausgeht.“ Die Popenfrau entgegnete etwas, aber Wladimir konnte es nicht hören.

Als er sich seinem Hause näherte, erblickte er eine Menge Menschen: viele Bauern und das Hausgesinde drängten sich auf dem Gutshofe. Wladimir vernahm schon aus der Ferne ein lautes Gemurmel. Vor dem Schuppen warteten zwei Troikas. Auf der Treppe standen einige unbekannte Männer in Uniformröcken, die mit großem Eifer zu sprechen schienen. „Was hat das zu bedeuten?“ fragte er zornig Anton, der ihm entgegeneilte: „Was sind das für Menschen und was wollen sie hier?“ – „Ach, Väterchen Wladimir Andrejewitsch,“ antwortete der Alte ganz atemlos: „das Gericht ist da. Man übergibt uns dem Trojekurow, man nimmt uns dir weg!“ Wladimir ließ den Kopf hängen; die Leibeigenen umringten ihren unglücklichen Herrn. „Unser Vater,“ riefen sie, ihm die Hände küssend: „wir wollen keinen anderen Herrn als dich. Wir sterben lieber, als daß wir dich im Stich lassen. Befehle es uns nur, Herr, wir werden mit dem Gericht schon fertig werden.“ Wladimir sah sie an, und düstere Gefühle erfüllten sein Herz. „Seid ruhig,“ sagte er ihnen, „ich will mit den Beamten sprechen.“ „Sprich mit ihnen, Väterchen,“ rief man ihm aus der Menge zu, „rede doch den Verdammten ins Gewissen.“ Wladimir ging auf die Beamten zu. Schabaschkin stand mit der Mütze auf dem Kopfe, die Hände in die Hüften gestemmt, und blickte stolz um sich. Der Isprawnik, ein großer dicker Mann von etwa fünfzig Jahren mit rotem Gesicht und Schnurrbart, räusperte sieh, als er Dubrowskij kommen sah, und sagte mit heiserer Stimme: „Ich wiederhole also nochmals, was ich schon gesagt habe: auf Beschluß des Preisgerichts gehört ihr von nun an Kirila Petrowitsch Trojekurow, der hier von Herrn Schabaschkin vertreten wird. Gehorcht ihm in allen Dingen, was er euch befehlen wird; aber ihr Weiber, liebt und ehrt ihn ganz besonders, denn er hat für euch eine besondere Vorliebe.“ Nach diesem geistreichen Witze lachte der Isprawnik laut auf. Schabaschkin und die übrigen Mitglieder der Gerichtskommission folgten seinem Beispiel. Wladimir schäumte vor Wut. „Darf ich fragen, was das zu bedeuten hat?“ fragte er mit gekünstelter Ruhe den lustigen Isprawnik. – „Das hat zu bedeuten,“ antwortete der witzige Beamte, „daß wir hergekommen sind, um Kirila Petrowitsch Trojekurow in den Besitz dieses Gutes einzuweisen, und alle anderen bitten, gutwillig zu verschwinden.“

„Ich glaube aber, Sie hätten sich zuvor an mich und nicht an meine Bauern wenden sollen, um mir von der Entziehung meines Besitzes Mitteilung zu machen...“ „Der ehemalige Gutsbesitzer Andrej Gawrilowitsch Dubrowskij ist nach Gottes Ratschluß gestorben; wer aber bist du?“ fragte Schabaschkin mit frechem Blick. „Wir kennen Sie nicht und wollen Sie auch nicht kennen.“ „Euer Wohlgeboren, es ist unser junger Herr,“ rief eine Stimme aus der Menge: „Es ist Wladimir Andrejewitsch!“ „Wer wagt es, den Mund aufzutun?!“ sagte der Isprawnik streng. „Was für ein Herr? Was für ein Wladimir Andrejewitsch? Euer Herr ist Kirila Petrowitsch Trojekurow ... hört ihr es, ihr Narren?“ „Unsinn!“ rief die gleiche Stimme. „Das ist ja Aufruhr!“ schrie der Isprawnik. „He, Gemeindeältester!“

Der Gemeindeälteste trat vor.

„Finde mir sofort den, der es gewagt hat, mit mir reden; ich werde ihm schon zeigen!...“

Der Gemeindeälteste wandte sich an die Menge und fragte, wer da gesprochen habe. Aber alle schwiegen. Bald erhob sich in den hinteren Reihen ein Murren, es wurde immer lauter und verwandelte sich nach einer Minute in ein fürchterliches Geschrei. Der Isprawnik dämpfte seine Stimme und versuchte die Leute zu beschwichtigen...

„Was wollt ihr auf ihn noch hören,“ schrieen die Leibeigenen: „Kinder, packt sie!“ Und die Menge rückte gegen die Beamten vor. Schabaschkin und die Kommissionsmitglieder stürzten schnell in den Hausflur und verschlossen hinter sich die Tür. „Kinder, los!“ schrie die gleiche Stimme, und die Menge drängte vorwärts. „Halt!“ schrie Dubrowskij: „Dummköpfe! Was fällt euch ein? Ihr richtet euch und mich zugrunde. Geht nach Hause und laßt mich in Ruhe. Habt keine Angst: der Kaiser ist gnädig; ich werde ihn bitten, er wird uns die Hilfe nicht versagen, wir alle sind seine Kinder; wie soll er aber für euch eintreten, wenn ihr euch wie Aufrührer und Räuber gebärdet?“

Die Rede des jungen Dubrowskij, seine laute Stimme und sein gebieterisches Auftreten hatten den gewünschten Erfolg. Die Bauern beruhigten sich und gingen nach Hause; der Hof leerte sich, die Kommissionsmitglieder saßen im Hause. Wladimir ging traurig die Stufen hinauf. Schabaschkin öffnete die Tür und fing an, Dubrowskij unter tiefen Verbeugungen für sein gnädiges Einschreiten zu danken.

Wladimir hörte ihn mit Verachtung an und antwortete nichts. „Wir haben beschlossen,“ fuhr der Assessor fort, „mit Ihrer Erlaubnis hier über Nacht zu bleiben; denn es ist dunkel, und die Bauern können uns auf dem Wege überfallen. Erweisen Sie uns die Gnade und lassen Sie uns wenigstens etwas Heu ins Wohnzimmer bringen; bei Tagesanbruch fahren wir heim."

„Tun Sie, was Sie wollen," antwortete ihnen Dubrowskij trocken. „Ich bin hier nicht mehr der Herr."

Mit diesen Worten zog er sich in das Zimmer seines Vaters zurück und schloß hinter sich die Tür.

## Sechstes Kapitel

„Also ist alles zu Ende!" sagte sich Wladimir. „Am Morgen besaß ich noch ein Obdach und ein Stück Brot, und morgen muß ich das Haus verlassen, in dem ich geboren bin. Mein Vater, die Erde, in der er ruht, wird dem verhaßten Menschen, der seinen Tod und mein Elend verschuldet hat, gehören!" Wladimir biß die Zähne zusammen, und sein Blick heftete sich auf das Bild seiner Mutter. Der Künstler hatte sie an ein Geländer gelehnt dargestellt, in einem weißen Morgenkleid mit einer Rose im Haar. „Auch dieses Bild wird dem Feinde meiner Familie zufallen," dachte sich Wladimir, „es wird zusammen mit zerbrochenen Stühlen in die Rumpelkammer kommen oder vielleicht im Vorzimmer aufgehängt werden, als Gegenstand des Spottes und der Witze seiner Pikeure; aber in ihrem Schlafzimmer, im Sterbezimmer meinem Vaters wird sein Verwalter wohnen oder sich sein Harem befinden. Nein, nein! das traurige Haus, aus dem er mich vertreibt, darf ihm nicht gehören." Wladimir knirschte mit den Zähnen, schreckliche Gedanken regten sich in ihm. Die Stimmen der Beamten drangen zu ihm herein: sie wirtschafteten wie die Herren im Hause, verlangten bald dieses, bald jenes und störten aus die unangenehmste Weise seine traurigen Gedanken. Endlich war alles still. Wladimir öffnete die Kommoden und Schubläden und begann die Papiere des Verstorbenen zu sichten. Sie bestanden zum größten Teil aus Wirtschaftsrechnungen und geschäftlichen Korrespondenzen. Wladimir zerriß sie, ohne sie zu lesen. Unter ihnen fiel ihm ein Paket in die Hand mit der Aufschrift: „Briefe meiner Frau." Tief bewegt sah Wladimir sie durch; sie waren während der türkischen Kampagne geschrieben worden und aus Kistenjowka ins Feld adressiert. Sie beschrieb darin ihr einsames Leben und die wirtschaftlichen Sorgen, beklagte sich mit den zärtlichsten Gefühlen über die Trennung und rief ihn nach Hause, in die Arme der liebenden Lebensgefährtin. In einem der Briefe äußerte sie ihre Besorgnis wegen der Gesundheit des kleinen Wladimir; in einem anderen freute sie sich über seine frühentwickelten Fähigkeiten und prophezeite ihm eine glückliche und glänzende Zukunft. Wladimir vertiefte sich mit der ganzen Seele in diese Welt des Familienglücks, vergaß die Gegenwart und merkte gar nicht, wie die Zeit verging: die Wanduhr schlug elf. Wladimir steckte die Briefe in die Tasche, nahm eine Kerze und verließ das Kabinett. Im Saale schliefen die Beamten auf dem Fußboden. Auf dem Tische standen die von ihnen geleerten Gläser, und im ganzen Zimmer roch es stark nach Rum. Wladimir ging mit Ekel an ihnen vorbei ins Vorzimmer. Hier war es dunkel. Als Wladimir mit der Kerze erschien, stürzte jemand in eine Ecke. Wladimir ging mit der Kerze auf ihn zu und erkannte den Schmied Archiv. „Was willst du hier?" fragte er erstaunt.

„Ich wollte ... ich kam nur nachzugehen, ob alle zu Hause sind," antwortete Archip leise und stockend. „Und warum hast du dein Beil bei dir?"

Wozu ich das Beil habe? Kann man denn heute ohne ein Beil ausgehen? Diese Beamten sind solche Verbrecher, daß man sich in Acht nehmen muß..."

„Du bist betrunken. Laß das Beil und geh', schlaf dich aus."

„Ich bin betrunken? Väterchen Wladimir Andrejewitsch, Gott ist mein Zeuge, ich habe nicht einen Tropfen im Munde gehabt ... und wie könnte ich auch an den Schnaps bloß denken? Ist es nicht unerhört; die Beamten wollen uns in ihre Gewalt bekommen, die Beamten treiben unsere Herrschaft aus dem Hause... Wie sie da schnarchen, die Verdammten; man müßte allen auf einmal den Garaus machen, und kein Mensch würde es erfahren." Dubrowskij machte ein finsteres Gesicht.

„Hör' mal, Archip," sagte er nach einem Schweigen. „Schlage dir das aus dem Kopfe, die Beamten haben keine Schuld. Zünde die Laterne an und komm' mit mir." Archip nahm die Kerze aus der Hand seines Herrn, suchte hinter dem Ofen die Laterne hervor, zündete sie an, und beide stiegen leise die Treppe hinunter und gingen über den Hof. Die Wache schlug, als sie sie gehen hörte, auf ein gußeisernes Brett; die Hunde bellten. „Wer hat heute die Nachtwache?" fragte Dubrowskij. – „Wir, Väterchen," antwortete eine hohe Stimme, „Wassilissa und Lukerja." – „Geht nach Hause," sagte ihnen Dubrowskij, „ihr seid nicht mehr nötig." – „Es ist Feierabend!" fügte Archip hinzu. – „Wir danken dir, Wohltäter," antworteten die Weiber und gingen sofort nach Hause. Dubrowskij ging weiter. Zwei Menschen näherten sich ihm und riefen ihn an; Dubrowskij erkannte die Stimmen Antons und Grischas – „Warum schlaft ihr nicht?" fragte er sie. – „Wie können wir schlafen," antwortete Anton. „Was wir jetzt erleben müssen, wer hätte es wohl gedacht..."

„Still!“ unterbrach ihn Dubrowskij. „Wo ist Jegorowna?“ „Im Herrenhause, in ihrer Kammer,“ antwortete Grischa. „Geh', bringe sie her und führe alle unsere Leute aus dem Hause, damit außer den Beamten keine Menschenseele darin bleibt; und du, Anton, spanne den Wagen an.“ Grischa ging und kam nach einer Minute mit seiner Mutter wieder. Die Alte hatte sich in dieser Nacht nicht ausgezogen; außer den Beamten hatte im ganzen Haus niemand ein Auge geschlossen.

„Seid ihr alle hier?“ fragte Dubrowskij. „Ist niemand im Hause geblieben?“

„Niemand außer den Beamten,“ antwortete Grischa. „Bringt jetzt Heu und Stroh her,“ befahl Dubrowskij. Die Leute liefen in den Stall und kehrten mit Heubündeln zurück.

„Legt es unter die Treppe, ja, so. Nun, Kinder, gebt mir Feuer!“

Archip öffnete die Laterne, Dubrowskij zündete einen Span an.

„Wart',“ sagte er zu Archip. „Ich glaube, ich habe in der Eile die Tür im Vorzimmer verschlossen; geh' und öffne sie schnell.“

Archip lief in den Flur, die Tür war offen. Archip drehte den Schlüssel um und sagte leise vor sich hin: „Ja, warum nicht gar, öffnen!“ Und er kehrte zu Dubrowskij zurück.

Dubrowskij legte den Span an, das Heu loderte auf, die Flamme schlug empor und erleuchtete den ganzen Hof. „Ach, du lieber Himmel!“ jammerte Jegorowna. „Wladimir Andrejewitsch, was machst du!“ „Schweig'!“ antwortete Dubrowskij. „Nun, Kinder, lebt wohl! Ich gehe, wohin mich Gott führen wird. Seid glücklich mit eurem neuen Herrn.“

„Unser Vater und Wohltäter,“ riefen die Leute, „wir sterben, aber wir verlassen dich nicht, wir gehen mit dir!“ Die Pferde waren angespannt. Dubrowskij setzte sich mit Grischa in den Wagen; Anton schlug auf die Pferde ein, und sie fuhren aus dem Hofe.

In diesem Augenblick erfaßte das Feuer das ganze Haus. Die Fußböden fielen krachend ein, lodernde Balken stürzten zu Boden; roter Rauch erhob sich über dem Dache; es ertönte klägliches Geschrei: „Zur Hilfe, zur Hilfe!“ – „Warum nicht gar!“ sagte Archip, der mit boshaftem Lächeln der Feuersbrunft zusah. – „Lieber Archip,“ sagte ihm Jegorowna: „Rette, rette sie, die Verfluchten. Gott wird es dir lohnen!“ – „Warum nicht gar!“ antwortete der Schmied. Jetzt erschienen die Beamten in den Fenstern und bemühten sich, die doppelten

Fensterrahmen zu zerbrechen. Aber im gleichen Augenblick stürzte das Dach mit lautem Krachen ein, und die Schreie verstummten. Bald war das ganze Gesinde im Hofe versammelt. Die Weiber retteten schreiend ihre Habe, und die Kinder hüpften umher und freuten sich über das Feuer. Die Funken wirbelten wie ein feuriges Schneegestöber durch die Luft, und die Bauernhäuser fingen Feuer. „Jetzt ist alles gut!" sagte Archip. „Wie schön es brennt! Man wird es wohl aus Pokrowskoje gut sehen können." In diesem Augenblick zog eine neue Erscheinung ihre Aufmerksamkeit auf sich: auf dem Dach der brennenden Scheune lief eine Katze hin und her und wußte nicht, wohin sie abspringen sollte. Von allen Seiten umgaben sie die Flammen. Das arme Tier rief mit kläglichem Miauen um Hilfe; die kleinen Jungen wälzten sich vor Lachen, als sie seine Verzweigung sahen. „Was lacht ihr, Teufelsjungen," sagte böse der Schmied: „Ihr fürchtet nicht: ein Geschöpf Gottes geht zugrunde, und ihr Narren freut euch darüber." Und er lehnte eine Leiter an das brennende Dach und kletterte hinauf, um die Katze zu holen; sie verstand seine Absicht und krallte sich dankbar und hastig in seinen Ärmel. Der halbversengte Schmied kletterte mit seiner Beute hinunter. „Nun, Kinder, lebt wohl," sagte er dem bestürzten Gesinde. „Ich habe hier nichts mehr zu suchen, ich wünsche euch jedes Glück, bewahrt mich in gutem Andenken." Der Schmied verschwand; der Brand wütete noch einige Zeit und hörte allmählich auf; Haufen von Kohlenglut ohne Flamme leuchteten hell im Dunkel der Nacht; die abgebrannten Bauern von Kistenjowka irrten um die Brandstätte herum.

## Siebentes Kapitel

Am anderen Tage verbreitete sich die Nachricht von der Feuersbrunst in der ganzen Umgegend. Alle sprachen davon, und ein jeder suchte sich das Ereignis auf seine Art zu erklären. Die einen behaupteten, daß die Bauern sich nach der Beerdigung betrunken und das Haus aus Unvorsichtigkeit angezündet hätten; andere beschuldigten die Beamten, die sich bei der Feier des Besitzwechsels berauscht hätten. Manche ahnten den wahren Sachverhalt und versicherten, Dubrowskij selbst hätte, von Zorn und Verzweiflung getrieben, das schreckliche Unglück verschuldet. Viele behaupteten, er sei selbst mit den Beamten und den Dienern verbrannt. Trojekurow kam am nächsten Tage auf die Brandstätte und leitete selbst die Untersuchung ein. Es zeigte sich, daß der Isprawnik, der Assessor am Landgericht, der Anwalt und der Gerichtsschreiber, ebenso auch

Wladimir Dubrowskij, die Kinderfrau Jegorowna, der Diener Grigorij, der Kutscher Anton und der Schmied spurlos verschwunden waren.

Alle Leibeigenen sagten aus, daß die Beamten nach dem Einsturz des Daches verbrannt wären. Ihre verkohlten Knochen wurden aus der Asche gegraben. Die Weiber Wassilissa und Lukerja sagten, daß sie Dubrowskij und den Schmied Archip einige Minuten vor der Feuersbrunst gesehen hätten. Der Schmied Archip war, wie alle einstimmig bestätigten, am Leben geblieben; wahrscheinlich sei er der Haupttäter, wenn nicht einzige Brandstifter gewesen. Auch gegen Dubrowskij lag starker Verdacht vor. Kirila Petrowitsch sandte dem Gouverneur einen genauen Bericht über das ganze Ereignis, und so begann eine neue Untersuchung.

Bald daraus gaben andere Gerüchte der Neugier und dem Gerede neuen Stoff. Eine Räuberbande war aufgetaucht, die in der ganzen Umgegend Schrecken verbreitete. Die von den Behörden ergriffenen Maßregeln erwiesen sich als ungenügend. Raubanfälle, einer erstaunlicher als der andere, folgten aufeinander. Weder auf den Landstraßen, noch in den Dörfern war man sicher. Räuber fuhren am hellichten Tage in einigen Troikas im ganzen Gouvernement herum, überfielen die Reisenden und die Post, kamen in die Dörfer, raubten die Herrenhäuser aus und steckten sie in Brand. Der Anführer der Bande zeichnete sich durch Klugheit, Kühnheit und sogar eine eigentümliche Großmut aus. Man erzählte sich von ihm Wunderdinge. Dubrowskijs Name war in aller Munde; alle waren überzeugt, daß er und kein anderer der Anführer der kühnen Räuber sei. Man wunderte sich nur über einen Umstand: Trojekurows Besitz blieb verschont; die Räuber hatten keine seiner Scheunen geplündert und keine seiner Fuhren angehalten. Trojekurow erklärte in seiner gewohnten Anmaßung diese Ausnahme mit der Furcht, die er dem ganzen Gouvernement eingejagt zu haben glaubte, ebenso mit der guten Polizei, die er auf seinen Besitztümern eingeführt hatte. Die Nachbarn lachten anfangs über die Einbildung Trojekurows, und jeder erwartete, daß die ungebetenen Gäste auch Pokrowskoje besuchen würden, wo sie sich manches holen könnten; schließlich mußten aber alle zugeben, daß die Räuber vor ihm einen unerklärlichen Respekt hatten. Trojekurow triumphierte und erging sich bei jeder Nachricht über eine neue Heldentat Dubrowskijs in höhnischen Anspielungen über den Gouverneur, die Isprawniks und die militärischen Befehlshaber, denen Dubrowskij immer unbehelligt entschlüpfte.

Indessen kam der 1. Oktober heran, der Tag des Kirchweihsfestes auf dem Gute Trojekurows. Bevor wir uns aber der Schilderung der weiteren Ereignisse zuwenden, müssen wir den Leser erst mit einigen Personen bekannt machen, die teils für ihn neu und teils nur flüchtig zu Beginn unserer Erzählung erwähnt worden sind.

## Achtes Kapitel

Der Leser wird wohl schon erraten haben, daß die Tochter Kirila Petrowitschs, die wir bisher mit wenigen Worten erwähnt haben, die Heldin unserer Erzählung ist. In der von uns geschilderten Zeit war sie siebzehn Jahre alt, und ihre Schönheit stand in schönster Blüte. Ihr Vater liebte sie wahnsinnig, behandelte sie aber mit der ihm eigenen Willkür, indem er bald ihre geringsten Launen befriedigte und sie bald durch strenge, zuweilen sogar grausame Behandlung einschüchterte. Er war zwar von ihrer Anhänglichkeit überzeugt, konnte aber unmöglich ihr Vertrauen erwerben. Sie hatte sich gewöhnt, vor ihm alle ihre Gefühle und Gedanken zu verheimlichen, da sie niemals sicher wissen konnte, wie er sie aufnehmen würde. Sie hatte keine Freundinnen und war ganz einsam aufgewachsen. Die Frauen und Töchter der Nachbarn besuchten Kirila Petrowitsch nur selten, da seine gewöhnlichen Gespräche und Vergnügungen die Gesellschaft von Männern und nicht die Anwesenheit von Damen erforderten. Nur selten erschien unsere Schöne vor den Gästen, die bei Kirila Petrowitsch zechten. Die große Bibliothek, die zum größten Teil aus Werken französischer Schriftsteller des achtzehnten Jahrhunderts bestand, war ganz ihrer Benutzung freigelassen. Ihr Vater, der noch nie ein Buch mit Ausnahme der „Perfekten Köchin“ in der Hand gehabt hatte, konnte die Auswahl ihrer Lektüre nicht leiten, und Mascha wandte sich natürlicherweise, nachdem sie Werke aller Art durchblättert hatte, den Romanen zu. Aus diese Weise vollendete sie selbst ihre Erziehung, die einst unter der Leitung der Mademoiselle Mimi begonnen hatte; Kirila Petrowitsch hatte dieser Französin ein großes Zutrauen und Wohlwollen geschenkt und mußte sie endlich in aller Stille auf ein anderes Gut schicken, als die Folgen dieser Freundschaft allzu sichtbar wurden. Mademoiselle Mimi hatte ein recht gutes Andenken zurückgelassen. Sie war ein gutmütiges Wesen und hatte den Einfluß, den sie auf Kirila Petrowitsch auszuüben schien, nie mißbraucht, wodurch sie sich von allen anderen Favoritinnen auszeichnete, die er jeden Augenblick wechselte. Kirila Petrowitsch hatte sie anscheinend mehr als alle anderen geliebt, und der schwarzäugige muntere Junge von etwa neun Jahren, dessen Züge an das südländische Gesicht der Mademoiselle Mimi erinnerten, wurde in seinem

Hause erzogen und als sein Sohn anerkannt, während eine Menge barfüßiger Jungen, die Kirila Petrowitsch ähnlich sahen wie ein Tropfen Wasser dem anderen und aus dem Hofe vor seinen Fenstern herumliefen, als gewöhnliche Bauernkinder galten. Kirila Petrowitsch verschrieb aus Moskau für seinen kleinen Sascha einen französischen Lehrer, der während der von uns geschilderten Ereignisse auf Pokrowskoje eintraf.

Dieser Lehrer gefiel Kirila Petrowitsch durch sein angenehmes Äußeres und seine bescheidenen Manieren. Er legte Kirila Petrowitsch Empfehlungen und den Brief eines der Verwandten Trojekurows vor, bei dem er vier Jahre als Hauslehrer gelebt hatte. Kirila Petrowitsch sah sich diese Papiere an und war mit allem zufrieden; nur das jugendliche Alter des Franzosen paßte ihm nicht recht: nicht weil er etwa diesen angenehmen Fehler als mit der Geduld und Erfahrung, diesen für den so schwierigen Beruf eines Lehrers notwendigen Eigenschaften, unvereinbar hielte, sondern weil er seine eigenen Bedenken hatte, die er dem Lehrer sogleich mitzuteilen beschloß. Zu diesem Zweck ließ er Mascha kommen. (Kirila Petrowitsch verstand kein Französisch, und sie mußte ihm als Dolmetscher dienen.) „Komm mal her, Mascha, und sag' diesem Musje, daß ich ihn nehmen will, doch unter der Bedingung, daß er sich ja nicht untersteht, meinen Mädeln nachzustellen; sonst werde ich ihn, den Hundesohn ... übersetze es ihm, Mascha.“

Mascha errötete und sagte dem Lehrer auf französisch, daß ihr Vater hoffe, es mit einem bescheidenen und anständigen Menschen zu tun zu haben.

Der Franzose verbeugte sich vor ihr und erwiderte, er hoffe die Achtung ihres Vaters zu erwerben, selbst wenn er ihm sein Wohlwollen versagte. Mascha übersetzte diese Antwort wörtlich. „Gut, sehr gut!“ sagte Kirila Petrowitsch. „Er braucht weder Achtung noch Wohlwollen. Seine Sache ist es, Sascha zu erziehen und in der Grammatik und Geographie zu unterrichten ... übersetze es ihm.“ Marja Kirilowna milderte in ihrer Übersetzung die rohen Ausdrücke ihres Vaters, und Kirila Petrowitsch ließ seinen Franzosen ins Seitengebäude gehen, wo für ihn ein Zimmer vorbereitet war.

Die von allen möglichen aristokratischen Vorurteilen befangene Mascha schenkte dem jungen Franzosen gar keine Beachtung. Ein Lehrer war für sie eine Art Diener oder Handwerker, und die Diener und Handwerker waren in ihren Augen keine Männer. Sie merkte auch weder den Eindruck, den sie auf Monsieur Deforges gemacht hatte, noch seine Verwirrung, sein Zittern und die

Veränderung seiner Stimme. Dann traf sie ihn einige Tage hintereinander sehr oft, würdigte ihn aber keiner großen Beachtung. Auf eine unerwartete Weise erhielt sie aber eine ganz andere Vorstellung von ihm. Auf dem Hofe Kirila Petrowitschs wurden gewöhnlich mehrere junge Bären gehalten, die zu den wichtigsten Belustigungen des Gutsherrn von Petrowskoje gehörten. In ihrer frühesten Jugend brachte man sie alltäglich ins Wohnzimmer, wo Kirila Petrowitsch sich mit ihnen stundenlang abgab und sie auf Katzen und Hunde hetzte. Als sie erwachsen waren, wurden sie an die Kette gelegt, um später gehetzt zu werden. Ab und zu führte man sie vor die Fenster des Herrenhauses und rollte ihnen ein leeres, mit Nägeln bespicktes Weinfaß vor die Füße; der Bär beschnüffelte erst das Faß, berührte es leise, zerstach sich die Tatzen, geriet in Wut, stieß es immer heftiger und heftiger, und der Schmerz wurde immer größer. Er geriet in Raserei und stürzte sich brüllend auf das Faß, bis man dem armen Tiere den Gegenstand seiner ohnmächtigen Wut entriß. Es kam auch vor, daß man zwei Bären vor einen Wagen spannte, in den man einige Gäste, ob sie wollten oder nicht, hineinsetzte, und sie dann ins freie Feld laufen ließ. Aber als bester Spaß galt bei Kirila Petrowitsch folgendes:

Man sperrte einen hungrigen Bären in ein leeres Zimmer und band ihn mit einem Strick an einen in die Mauer eingelassenen Ring. Der Strick war fast so lang, wie das Zimmer, so daß man nur in einer Ecke vor dem Überfall des gefährlichen Tieres geschützt war. Gewöhnlich brachte man einen Neuling vor die Tür dieses Zimmers, stieß ihn unvermutet zum Bären hinein, schloß die Tür und ließ das unglückliche Opfer mit dem zottigen Einsiedler allein. Der arme Gast fand, nachdem ihm schon ein Rockschoß abgerissen und eine Hand zerkratzt war, bald die sichere Ecke, mußte aber manchmal ganze drei Stunden lang an die Wand gedrückt stehen und zusehen, wie das wütende Tier zwei Schritte vor ihm herumsprang, sich auf die Hinterbeine stellte, brüllte und sich aus aller Kraft bemühte, die Ecke zu erreichen. Solcher Art waren die edlen Vergnügungen des russischen Landedelmanns! Einige Tage nach der Ankunft des Lehrers erinnerte sich Trojekurow seiner und faßte den Gedanken, ihn mit dem Bärenzimmer zu traktieren. Zu diesem Zweck ließ er ihn eines Morgens rufen und führte ihn durch einen dunklen Korridor; plötzlich öffnete sich eine Seitentür, zwei Diener stießen den Franzosen hinein und schlossen die Tür hinter ihm ab. Als der Lehrer zu sich gekommen war, erblickte er den Bären; das Tier schnaufte, beschnüffelte aus der Ferne den Gast, stellte sich plötzlich auf die Hinterbeine und ging auf ihn los... Der Franzose erschrak nicht, lief nicht davon und erwartete den Angriff. Der Bär kam näher; Deforges holte eine kleine Pistole aus der Tasche, legte sie dem hungrigen Tier an das Ohr und drückte ab.

Der Bär fiel hin Alle liefen zusammen, die Tür ging auf, Kirila Petrowitsch trat ins Zimmer, erstaunt den Ausgang seines Scherzes.

Kirila Petrowitsch wollte unbedingt Aufklärungen über diesen Fall haben. Wer hatte Deforges vor diesem Scherz, der ihm zugedacht war, gewarnt, und zu welchem Zweck trug er eine geladene Pistole bei sich? Er ließ Mascha rufen. Mascha eilte herbei und übersetzte dem Franzosen die Fragen ihres Vaters.

„Ich habe vom Bären vorher nichts gehört," antwortete Deforges, „aber ich trage immer Pistolen bei mir, weil ich nicht die Absicht habe, Beleidigungen hinzunehmen, für die ich infolge meiner Stellung keine Genugtuung fordern kann."

Mascha sah ihn erstaunt an und übersetzte seine Worte ihrem Vater. Kirila Petrowitsch antwortete nichts, ließ nur den Bären hinausschleppen und ihm das Fell abziehen; dann wandte er sich an seine Leute und sagte: „Welch ein tapferer Bursche, er hat sich nicht gefürchtet, bei Gott, er hat sich nicht gefürchtet!" Von nun an gewann er Deforges lieb und dachte nicht mehr daran, ihn auf die Probe zu stellen.

Aber dieser Vorfall machte einen noch größeren Eindruck aus Marja Kirilowna. Ihre Phantasie war mächtig erregt: sie hatte den toten Bären und Deforges gesehen, der ruhig vor ihm stand und ruhig mit ihr sprach. Sie hatte gesehen, daß Tapferkeit und stolzes Selbstbewußtsein nicht einem einzigen Stande eigen sind, und hatte von nun an vor dem jungen Lehrer Achtung, die von Tag zu Tag stieg. Unter ihnen stellten sich gewisse Beziehungen ein. Mascha hatte eine herrliche Stimme und große musikalische Begabung; Deforges erbot sich, ihr Musikunterricht zu geben. Nach alledem wird der Leser leicht erraten, daß Mascha sich in ihn verliebte, ohne es sich noch selbst einzugestehen.

## Neuntes Kapitel

Die Gäste kamen schon am Vorabend des Festes nach Pokrowskoje; die einen stiegen im Herrenhause und in dessen Seitenflügeln ab, die anderen beim Verwalter, andere wiederum beim Geistlichen und bei den bemittelten Bauern; die Ställe waren angefüllt mit Pferden, die Höfe und Schuppen mit den verschiedensten Equipagen. Um neun Uhr früh läutete man zur Messe, und alle bewegten sich im Zuge zu der neuen steinernen Kirche, die Kirila Petrowitsch erbaut hatte und die er alljährlich auf eigene Kosten ausschmückte. Es hatte sich eine solche Menge von Ehrengästen versammelt, daß die einfachen Bauern keinen Platz in der Kirche fanden und sich vor der Kirchentür und auf dem Hofe aufstellen mußten. Die Messe hatte noch nicht begonnen: man wartete auf Kirila Petrowitsch. Endlich kam er in einem mit sechs Pferden bespannten Wagen an und nahm feierlich, von Marja Kirilowna begleitet, den für ihn bestimmten Platz ein. Die Blicke aller Männer und Frauen richteten sich auf seine Tochter; die ersteren bewunderten ihre Schönheit, die letzteren betrachteten aufmerksam ihre Toilette. Die Messe begann; die leibeigenen Künstler sangen im Chor, Kirila Petrowitsch sang mit, betete, ohne nach rechts und links zu schauen, und verbeugte sich mit stolzer Demut bis zur Erde, als der Diakon laut den „Stifter dieses Tempels“ erwähnte. Der Gottesdienst war zu Ende. Kirila Petrowitsch näherte sich als erster dem Priester, um das Kreuz zu küssen. Alle schlossen sich ihm an; die Nachbarn gingen auf ihn zu, um ihn ihrer Hochachtung zu bezeugen, während die Damen Mascha umringten. Kirila Petrowitsch lud beim Verlassen der Kirche alle zum Mittagessen ein, stieg in seine Equipage und fuhr nach Hause. Alle folgten ihm. Die Zimmer füllten sich mit Gästen; jeden Augenblick traten neue Personen ein, die sich nur mit Mühe den Weg zum Hausherrn zu bahnen vermochten. Die Damen saßen, in altmodischen, abgetragenen, doch teuren Toiletten, alle mit Perlen und Brillanten geschmückt, sittsam in einem Halbkreise da; die Herren drängten sich um den Kaviar und Schnaps und unterhielten sich sehr laut. Im Saale wurde der Tisch für achtzig Personen gedeckt; die Diener eilten geschäftig hin und her, verteilten Flaschen und Gläser auf dem Tische und brachten die Gedecke in Ordnung. Endlich verkündete der Haushofmeister: „Das Essen ist serviert!“,. und Kirila Petrowitsch begab sich als erster auf seinen Platz; ihm folgten die Damen, die feierlich, unter Beobachtung einer gewissen Rangordnung die Plätze einnahmen; die jungen Mädchen drängten sich wie eine Herde junger Zicklein und setzten sich schließlich alle nebeneinander; ihnen gegenüber nahmen die Männer Platz; am äußersten Ende des Tisches saß der Lehrer mit dem kleinen Sascha.

Die Diener servierten die Platten nach dem Range der Gäste, indem sie sich in Zweifelsfällen von den Lavaterschen Hypothesen leiten ließen, und täuschten sich dabei fast nie. Das Klappern der Teller und Klirren der Löffel vermengte sich mit dem lauten Stimmengewirr der Gäste. Kirila Petrowitsch ließ seine Blicke vergnügt über die ganze Tafelrunde schweifen und genoß die Freude des Gastgebers in vollen Zügen. In diesem Augenblick fuhr ein von sechs Pferden gezogener Wagen in den Hof. „Wer ist das?“ fragte der Hausherr. „Anton Pafnutjitsch,“ antworteten mehrere zugleich. Die Tür ging auf, und Anton Pafnutjitsch Spitzyn, ein wohlbeleibter Mann von fünfzig Jahren, mit rundem, pockennarbigem Gesicht und dreifachem Kinn wälzte sich in den Saal, grüßend, lächelnd und schon Entschuldigungen stammelnd. „Ein Gedeck her!“ schrie Kirila Petrowitsch. „Willkommen, Anton Pafnutjitsch, setz' dich her und erzähl' uns, was das zu bedeuten hat: du bist gar nicht bei der Messe gewesen und kommst auch zum Essen zu spät. Das sieht dir gar nicht ähnlich: du bist gottesfürchtig und liebst auch zu essen.“ – „Verzeihung,“ antwortete Anton Pafnutjitsch, indem er die Serviette im Knopfloch seines erbsenfarbigen Rockes befestigte: „Verzeihung, Väterchen Kirila Petrowitsch. Ich habe mich rechtzeitig auf den Weg gemacht, war aber kaum zehn Werst gefahren, als plötzlich das Eisen an dem einen Vorderrade zersprang, was sollte ich machen? Zum Glück war es nicht weit von einem Dorfe; bis wir hinkamen, einen Schmied aufsuchten und die Sache in Ordnung brachten, vergingen drei Stunden, – es war nichts zu machen. Den nächsten Weg durch den Wald von Kistenjowka zu fahren, wagte ich nicht und machte darum einen Umweg.“ – „Hehe!“ rief Kirila Petrowitsch: „Du scheinst nicht von den Tapferen zu sein,. Vor wem fürchtest du dich?“ – „Vor wem ich mich fürchte, Väterchen Kirila Petrowitsch? Natürlich vor Dubrowskij. Wie leicht kann man dem in die Tatzen kommen. Er ist ein flinker Bursche und läßt niemand ungeschoren. Von mir wird er aber gleich zwei Häute abschinden.“ – „Weshalb diese Auszeichnung?“ – „Wie, weshalb, Väterchen Kirila Petrowitsch? Und der Prozeß des verstorbenen Andrej Gawrilowitsch? Habe ich denn nicht zu Ihrem Gefallen, das heißt nach bestem Wissen und Gewissen ausgesagt, daß die Dubrowskijs gar kein Recht auf Kistenjowka haben und auf dem Gute von Ihnen nur geduldet werden? Der Verstorbene, Gott hab' ihn selig, versprach es mir heimzuzahlen, und der Sohn wird jetzt vielleicht das Versprechen des Vaters einlösen. Bisher war mir Gott gnädig: nur einen einzigen Speicher haben sie mir geplündert, aber wie leicht kann auch das Herrenhaus an die Reihe kommen.“ – „Im Herrenhause werden die Räuber, meine ich, schon manches finden,“ bemerkte Kirila Petrowitsch. „Die rote Schatulle ist wohl bis an den Rand voll.“ – „Ach, Väterchen, sie war einmal voll, jetzt ist sie leer!“ – „Du schwindelst, Anton Pafnutjitsch. Wir kennen dich; gibst du denn je Geld aus? Du lebst zu Hause wie ein Schwein, empfängst niemals Gäste, beutest deine Bauern aus, sparst also Geld und nichts weiter.“ – „Sie belieben immer zu scherzen, Väterchen Kirila Petrowitsch,“ murmelte Anton Pafnutjitsch mit einem Lächeln: „Ich bin, bei Gott, an den Bettelstab gekommen.“ Und Anton

Pafnutjitsch nahm ein fettes Stück Fleischkuchen, um damit den Scherz des Hausherrn herunterzuschlucken. Kirila Petrowitsch ließ ihn in Ruhe und wandte sich an den neuen Isprawnik, der zum erstenmal bei ihm zu Gast war und am anderen Tischende neben dem Lehrer saß. „Nun, Herr Isprawnik, werden Sie bald den Dubrowskij fangen?“

Der Isprawnik erschrak, verbeugte sich, lächelte, stotterte und sagte endlich: „Wir werden uns Mühe geben, Exzellenz.“ „Hm! Wir werden uns Mühe geben. Ihr gebt euch schon lange Mühe, und doch sieht man keinen Erfolg davon. Allerdings, warum soll man ihn auch fangen? Die Räubereien Dubrowskijs sind ein wahrer Segen für die Isprawniks: immerfort Dienstreisen, Untersuchungen, Reisegelder, und das Geld bleibt in der Tasche. Warum soll man auch einem solchen Wohltäter den Garaus machen? Nicht Herr Isprawnik?“

„Exzellenz haben vollkommen recht,“ antwortete der Isprawnik, aufs höchste verlegen.

Die Gäste lachten.

„Aufrichtigkeit lobe ich,“ sagte Kirila Petrowitsch. Offenbar werde ich mich selbst an die Arbeit machen müssen, ohne erst die Hilfe der hiesigen Behörden abzuwarten.

Schade,. daß der frühere Isprawnik Taras Alexejewitsch nicht mehr lebt: hätten sie ihn nicht verbrannt, so wäre es jetzt in der ganzen Gegend ruhiger. Aber was hört man von Dubrowskij? Wo hat man ihn zuletzt gesehen?“ „Bei mir, Kirila Petrowitsch,“ antwortete mit feiner Stimme eine dicke Frau, „am letzten Dienstag aß er bei mir zu Mittag.“

Alle Blicke richteten sich auf Anna Ssawischna Globowa, eine ziemlich einfältige Witwe, die wegen ihres gutmütigen und lustigen Charakters allgemein beliebt war. Alle spitzten neugierig die Ohren, um ihren Bericht anzuhören. „Sie müssen wissen, daß ich vor drei Wochen meinen Verwalter mit einem Briefe an meinen Wanjuscha zur Post geschickt habe. Ich verwöhne meinen Sohn nicht und kann es mir auch gar nicht leisten, selbst wenn ich es wollte; aber Sie werden selbst wissen, daß ein Gardeoffizier anständig leben muß, und so teile ich mit ihm, so gut es geht, meine kargen Einkünfte. Ich schickte ihm zweitausend Rubel; Dubrowskij kam mir zwar oft in den Sinn, aber ich dachte mir: die Stadt ist nahe, es sind nur sieben Werst, vielleicht wird Gott helfen. Ich sehe: am Abend kommt mein Verwalter zurück, bleich, abgerissen, zu Fuß. Ich schrie vor Schreck förmlich auf. „Was ist das? Was ist geschehen?“ – Er antwortete mir:

„Mütterchen Anna Ssawischna, Räuber haben mich ausgeplündert, haben mich um ein Haar erschlagen. Dubrowskij selbst war dabei, er wollte mich erhängen lassen, erbarmte sich aber meiner und ließ mich laufen; dafür hat er mir alles abgenommen, auch Pferd und Wagen." Ich wurde ganz starr vor Schreck. Gott der Gerechte! Was soll jetzt mit meinem Wanjuscha werden? Es war nichts mehr zu machen, ich schrieb ihm einen zweiten Brief, erzählte darin die ganze Geschichte und schickte ihm meinen Segen ohne einen Heller Geld. Es verging eine Woche und noch eine Woche. Plötzlich fährt eine Equipage in meinen Hof. Ein General möchte mich sprechen; ich lasse ihn bitten. Ein Mann von etwa fünfunddreißig Jahren, mit braunem Gesicht, schwarzem Haar und Bart, ein treues Abbild von Kulnjow, tritt ins Zimmer; er stellt sich mir als Freund und Kollege meines verstorbenen Mannes Iwan Andrejewitsch vor; er sei vorübergefahren und habe es sich nicht versagen können, die Witwe seines Freundes aufzusuchen, da er erfahren habe, daß ich in der Nähe wohne. Ich traktierte ihn so gut ich konnte, wir sprachen über dies und jenes, und endlich brachte ich die Rede auf Dubrowskij. Ich erzählte ihm mein Unglück. Mein General runzelte die Stirn. „Es ist sonderbar," sagte er, „ich hörte, Dubrowskij überfalle nicht jeden, sondern nur Leute, die als reich bekannt sind, und auch diese plündere er nicht vollkommen aus, sondern teile mit ihnen ihre Habe. Eines Mordes hat ihn aber noch niemand beschuldigt; ist auch kein Schwindel dabei? Lassen Sie mal Ihren Verwalter rufen." Man rief den Verwalter. Er kam. Als er den General erblickte, wurde er ganz blaß. „Erzähl' mir mal, Bruder, wie Dubrowskij dich beraubt hat und wie er dich hat aufhängen wollen." Mein Verwalter fing zu zittern an und fiel dem General zu Füßen. „Väterchen, verzeih' mir: der Böse hat mich verführt ... ich habe gelogen." – „Wenn die Sache sich so verhält," antwortete der General, „so erzähle der Gnädigen, wie alles sich zugetragen hat, ich möchte es auch hören."

Der Verwalter konnte sich noch immer nicht von seinem Schreck erholen. „Nun," fuhr der General fort.. erzähle, wo hast du Dubrowskij begegnet." – „Bei den zwei Fichten, Väterchen, bei den zwei Fichten." – „Nun, was hat er dir gesagt?" – „Er fragte mich: wem gehörst du, wohin fährst du und wozu?" – „Nun, und weiter?" – „Dann verlangte er von mir den Brief, und ich gab ihm den Brief und das Geld..." – „Und er?" – „Und er ... Väterchen, verzeih'!" – „Nun, was hat er getan?" – „Er gab mir das Geld und den Brief zurück und sagte: Geh' mit Gott, trage es auf die Post." – „Nun!" – „Väterchen, verzeih'!" – „Ich werde mit dir noch abrechnen, mein Lieber," sagte der General streng. „Und Sie, Gnädigste, lassen

Sie den Koffer dieses Spitzbuben durchsuchen und überantworten Sie ihn mir, ich werde ihm schon eine Lektion geben. Sie müssen wissen, Dubrowskij ist mal selbst Gardeoffizier gewesen und wird einen Kameraden nicht schädigen wollen." Ich erriet sofort, wer seine Exzellenz war: was sollte ich mit ihm noch viel reden? Die Kutscher banden meinen Verwalter an den Bock des Wagens; das Geld wurde gefunden; der General aß bei mir zu Mittag und fuhr dann gleich davon und nahm den Verwalter mit. Meinen Verwalter fand man am anderen Tage im Walde, an eine Eiche gebunden, mit zerschundenem Rücken."

Alle hörten den Bericht Anna Ssawischnas schweigend an, die jungen Mädchen mit besonderer Aufmerksamkeit. Viele von ihnen sympathisierten für Dubrowskij, in dem sie einen romantischen Helden sahen, besonders aber Marja Kirilowna, die begeisterte Träumerin, die ganz im Banne der Romane der Radcliffe stand. „Du glaubst also, Anna Ssawischna, daß Dubrowskij selbst bei dir gewesen ist?" fragte Kirila Petrowitsch. „Du hast dich gründlich getäuscht. Ich weiß nicht, wer dich besucht hat, Dubrowskij war es jedenfalls nicht."

„Wie, Väterchen, das soll nicht Dubrowskij sein? Wer wird denn sonst die Reisenden auf der Straße anhalten und durchsuchen?"

„Ich weiß es nicht, aber es war sicher nicht Dubrowskij. Ich habe ihn als Kind gekannt, ich weiß nicht, ob seine Haare dunkel geworden sind; damals war er ein blonder Krauskopf; aber ich weiß bestimmt, daß Dubrowskij fünf Jahre älter ist als meine Mascha und folglich nicht fünfunddreißig, sondern gegen dreiundzwanzig Jahre alt sein muß."

„Das stimmt, Exzellenz," erklärte der Isprawnik. „Ich habe das Signalement Wladimir Dubrowskijs in der Tasche. Darin heißt es ausdrücklich, daß er dreiundzwanzig Jahre alt ist."

„Aha!" sagte Kirila Petrowitsch. „Das trifft sich ja gut: lesen Sie es uns vor, wir wollen hören; es kann nicht schaden, sein Signalement zu kennen; wenn wir ihn mal treffen, wird er nicht so leicht entkommen."

Der Isprawnik holte ein ziemlich schmieriges Papier aus der Tasche, entfaltete es mit wichtiger Miene und begann im singenden Tone zu lesen:

„Das Signalement Dubrowskijs, zusammengestellt nach den Aussagen seiner früheren Leibeigenen:

Alter: zweiundzwanzig Jahre; Wuchs: mittel; Gesichtsfarbe: weiß; Bart: keiner; Augen: braun; Haare: blond; Nase: gerade. Besondere Kennzeichen: nicht vorhanden."

„Ist das alles?" fragte Kirila Petrowitsch.

„Ja, das ist alles," antwortete der Isprawnik, das Papier zusammenfaltend.

„Ich gratuliere, Herr Isprawnik. Ein vorzügliches Signalement: es wird Ihnen nicht schwer fallen, danach Dubrowskij zu fangen! Wer ist denn nicht von mittlerem Wuchs, wer hat nicht blonde Haare, eine gerade Nase und braune Augen? Ich möchte wetten: man kann drei Stunden lang mit Dubrowskij selbst sprechen, ohne zu merken, mit wem man zusammengekommen ist. Ja, das muß man sagen, die Gerichtsbeamten sind kluge Köpfe!" Der Isprawnik steckte das Papier bescheiden in die Tasche und machte sich schweigend an den Gänsebraten mit Kohl; die Diener hatten indessen schon mehrere Runden um den Tisch gemacht und jedem Gast neu eingeschenkt. Einige Flaschen inländischen Schaumweines wurden mit lautem Knall entkorkt und von den Gästen wohlwollend als Champagner hingenommen; die Gesichter röteten sich, die Gespräche wurden lauter, unzusammenhängender und lustiger.

„Nein," fuhr Kirila Petrowitsch fort, „einen solchen Isprawnik, wie es der selige Taras Alexejewitsch war, erleben wir nie wieder! Der war kein Waschlappen, kein Hansguckindieluft. Schade, daß man den Menschen verbrannt hat, sonst wäre ihm kein einziger von der ganzen Bande entgangen. Alle ohne Ausnahme hätte er eingefangen, und auch Dubrowskij selbst wäre ihm nicht entkommen. So war einmal der Selige. Nichts zu machen, jetzt muß ich mich wohl selbst der Sache annehmen und mit meinen eigenen Leuten gegen die Räuber ziehen. Zunächst werde ich zwanzig Mann schicken, damit sie mir den Wald säubern; das sind tapfere Burschen, ein jeder von ihnen nimmt es allein mit einem Bären auf und wird vor einem Räuber nicht zurückschrecken." „Wie geht es Ihrem Bären, Väterchen Kirila Petrowitsch?" fragte Anton Pafnutjitsch, der sich bei diesen Worten seines zottigen Freundes und einiger Scherze erinnerte, deren Opfer er einst selbst gewesen war.

„Mischa lebt nicht mehr," antwortete Kirila Petrowitsch. „Er starb den Heldentod vor dem Feinde Da sitzt sein Überwinder!" Kirila Petrowitsch zeigte auf Deforges. „Du kannst für meinen Franzosen beten. Er hat deinen ... mit Verlaub zu sagen ... gerächt ... weißt du es noch?" „Wie sollte ich es nicht wissen?" versetzte Anton Pafnutjitsch und kratzte sich hinter den Ohren. „Ich kann mich lebhaft daran erinnern. Mischa ist also tot, schade, bei Gott, schade! Was war das für ein lustiger Kerl! Und wie klug! Einen solchen Bären findet man nicht wieder. Warum hat ihn der Musje umgebracht?"

Kirila Petrowitsch begann mit sichtlichem Vergnügen von der Heldentat seines Franzosen zu erzählen, denn er hatte die glückliche Fähigkeit, mit allem, was ihn umgab, zu prahlen. Die Gäste hörten aufmerksam den Bericht vom Tode Mischas an und blickten mit Bewunderung auf Deforges, der gar nicht ahnte, daß die Rede von ihm war; er saß ruhig auf seinem Platze und machte seinem munteren Zögling moralische Bemerkungen. Das Mittagessen, das an die drei Stunden gedauert hatte, war zu Ende; der Hausherr legte seine Serviette auf den Tisch, alle erhoben sich und gingen ins Gastzimmer, um Kaffee zu trinken, Karten zu spielen und das im Saal so ruhmreich begonnene Zechgelage fortzusetzen.

## Zehntes Kapitel

Gegen sieben Uhr abends wollten einige Gäste aufbrechen, aber der Hausherr, den der Punsch in die heiterste Stimmung versetzt hatte, ließ das Tor zusperren und erklärte, daß er bis zum nächsten Morgen niemand herauslassen werde. Bald ertönte Musik, die Saaltür wurde geöffnet, und der Ball nahm seinen Anfang. Der Hausherr saß mit seinen nächsten Freunden in einer Ecke, leerte Glas auf Glas und erfreute sich an der Lustigkeit der Jugend. Die alten Damen spielten Karten. Kavaliere gab es hier wie überall, wo nicht ein Ulanenregiment im Quartier liegt, viel weniger als Damen; alle Männer, die einigermaßen zum Tanzen taugten, waren herangezogen worden. Der Lehrer zeichnete sich vor allen aus; er tanzte mehr als alle; alle jungen Damen wählten ihn und fanden, daß man mit ihm herrlich Walzer tanzen konnte. Er tanzte auch einige Runden mit Marja Kirilowna, und die anderen jungen Mädchen beobachteten das Paar mit spöttischen Blicken. Endlich, gegen Mitternacht, erklärte der müde Hausherr den Ball für beendet, ließ das Souper auftragen und begab sich selbst zur Ruhe.

In der Abwesenheit Kirila Petrowitschs fühlte sich die ganze Gesellschaft ungezwungener und freier; die Herren wagten sich neben die Damen zu setzen; die jungen Mädchen lachten und tuschelten mit ihren Kavalieren; die Damen unterhielten sich laut über den Tisch hinüber. Die Männer tranken, disputierten und lachten; mit einem Worte, das Souper war äußerst lustig und hinterließ viele angenehme Erinnerungen.

Nur ein Gast beteiligte sich nicht an der allgemeinen Fröhlichkeit. Anton Pafnutjitsch saß finster und schweigsam auf seinem Platz, aß zerstreut und schien äußerst unruhig. Die Gespräche von den Räubern hatten seine Phantasie mächtig erregt. Wir werden gleich sehen, daß er allen Grund hatte, sie zu fürchten.

Als Anton Pafnutjitsch Gott zum Zeugen dafür anrief, daß seine rote Schatulle leer sei, hatte er nicht gelogen und keine Sünde begangen; die rote Schatulle war tatsächlich leer: das Geld, das er in ihr einst verwahrt hatte, lag jetzt in einem ledernen Beutel, den er auf seiner Brust unter dem Hemde trug. Nur durch diese Vorsichtsmaßregel beruhigte er sein Mißtrauen gegen alle und seine ewige Angst. Da er nun gezwungen war, in einem fremden Hause zu nächtigen, fürchtete er, in einem entlegenen Zimmer untergebracht zu werden, wo ihn leicht die Diebe überfallen könnten; er suchte mit den Blicken nach einem zuverlässigen Schlafgenossen und wählte schließlich Deforges. Sein Äußeres, das von Kraft zeugte, und noch mehr der Mut, den er beim Zusammentreffen mit dem Bären bewiesen hatte, bestimmten diese Wahl. Als alle sich von der Tafel erhoben hatten, ging Anton Pafnutjitsch immer um den jungen Franzofen herum, räusperte sich und hüstelte und wandte sich an ihn schließlich mit den Worten:

„Hm ... hm! Musje, kann ich nicht in Ihrem Zimmer übernachten, denn siehst du ...“

„Que desire monsieur?“ fragte Deforges mit einer höflichen Verbeugung.

„Ach, dieses Pech! Musje, du hast noch nicht russisch gelernt. Sche wö, mua sche wu kusché verstehst du es?“

„Monsieur, très volontiers,“ antwortete der Franzose: „veullez donner des ordres en conséquence.“

Anton Pafnutjitsch, entzückt über seine französischen Kenntnisse, ging hinaus, um die nötigen Anordnungen zu treffen.

Die Gäste wünschten einander gute Nacht, und jeder begab sich in das ihm zugewiesene Zimmer. Anton Pafnutjitsch ging mit dem Lehrer ins Seitengebäude. Die Nacht war stockfinster. Deforges leuchtete mit einer Laterne voraus. Anton Pafnutjitsch folgte ihm ziemlich mutig und drückte dabei ab und zu den Beutel an die Brust, um sich zu überzeugen, daß das Geld noch bei ihm sei.

Im Seitengebäude angelangt, zündete der Lehrer eine Kerze an, und beide entkleideten sich; Anton Pafnutjitsch ging indessen im Zimmer auf und ab, untersuchte die Schlösser und die Fenster und schüttelte über den wenig tröstlichen Befund den Kopf. An der Türe gab es nur einen Riegel, die Fenster hatten noch keine Doppelrahmen. Er versuchte sich darüber bei Deforges zu beklagen; aber seine französischen Kenntnisse waren für eine so komplizierte Auseinandersetzung zu ungenügend. Der Franzose verstand ihn nicht, und Anton Pafnutjitsch mußte mit seinen Klagen aufhören. Ihre Betten standen einander gegenüber; beide legten sich hin, und der Lehrer blies die Kerze aus.

„Purkua wu lösché, purkua wu lösché?“ rief Anton Pafnutjitsch, das Zeitwort „löschen“ so gut es ging aus französische Art konjugierend. „Ich kann nicht dormir im Dunkeln.“

Deforges verstand ihn nicht und wünschte ihm gute Nacht. „Der verdammte Heide!“ brummte Spitzyn und hüllte sich in die Decke. „Was brauchte er die Kerze auszulöschen? Das wird er selbst büßen. Ich kann nicht ohne Licht schlafen. Musje, Musje,“ fuhr er fort, „sche wö awek wu parle.“ Aber der Franzose antwortete nicht und fing gleich darauf zu schnarchen an.

„Wie er schnarcht, der gemeine Franzose,“ dachte sich Anton Pafnutjitsch, „und ich kann ans Einschlafen nicht mal denken: eh' man sich 's versieht, kommen die Diebe durch die offene Türe oder steigen zum Fenster herein, aber diese Bestie kann man nicht mal mit einem Kanonenschuß wecken. Musje, he, Musje! Hol' dich der Teufel!“ Anton Pafnutjitsch verstummte; die Müdigkeit und die Weindämpfe überwältigten endlich seine Furcht; ihn befiel ein Schlummer, und bald lag er im festen Schlafe.

Ihn erwartete ein seltsames Erwachen. Er fühlte im Schlafe, daß ihn jemand am Hemdkragen zupfte. Anton Pafnutjitsch schlug die Augen auf und sah im bleichen Dämmerlichte des Herbstmorgens vor sich Deforges stehen: der Franzose hielt in der einen Hand eine Taschenpistole und löste mit der anderen den Geheimbeutel von der Schnur. – „Keß ke se, Musje, keß ke se?“ fragte er mit zitternder Stimme. „Still! Schweigen Sie!“ antwortete der Lehrer im reinsten Russisch: „Mund halten! Oder Sie sind des Todes. Ich bin Dubrowskij.“

## Elftes Kapitel

Jetzt bitten wir den Leser um Erlaubnis, die letzten Ereignisse der Erzählung durch vorhergehende Umstände erläutern zu dürfen, die wir zu schildern versäumten. Auf der Station *** im Hause des Stationsaufsehers, den wir bereits einmal erwähnt haben, saß in der Ecke ein Reisender, dessen geduldiges und bescheidenes Wesen auf eine nichtbeamtete Person oder einen Ausländer hinwies, also auf einen Menschen, der auf den Poststationen nichts zu sagen hat. Sein Wagen stand auf dem Hofe und sollte geschmiert werden. In ihm lag ein kleines Köfferchen, gleichfalls ein Beweis für die bescheidenen Verhältnisse des Reisenden. Der Fremde verlangte weder Tee noch Kaffee. sah zum Fenster hinaus und pfiff zum großen Mißvergnügen der Frau des Stationsaufsehers, die hinter dem Verschlag saß.

„Da hat uns Gott einen Pfeifer zugeschickt," schimpfte sie leise. „Wie der pfeift! Möge er zerspringen, der verdammte Heide!"

„Warum?" sagte der Stationsaufseher. „Als ob's ein Unglück wäre! Soll er nur pfeifen."

„Was es für ein Unglück ist?" entgegnen die Gattin wütend. „Weißt du denn nicht, was das für eine Vorbedeutung hat?"

„Eine Vorbedeutung? Daß das Pfeifen das Geld aus dem Hause lockt? Ach, Pachomowna, bei uns kann man pfeifen, soviel man will, es ist doch kein Pfennig im Hause."

„Laß ihn doch fahren, Ssidorytsch. Was für ein Vergnügen ist's, den Kerl hier zu haben. Gib ihm Pferde, und mag er zum Teufel gehen."

„Er kann warten, Pachomowna; im Stalle habe ich nur drei Troikas stehen, eine vierte ruht aus. Jeden Augenblick kann ein anständiger Reisender kommen; ich will nicht meinen Kopf für den Franzosen riskieren. So, da haben wir's! Jemand kommt gefahren! Und wie schnell! Ist es am Ende ein General?"

Der Wagen hielt vor dem Hause. Ein Diener sprang vom Bock und öffnete den Schlag, und gleich darauf trat ein junger Mann in Offiziersmantel und weißer Mütze ins Stationsgebäude; der Diener kam mit einer Schatulle herein und stellte sie aufs Fensterbrett.

„Pferde!" rief der Offizier im befehlenden Tone.

„Sofort!" antwortete der Stationsaufseher. „Ich bitte um die Reiseordre."

„Ich habe keine Reiseordre. Ich fahre aufs Land... Erkennst du mich denn nicht?“

Der Stationsaufseher tat sehr geschäftig und eilte hinaus, um die Kutscher zur Eile anzutreiben. Der junge Mann ging im Zimmer auf und ab, kam hinter den Verschlag und fragte leise die Frau des Stationsaufsehers: „Wer ist der Fremde?“

„Gott weiß,“ sagte die Frau, „irgendein Franzose; seit fünf Stunden wartet er auf Pferde und pfeift. Ich hab' ihn schon satt, den Verdammten!“

Der junge Mann sprach den Fremden auf Französisch an. „Wohin reisen Sie?“ fragte er ihn. „In die nächste Stadt,“ antwortete der Franzose, „und von dort fahre ich zu einem Gutsbesitzer, der mich, ohne mich zu kennen, als Lehrer engagiert hat. Ich hoffte bereits heute dort zu sein, aber der Herr Stationsaufseher scheint anderes beschlossen zu haben. In diesem Lande ist es sehr schwer, Postpferde zu bekommen, Herr Offizier.“ „Und bei welchem von den hiesigen Gutsbesitzern sind Sie engagiert?“ fragte der Offizier. „Bei Herrn Trojekurow,“ antwortete der Franzose. „Bei Trojekurow? Was ist das für ein Trojekurow?“ „Ma foi, Monsieur, ich habe von ihm wenig Gutes gehört. Man sagt, er sei ein hochmütiger und launischer Herr, grausam in der Behandlung seiner Hausgenossen, niemand könne mit ihm auskommen, alle zitterten vor ihm, und selbst mit den Lehrern (avec les outchitels) mache er nicht viel Federlesens und habe schon zwei zu Tode geprügelt.“ „Mein Gott! Und Sie haben sich entschlossen, in den Dienst eines solchen Ungeheuers zu treten?“ „Was soll ich machen, Herr Offizier? Er bietet mir ein gutes Gehalt von dreitausend Rubel jährlich und freie Station. Vielleicht habe ich bei ihm mehr Glück als die anderen. Ich habe eine alte Mutter: die Hälfte des Gehalts schicke ich ihr zum Leben; von dem Rest kann ich mir im Laufe von fünf Jahren ein kleines Kapital zusammensparen, das mir in der Zukunft meine Unabhängigkeit sichert; dann, bon soir, ich gehe nach Paris und versuche es mit einem Handelsunternehmen.“ „Kennt Sie jemand im Hause Trojekurows?“ fragte er.

„Nein, niemand,“ antwortete der Lehrer. „Mich hat er aus Moskau durch einen seiner Freunde kommen lassen, dessen Koch mein Landsmann ist, und dieser hat mich empfohlen. Sie müssen wissen, daß ich gar nicht die Absicht hatte, Lehrer zu werden, sondern Konditor werden wollte; aber man sagte mir, daß in Ihrem Lande der Beruf eines Lehrers weit vorteilhafter sei...“ Der Offizier wurde nachdenklich. „Hören Sie mal,“ unterbrach er den Franzofen, „was würden Sie sagen, wenn man Ihnen statt dieser Zukunft sofort zehntausend Rubel in bar anbieten würde, unter der Bedingung, daß Sie sofort nach Paris zurückreisen?" Der Franzose sah den Offizier erstaunt an, lächelte und schüttelte den Kopf.

„Die Pferde sind angespannt!" meldete der Stationsaufseher, ins Zimmer tretend.

Der Diener bestätigte es.

„Sofort," antwortete der Offizier. „Geht mal für einen Augenblick hinaus. (Der Stationsaufseher und der Diener entfernten sich.) „Ich scherze nicht," fuhr er auf französisch fort. „Die zehntausend Rubel kann ich Ihnen geben; ich verlange nur, daß Sie sich aus dem Staube machen und mir Ihre Papiere geben."

Mit diesen Worten öffnete er die Schatulle und holte einige Päckchen Banknoten heraus.

Der Franzose machte große Augen. Er wußte gar nicht, was er sich denken sollte.

„Daß ich mich aus dem Staube mache ... meine Papiere ..." wiederholte er erstaunt. „Hier sind meine Papiere ... aber Sie scherzen doch? Was brauchen Sie meine Papiere?"

„Das ist nicht Ihre Sache... Ich frage Sie: sind Sie einverstanden oder nicht ?"

Der Franzose, der seinen Ohren noch immer nicht traute, reichte seine Papier dem jungen Offizier, der sie schnell durchsah.

„Ihr Paß ... gut; ein Empfehlungsbrief ... wir wollen mal sehen; der Geburtsschein ... ausgezeichnet. Hier haben Sie also das Geld und reisen Sie zurück. Leben Sie wohl." Der Franzose stand wie angewurzelt da. Der Offizier kam zurück.

„Ich hatte das Wichtigste vergessen: geben Sie nur Ihr Ehrenwort, daß das alles unter uns bleibt... Ihr Ehrenwort."

„Mein Ehrenwort," antwortete der Franzose. „Aber meine Papiere? Was fange ich ohne sie an?"

„Melden Sie in der nächsten Stadt, daß Sie von Dubrowskij ausgeraubt worden seien. Man wird es Ihnen glauben und Ihnen die nötigen Ausweispapiere geben. Leben Sie wohl. Gebe Gott, daß Sie bald nach Paris kommen und Ihre Mutter beim besten Wohlsein antreffen."

Dubrowskij verließ das Zimmer, setzte sich in seinen Wagen und fuhr davon.

Der Stationsaufseher sah zum Fenster hinaus und wandte sich, als der Wagen schon fortgefahren war, an seine Frau mit dem Ausrufe: „Pachomowa! Weißt du, wer es war? Es war Dubrowskij!“

Die Frau stürzte zum Fenster, aber es war zu spät. Dubrowskij war schon verschwunden. Nun fing sie an, ihren Mann zu schelten: „Du fürchtest wohl Gott nicht, Ssidorytsch! Warum hast du es mir nicht früher gesagt, dann hätte ich den Dubrowskij wenigstens gesehen, jetzt kann ich aber lange warten, bis er wiederkommt. Du hast wirklich kein Gewissen im Leibe!“

Der Franzose stand noch immer wie angewurzelt da. Die Abmachung mit dem Offizier, das Geld – alles erschien ihm wie ein Traum. Aber die vielen Banknoten lagen in seiner Tasche und bestätigten ihm greifbar, daß das seltsame Ereignis keine Einbildung war. Er entschloß sich, Pferde bis zur Stadt zu nehmen. Der Kutscher fuhr ihn im Schritt und erreichte erst spät am Abend die Stadt.

Kurz vor der Stadtgrenze, wo statt eines Wachtpostens ein halbverfallenes Schilderhäuschen stand, ließ der Franzose halten, stieg aus und ging zu Fuß weiter; dem Kutscher erklärte er durch Zeichen, daß er ihm den Wagen und den Koffer als Trinkgeld schenke. Der Kutscher war durch diese Freigebigkeit ebenso erstaunt, wie der Franzose selbst über das Angebot Dubrowskijs. Er schloß daraus, daß der Ausländer wohl verrückt geworden sei, und bedankte sich mit einer tiefen Verbeugung. Er hielt es für das beste, nicht in die Stadt zu fahren, und begab sich in ein ihm bekanntes Vergnügungslokal, dessen Besitzer sein Freund war. Dort verbrachte er die ganze Nacht und kehrte am nächsten Morgen mit den drei Pferden, doch ohne Wagen und Koffer, mit geschwollenem Gesicht und roten Augen heim.

Nachdem sich Dubrowskij auf diese Weise in den Besitz der Papiere des Franzosen gesetzt hatte, meldete er sich ohne Bedenken bei Trojekurow und bekam, wie wir schon sahen, die Stelle in seinem Hause. Was für geheime Absichten er dabei auch hatte (wir werden sie später erfahren), erregte sein Benehmen nicht den geringsten Verdacht. Allerdings beschäftigte er sich nur wenig mit der Erziehung des kleinen Sascha; er ließ ihm volle Freiheit und bestrafte ihn nie für das Nichtvorbereiten der Lektionen, die er ihm nur pro forma aufgab; mit um so größerem Eifer überwachte er die musikalischen Fortschritte seiner Schülerin und verbrachte ganze Stunden neben ihr am Klavier. Alle liebten den jungen Lehrer: Kirila Petrowitsch wegen seiner Kühnheit und Geschicklichkeit bei der Jagd; Marja Kirilowna wegen seines seltenen Eifers und seiner sklavischen Aufmerksamkeit; Sascha wegen seiner Nachsicht gegen seine Streiche; die Dienstboten wegen seiner Güte und Freigebigkeit, die in gar keinem Verhältnis zu seinem Vermögen zu stehen schien. Er selbst schien an der ganzen Familie zu hängen und sich schon als ein Mitglied derselben zu betrachten. Zwischen seinem Eintritt in den Lehrerberuf und dem denkwürdigen Feste war mehr als ein Monat vergangen, und kein Mensch ahnte, daß der bescheidene junge Franzose niemand anders sei als der schreckliche Räuber, dessen bloßer Name allen Gutsbesitzern der Gegend Angst machte. Während dieser ganzen Zeit hatte Dubrowskij Pokrowskoje nicht verlassen, aber die Gerüchte von seinen Heldentaten wollten dank der lebhaften Phantasie der Landbewohner nicht verstummen; es war aber auch möglich, daß seine Bande in Abwesenheit des Anführers ihre Tätigkeit fortsetzte.

Als er im gleichen Zimmer mit einem Menschen, den er für seinen persönlichen Feind und einen der Haupturheber seines Elends halten durfte, nächtigen sollte, konnte Dubrowskij der Versuchung nicht widerstehen. Er wußte vom Vorhandensein des Beutels und beschloß, sich seiner zu bemächtigen. Wir sahen schon, welchen Eindruck seine plötzliche Verwandlung auf einem Lehrer in einen Räuber auf den armen Anton Pafnutjitsch machte.

## Zwölftes Kapitel

Um neun Uhr früh versammelten sich alle Gäste, die in Pokrowskoje übernachtet hatten, einer nach dem andern im Gastzimmer, wo schon der Samowar kochte, vor dem Marja Kirilowna in ihrem Morgenkleide saß, während Kirila Petrowitsch, in einem Flausrock und Hausschuhen, den Tee aus seiner großen Tasse, die an einen Spülnapf erinnerte, schlürfte. Als letzter erschien Anton Pafnutjitsch; er war so blaß und schien so erregt, daß sein Aussehen allen auffiel und Kirila Petrowitsch sich nach seinem Befinden erkundigte. Spitzyn gab ganz unsinnige Antworten und blickte entsetzt auf den Lehrer, der so ruhig dabeisaß, als wäre nichts passiert. Nach einigen Minuten kam ein Diener und meldete Spitzyn, daß sein Wagen angespannt sei. Anton Pafnutjitsch empfahl sich eilig, erließ das Zimmer und fuhr sofort ab. Die Gäste und der Hausherr konnten nicht verstehen, was mit ihm los war, und Kirila Petrowitsch meinte, er hätte sich überessen. Nach dem Tee und dem Abschiedsfrühstück empfahlen sich auch die übrigen Gäste, Pokrowskoje lag wieder einsam da, und alles ging seinen gewohnten Gang. Es vergingen einige Tage, ohne daß sich etwas Bemerkenswertes ereignet hätte. Das Leben der Bewohner von Pokrowskoje war eintönig. Kirila Petrowitsch ritt täglich auf die Jagd; Lektüre, Spaziergänge und Musikstunden beschäftigten Marja Kirilowna, – die letzteren ganz besonders. Sie hatte angefangen, die Stimme ihres eigenen Herzens zu verstehen, und gestand sich mit unwillkürlichem Ärger, daß es gegen die Vorzüge des jungen Franzosen nicht gleichgültig war. Er seinerseits überschritt niemals die Grenzen der Höflichkeit und des strengen Anstandes und beschwichtigte damit ihren Stolz und ihre ängstlichen Bedenken. Sie gab sich immer vertrauensvoller der ihr zu einem Bedürfnis geworden Gesellschaft des Franzosen hin. Sie langweilte sich ohne Deforges; in seiner Gegenwart beschäftigte sie sich unausgesetzt mit ihm, wollte seine Meinung über alle Dinge hören und stimmte mit ihm immer überein. Vielleicht war sie noch nicht verliebt; aber bei dem ersten zufälligen Hindernis oder einem unerwarteten Schicksalsschlag mußte das Feuer der Leidenschaft in ihrem Herzen emporlodern. Als Marja Kirilowna eines Tages in den Saal trat, wo der Lehrer sie erwartete, bemerkte sie mit Erstaunen den Ausdruck von Verlegenheit auf seinem blassen Gesicht. Sie machte das Klavier auf und sang einige Noten; aber Dubrowskij schützte Kopfweh vor, entschuldigte sich, unterbrach die Stunde und steckte ihr, während er die Noten zuklappte, heimlich ein Billet zu. Marja Kirilowna nahm es, ohne sich zu überlegen, an, bereute es aber schon im nächsten Augenblick; doch Dubrowskij war nicht mehr im Saal. Marja Kirilowna ging auf ihr Zimmer, entfaltete das Billet und las folgendes:

„Seien Sie heute abend um sieben Uhr in der Laube am Bach: ich muß Sie sprechen."

Ihre Neugier war lebhaft erregt. Sie hatte schon seit langem ein Geständnis erwartet, hatte es gewünscht und zugleich gefürchtet. Es wäre ihr angenehm, die Bestätigung dessen zu hören, was sie dunkel ahnte; aber sie fühlte, daß es sich für sie gar nicht ziemte, ein solches Geständnis von einem Menschen zu hören, der infolge seiner Stellung niemals hoffen durfte, ihre Hand zu erhalten. Sie entschloß sich, zum Stelldichein zu gehen, hatte aber noch ein Bedenken: wie sollte sie das Geständnis des Lehrers hinnehmen: mit aristokratischer Entrüstung, mit dem Appell auf seine Freundschaft, mit einem lustigen Scherz oder mit stummer Teilnahme? Indessen sah sie fortwährend nach der Uhr. Es dämmerte; man zündete die Kerzen an; Kirila Petrowitsch setzte sich mit einigen Gästen an den Kartentisch, um Boston zu spielen; die Eßzimmeruhr schlug dreiviertel sieben. Marja Kirilowna trat leise auf die Treppe hinaus, sah sich nach allen Seiten um und lief in den Garten.

Der Abend war dunkel, der Himmel bedeckt, zwei Schritte vor sich konnte man nichts sehen; aber Marja Kirilowna eilte in der Dunkelheit auf den ihr wohlbekannten Gartenwegen und war schon nach einer Minute vor der Laube; hier blieb sie stehen und holte Atem, um mit gleichgültiger Miene und nicht überhastet vor Deforges. zu erscheinen. Aber Deforges stand schon vor ihr.

„Ich danke Ihnen," sagte er ihr mit leiser und trauriger Stimme, „daß Sie mir meine Bitte nicht abgeschlagen haben. Ich müßte verzweifeln, wenn Sie nicht gekommen wären."

Marja Kirilowna antwortete mit einer Phrase, die sie schon vorher vorbereitet hatte: „Ich hoffe, Sie werden mich nicht zwingen, mein Entgegenkommen zu bereuen." Er schwieg und schien nach Fassung zu ringen. „Die Umstände verlangen es ... ich muß Sie bald verlassen ..." sagte er endlich. „Sie werden vielleicht bald etwas hören ... doch vor der Trennung muß ich mich aussprechen." Marja Kirilowna antwortete nichts. In diesen Worten sah sie eine Einleitung zu der erwarteten Erklärung.

„Ich bin nicht der, für den Sie mich halten," fuhr er mit gesenktem Haupte fort. „Ich bin nicht der Franzofe Deforges, ich bin Dubrowskij."

Marja Kirilowna schrie auf.

„Fürchten Sie sich nicht, um Gottes willen. Sie dürfen meinen Namen nicht fürchten. Ja, ich bin jener Unglückliche, dem Ihr Vater das letzte Stück Brot genommen, den er aus dem Vaterhause vertrieben und als Räuber aus die Landstraße geschickt hat. Aber Sie sollen weder für sich selbst noch für ihn fürchten. Alles ist zu Ende ... ich habe ihm vergeben; hören Sie: Sie haben ihn gerettet. Meine erste Bluttat sollte ihm gelten. Ich umschlich sein Haus, um die Stelle zu wählen, wo die Feuersbrunst aufflammen sollte, ich überlegte mir, auf welchem Wege ich in sein Schlafzimmer eindringen, wie ich ihm alle Möglichkeiten der Rettung abschneiden könnte; in diesem Augenblick gingen Sie an mir vorüber, wie eine himmlische Erscheinung, und mein Herz demütigte sich. Ich begriff, daß das Haus, in dem Sie wohnen, heilig ist, daß kein Wesen, das mit Ihnen durch die Bande des Blutes verbunden ist, meinem Fluche unterliegt. Ich verwarf jeden Gedanken an die Rache wie einen Wahnsinn. Tagelang irrte ich in der Nähe der Gärten von Pokrowskoje umher, in der Hoffnung, wenigstens aus der Ferne Ihr weißes Kleid zu sehen. Bei Ihren unvorsichtigen Spaziergängen folgte ich Ihnen, von Gebüsch zu Gebüsch schleichend, glücklich in dem Gedanken, daß für Sie keine Gefahr ist, wo ich heimlich anwesend bin. Endlich bot sich mir eine Gelegenheit, – ich kam in Ihr Haus. Diese drei Wochen waren für mich eine glückliche Zeit; die Erinnerung an sie wird mein trauriges Leben erhellen... Heute erhielt ich eine Nachricht, die es mir unmöglich macht, noch länger hier zu bleiben. Ich scheide von Ihnen heute noch, sofort... Aber vorher mußte ich Ihnen alles enthüllen, damit Sie mich nicht verdammen und nicht verachten. Gedenken Sie zuweilen Dubrowskijs. Seien Sie versichert, daß er zu einer anderen Bestimmung geboren war, daß seine Seele Sie zu lieben verstand, daß niemals ...“

In diesen Augenblick ertönte ein gellender Pfiff, Dubrowskij verstummte. Er ergriff ihre Hand und drückte sie an seine brennenden Lippen. Es ertönte ein neuer Pfiff. „Leben Sie wohl,“ sagte Dubrowskij, „man ruft mich; jeder Augenblick kann mein Verderben bedeuten.“ Er eilte fort... Marja Kirilowna stand unbeweglich da. Dubrowskij kehrte zurück und erfaßte wieder ihre Hand. „Wenn Sie einmal,“ sagte er mit zärtlicher und inniger Stimme, „von einem Unglück betroffen werden und von niemand Hilfe oder Schutz erwarten können, versprechen Sie mir dann, sich an mich zu wenden und von mir alles zu verlangen, was Ihre Rettung erheischt? Versprechen Sie mir, meine Ergebenheit nicht zurückzuweisen?“ Marja Kirilowna weinte still in sich hinein. Der Pfiff ertönte zum drittenmal.

„Sie richten mich zugrunde!“ rief Dubrowskij. „Ich lasse Sie nicht, ehe Sie mir geantwortet haben, ob Sie es mir versprechen oder nicht.“

„Ich verspreche es!“ flüsterte die arme Schöne. Durch diese Zusammenkunft mit Dubrowskij aufs tiefste erregt, ging Marja Kirilowna aus dem Garten. Es kam ihr vor, als ob auf dem Hofe viele Menschen stünden, vor der Tür eine Troika wartete, alle Leute hin und her liefen und das ganze Haus in Bewegung wäre; schon aus der Ferne hörte sie die Stimme Kirila Petrowitschs und beeilte sich, ins Haus zu kommen, da sie fürchtete, ihre Abwesenheit könne bemerkt worden sein. Im Saal kam ihr Kirila Petrowitsch entgegen; die Gäste umringten den Isprawnik, den wir schon kennen, und überschütteten ihn mit Fragen. Der Isprawnik hatte Reisekleidung an, war bis an die Zähne bewaffnet und beantwortete die Fragen mit geheimnisvoller und besorgter Miene. „Wo bist du gewesen, Mascha?“ fragte Kirila Petrowitsch: „Hast du nicht Monsieur Deforges gesehen?“ Mascha konnte nur mit Mühe eine verneinende Antwort geben. „Denk' dir nur,“ fuhr Kirila Petrowitsch fort, „der Isprawnik ist hergekommen, um ihn zu verhaften, und versichert mir, daß er Dubrowskij sei.“ – „Das Signalement paßt auf ihn, Exzellenz,“ sagte der Isprawnik ehrfurchtsvoll. – „Ach,

Bruder," unterbrach ihn Kirila Petrowitsch: „Scher' dich mit deinem Signalement. Ich will dir meinen Franzosen nicht ausliefern, bevor ich die Sache selbst untersucht habe. Wie kann man nur diesem feigen, groben Anton Pafnutjitsch auch nur ein Wort glauben: es hat ihm geträumt, daß der Lehrer ihn berauben wollte. Warum hat er dann gleich am Morgen kein Wort davon gesagt..." – „Der Franzose hat ihm solche Angst eingejagt, Exzellenz," antwortete der Isprawnik, „und hat ihm den Eid abgenommen, daß er schweigen werde." – „Unsinn!" entschied Kirila Petrowitsch. „Ich werde ihn gleich überführen. Wo ist denn der Lehrer?" fragte er einen eintretenden Diener. – „Man kann ihn nirgends finden," antwortete der Diener. – „So soll man ihn suchen!" schrie Trojekurow, dem jetzt Zweifel kamen. „Zeig' mir mal dein berühmtes Signalement," wandte er sich an den Isprawnik, der ihm sofort das Papier reichte. „Hm! Hm! Dreiundzwanzig Jahre usw. Das stimmt alles, beweist aber noch nichts. Wo ist denn der Lehrer?" – „Man kann ihn nirgends finden," lautete wieder die Antwort. Kirila Petrowitsch fing an, unruhig zu werden; Marja Kirilowna stand mehr tot als lebendig da. „Du bist so blaß, Mascha," sagte ihr der Vater: „Man hat dich wohl erschreckt?" – „Nein, Papachen," antwortete Mascha, „ich habe Kopfweh." – „Mascha, geh' auf dein Zimmer und mache dir keine Sorgen." Mascha küßte ihm die Hand und ging schnell hinaus; in ihrem Zimmer sank sie aufs Bett und brach in ein hysterisches Schluchzen aus. Die Dienstmägde liefen zusammen, entkleideten sie und brachten sie endlich mit kaltem Wasser und allen möglichen Tropfen zur Besinnung; man legte sie hin, und sie schlief ein. Den Franzosen konnte man noch immer nicht finden. Kirila Petrowitsch ging im Zimmer auf und ab und pfiff mit drohender Miene den Marsch: „Laut erdröhne Siegesjubel." Die Gäste tuschelten miteinander; der Isprawnik stand wie ein Narr da; den Franzosen fand man nicht. Offenbar hatte er sich aus dem Staube gemacht, nachdem er rechtzeitig gewarnt worden war. Aber wie und von wem? – dies blieb unerklärlich.

Die Uhr schlug elf, aber niemand dachte an den Schlaf. Kirila Petrowitsch sagte endlich böse zum Isprawnik: „Nun, was gibts? Du wirst doch nicht bis morgen früh hier bleiben; mein Haus ist kein Gasthof. Du bist nicht geschickt genug, Bruder, um den Dubrowskij zu fangen, wenn es überhaupt Dubrowskij ist. Geh' nach Hause und sei in Zukunft flinker. Es ist auch für euch Zeit, aufzubrechen," fuhr er fort, sich an die Gäste wendend. „Laßt anspannen, denn ich will schlafen." So ungnädig verabschiedete sich Trojekurow von seinen Gästen.

## Dreizehntes Kapitel

Es verging einige Zeit ohne besondere Ereignisse. Aber zu Anfang des nächsten Sommers gab es viele Veränderungen im Hause Kirila Petrowitschs.

Dreißig Werst von seinem Gute lag der reiche Besitz des Fürsten Werejskij. Der Fürst hatte sich lange Zeit im Auslande aufgehalten; sein Gut wurde von einem verabschiedeten Major verwaltet, und zwischen Pokrowskoje und Arbatow bestanden keinerlei Beziehungen. Ende Mai kehrte der Fürst aus dem Auslande in seine Heimat zurück und kam auf sein Gut, das er noch nie im Leben gesehen hatte. An die Zerstreuungen des großen Lebens gewöhnt, konnte er die Vereinsamung nicht ertragen und begab sich schon am dritten Tage nach seiner Ankunft zum Mittagessen zu Trojekurow, mit dem er einst bekannt gewesen war.

Der Fürst war gegen fünfzig Jahre alt, schien aber viel älter. Ausschweifungen aller Art hatten seine Gesundheit erschüttert und ihm ihren unauslöschlichen Stempel aufgedrückt. Er lechzte immer nach Zerstreuungen und empfand fortwährend Langeweile. Trotz alledem war sein Äußeres anziehend und interessant, und der Gewohnheit an ständigen gesellschaftlichen Verkehr verdankte er eine gewisse Liebenswürdigkeit, besonders im Umgange mit Damen. Kirila Petrowitsch war über seinen Besuch sehr erfreut und faßte diesen als Zeichen der Hochachtung eines Menschen aus der großen Welt auf. Seiner Gewohnheit gemäß ließ er den Gast zuerst alle seine Wirtschaftseinrichtungen besichtigen und führte ihn in den Hundezwinger. Aber der Fürst erstickte schier in der Hundeatmosphäre und eilte hinaus, indem er sich sein parfümiertes Taschentuch vor die Nase hielt. Der alte Garten mit den gestutzten Linden, dem viereckigen Teich und den regelmäßigen Alleen gefiel ihm nicht: er liebte englische Parks oder die sogenannte Natur; aber er lobte alles und schien entzückt. Ein Diener meldete, daß das Essen aufgetragen sei. Sie gingen zu Tisch. Der Fürst, den der Spaziergang ermüdet hatte, hinkte und bereute schon seinen Besuch.

Aber im Saal empfing ihn Marja Kirilowna, und der alte Courschneider war von ihrer Schönheit entzückt. Trojekurow wies ihm den Platz an ihrer Seite an. Der Fürst wurde in ihrer Nähe lebhaft und lustig und fesselte einigemal ihre Aufmerksamkeit durch seine interessanten Erzählungen. Nach dem Essen schlug Kirila Petrowitsch vor, einen Spazierritt zu machen, aber der Fürst entschuldigte sich unter Hinweis auf seine Samtstiefel und scherzte über sein

Podagra. Er schlug eine Spazierfahrt in einer Liniendroschke vor, um sich von seiner lieblichen Nachbarin nicht trennen zu müssen. Die Liniendroschke wurde angespannt. Die beiden Alten und die junge Schöne nahmen Platz und fuhren aus dem Hofe. Das Gespräch geriet für keinen Augenblick ins Stocken. Marja Kirilowna hörte mit Vergnügen die schmeichelhaften und lustigen Bemerkungen des Salonmenschen an. Plötzlich wandte sich Fürst Werejskij an Kirila Petrowitsch mit der Frage, was das für ein niedergebranntes Gebäude sei und ob es ihm gehöre? Kirila Petrowitsch runzelte die Stirne: die Erinnerungen, die das abgebrannte Gut in ihm weckte, waren ihm unangenehm. Er antwortete, daß das Land jetzt ihm gehöre und früher Dubrowskij gehört habe. „Dubrowskij?“ wiederholte Werejskij: „Wie, diesem berühmten Räuber?“ – „Seinem Vater,“ antwortete Trojekurow; „aber auch sein Vater war ein ordentlicher Räuber.“

„Wo ist denn unser Rinaldo hingekommen? Hat man ihn ergriffen, lebt er noch?“

„Er lebt und ist in Freiheit. Solange wir lauter Verbrecher und Diebe zu Isprawniks haben, wird man ihn nicht fangen; à propos, Fürst: hat er nicht auch deinem Arbatowo einen Besuch abgestattet?“

„Ja, im vorigen Jahre hat er, glaub' ich, etwas geplündert oder in Brand gesteckt. Nicht wahr, Marja Kirilowna, es wäre doch recht interessant, eine nähere Bekanntschaft dieses romantischen Helden zu machen?“

„Warum sollte das interessant sein?“ sagte Trojekuro. „Sie ist mit ihm schon bekannt. Er gab ihr ganze drei Wochen Musikunterricht und hat dafür, Gott sei keine Bezahlung genommen.“ Nun erzählte Kirila Petrowitsch vom vermeintlichen französischen Lehrer. Marja Kirilowna saß wie aus Nadeln. Werejskij hörte mit gespannter Aufmerksamkeit zu, fand alles sehr sonderbar und brachte das Gespräch auf andere Dinge. Nach Pokrowskoje zurückgekehrt, ließ er anspannen und fuhr, trotz der inständigen Bitten Kirila Petrowitschs, über Nacht dazubleiben, gleich nach dem Tee ab; vorher hatte er aber Kirila Petrowitsch gebeten, ihn mit Marja Kirilowna zu besuchen, und der stolze Trojekurow versprach es ihm, da er den Fürsten Werejskij, in Anbetracht des Fürstentitels, der zwei Ordenssterne und des Erbgutes mit dreitausend leibeigenen Seelen, gewissermaßen für seinesgleichen hielt.

## Vierzehntes Kapitel

Zwei Tage nach seinem Besuch begab sich Kirila Petrowitsch mit der Tochter zum Fürsten Werejskij. Als er sich Arbatowo näherte, konnte er die sauberen, lustigen Bauernhäuser und das steinerne, im Stile der englischen Schlösser erbaute Herrenhaus gar nicht genug bewundern. Vor dem Hause lag eine ovale tiefgrüne Wiese, auf der Schweizer Kühe mit Glocken am Halse weideten. Ein ausgedehnter Park umgab das Haus von allen Seiten. Der Hausherr empfing die Gäste auf der Freitreppe und bot der jungen Schönen seinen Arm. Sie traten in einen prunkvollen Saal, wo der Tisch für drei Personen gedeckt war. Der Fürst führte seine Gäste zum Fenster, wo sich ihnen eine entzückende Aussicht bot. Die Wolga strömte an den Fenstern vorüber; auf ihr zogen beladene Barken mit geblähten Segeln und huschten Fischerboote vorbei, die man so bezeichnend „Seelenverkäufer" nennt. Hinter dem Flusse lagen Hügel und Felder; einige Dörfer belebten das Bild. Dann nahmen sie die Bildergalerie in Augenschein, die der Fürst im Auslande erworben hatte. Der Fürst erklärte Marja Kirilowna die verschiedenen Vorzüge und Mängel der Gemälde. Er sprach von ihnen nicht in der konventionellen Sprache eines pedantischen Kenners, sondern mit Gefühl und Phantasie. Marja Kirilowna hörte ihm mit Vergnügen zu. Nun begaben sie sich an die Tafel. Trojekurow ließ den Weinen seines Gastgebers und der Kunst dessen Koches volle Gerechtigkeit widerfahren, und Marja Kirilowna fühlte in der Unterhaltung mit diesem Manne, den sie zum zweitenmal in ihrem Leben sah, nicht die geringste Gezwungenheit oder Befangenheit. Nach dem Essen führte der Hausherr seine Gäste in den Garten. Sie tranken Kaffee in einer Laube am Ufer eines großen Sees, auf dem viele Inseln lagen. Plötzlich ertönte Hornmusik, und ein sechsrudriges Boot legte am Ufer unmittelbar vor der Laube an. Sie fuhren über den See, an den Inseln vorbei und besichtigten einige derselben: auf der einen fanden sie eine Marmorstatue, auf der anderen eine einsame Grotte, auf der dritten ein Denkmal mit einer geheimnisvollen Inschrift, die die Neugier des jungen Mädchens erweckte, welche jedoch durch die höflichen Andeutungen des Fürsten kaum befriedigt wurde. Die Zeit verging unbemerkt. Der Abend dämmerte. Der Fürst beeilte sich, unter Hinweis auf die Kühle und den Tau, die Gäste ins Haus zu bringen, wo sie der Samowar erwartete. Der Fürst bat Marja Kirilowna, die Rolle der Hausfrau im Heime des alten Junggesellen zu übernehmen. Sie schenkte den Tee ein und lauschte den unerschöpflichen Erzählungen des liebenswürdigen Schwätzers. Plötzlich ertönte ein Knall – und eine Rakete erleuchtete den nächtlichen Himmel... Der

Fürst reichte Marja Kirilowna einen Schal und führte sie und Trojekurow auf den Balkon. Im Dunkeln vor dem Hause leuchteten bunte Flammen auf, sie drehten sich im Kreise, stiegen als Garben hinauf, sprudelten als Fontänen nieder, fielen als Regen von Sternen herab, erloschen und flammten von neuem auf. Marja Kirilowna freute sich wie ein Kind. Fürst Werejskij weidete sich an ihrer Freude, und Trojekurow war mit ihm sehr zufrieden, da er tous le frais des Fürsten als Zeichen der Hochachtung und des Bestrebens, ihm gefällig zu sein, auffaßte. Das Souper stand an Güte dem Mittagessen in keiner Beziehung nach. Die Gäste begaben sich in die für sie bestimmten Gemächer und verabschiedeten sich am nächsten Morgen vom liebenswürdigen Hausherrn, wobei sie einander versprachen, sich recht bald wiederzusehen.

## Fünfzehntes Kapitel

Marja Kirilowna saß in ihrem Zimmer am offenen Fenster vor dem Stickrahmen. Sie brachte die verschiedenen Seiden nicht durcheinander wie die Geliebte Konrads, welche in ihrer verliebten Zerstreutheit eine Rose mit grüner Seide stickte. Unter ihrer Nadel entstanden aus dem Kanevas getreu die Muster der Vorlage, obwohl ihre Gedanken nicht bei der Arbeit waren, – sie weilten in weiter Ferne.

Plötzlich erschien im Fenster unhörbar eine Hand: jemand legte auf den Stickrahmen einen Brief und verschwand, ehe Marja Kirilowna sich zu besinnen vermochte. Im gleichen Augenblick kam ein Diener und rief sie zu Kirila Petrowitsch. Sie verbarg den Brief mit zitternden Händen in ihrem Brusttuch und eilte ins Kabinett zum Vater.

Kirila Petrowitsch war nicht allein. Bei ihm saß Fürst Werejskij. Beim Erscheinen Marja Kirilownas erhob er sich und verbeugte sich mit einer ihm sonst nicht eigenen Verlegenheit. „Komm mal her, Mascha," sagte Kirila Petrowitsch. „Ich will dir eine Neuigkeit mitteilen, die dich hoffentlich freuen wird. Hier hast du einen Bräutigam. Der Fürst hält um deine Hand an."

Mascha erschrak; Totenblässe bedeckte ihr Gesicht. Sie schwieg. Der Fürst ging auf sie zu, nahm ihre Hand und fragte sie mit dem Ausdrucke von Rührung, ob sie bereit sei, sein Glück zu begründen. Mascha schwieg.

„Sie ist einverstanden, natürlich ist sie einverstanden," sagte Kirila Petrowitsch. „Aber weißt du, Fürst, einem jungen Mädchen fällt es schwer, dieses Wort auszusprechen. Nun, Kinder, küßt euch und seid glücklich."

Mascha stand regungslos da, der alte Fürst küßte ihr die Hand; plötzlich liefen die Tränen über ihr blasses Gesicht. Der Fürst runzelte leicht die Stirne.

„Hinaus, hinaus, hinaus!“ sagte Kirila Petrowitsch. „Geh', trockne deine Tränen und komme lustig zu uns zurück. Sie weinen alle bei der Verlobung,“ fuhr er fort, sich an Werejskij wendend. „Das ist bei ihnen schon mal Sitte. Nun wollen wir von den Geschäften sprechen, Fürst, das heißt von der Mitgift.“

Marja Kirilowna machte von der Erlaubnis, sich entfernen zu dürfen, gerne Gebrauch. Sie lief in ihr Zimmer, schloß sich ein und ließ, indem sie sich schon als die Frau des alten Fürsten dachte, den Tränen freien Lauf; plötzlich kam er ihr widerlich und verhaßt vor... Die Ehe mit ihm erschreckte sie wie das Schafott, wie das Grab. „Nein, nein!“ wiederholte sie voll Verzweiflung: „Lieber geh' ich ins Kloster, lieber heirate ich Dubrowskij...“ Da fiel ihr der Brief ein und sie nahm ihn sich vor, da sie ahnte, daß er von ihm sein müsse. Der Brief war tatsächlich von Dubrowskij und enthielt bloß folgende Worte: „Abends, um neun Uhr, an derselben Stelle.“

Der Mond leuchtete; die ländliche Nacht war still; ab und zu erhob sich ein Windchen, und ein leises Rauschen lief durch den ganzen Garten.

Die junge Schöne nahte wie ein leichter Schatten der verabredeten Stelle. Es war noch niemand zu sehen; plötzlich trat hinter der Laube Dubrowskij hervor. „Ich weiß alles,“ sagte er ihr mit leiser und trauriger Stimme: „Erinnern Sie sich Ihres Versprechens.“

„Sie bieten mir Ihren Schutz an?“ entgegnete Mascha. „Seien Sie mir nicht böse: Ihr Vorschlag macht mir Angst. Auf welche Weise wollen Sie mir helfen?“

„Ich könnte Sie von dem verhaßten Menschen befreien.“ „Um Gottes willen, rühren Sie ihn nicht an, wagen Sie nicht, ihn anzurühren, wenn Sie mich lieben: ich will nicht eine schreckliche Tat verschulden...“

„Ich werde ihn nicht anrühren: Ihr Wille ist mir heilig. Ihnen dankt er sein Leben. In Ihrem Namen soll kein Verbrechen begangen werden. Sie dürfen selbst von meinen Freveltaten nicht befleckt werden. Aber wie rette ich Sie vor Ihrem grausamen Vater?“

„Ich habe noch eine Hoffnung: ich will versuchen, ihn durch meine Tränen, durch meine Verzweiflung zu rühren. Er ist eigensinnig, aber er liebt mich so sehr.“ „Machen Sie sich keine vergeblichen Hoffnungen: in Ihren Tränen wird er nur die gewöhnliche Furcht und Scheu sehen, die alle jungen Mädchen haben, wenn sie nicht aus Leidenschaft, sondern aus vernünftiger Berechnung heiraten sollen; wenn er sich aber in den Kopf setzt, Ihr Glück auch gegen Ihren Willen zu begründen? Wenn man Sie mit Gewalt zur Trauung führt, um Ihr Schicksal für immer in die Gewalt eines alten Mannes zu geben?"

„Dann, dann ist wohl nichts zu machen – dann holen Sie mich, und ich werde die Ihre werden."

Dubrowskij erzitterte; sein blasses Gesicht rötete sich und wurde gleich darauf noch blasser als zuvor. Lange, lange schwieg er gesenkten Hauptes.

„Nehmen Sie alle Kraft Ihrer Seele zusammen, stehen Sie Ihren Vater an, werfen Sie sich ihm zu Füßen, schildern Sie ihm das ganze Grauen der Zukunft, Ihre Jugend, die an der Seite eines hinfälligen und lasterhaften Greises welken soll; sagen Sie ihm, daß der Reichtum Ihnen auch nicht einen einzigen glücklichen Augenblick darbieten wird; Luxus kann nur die Armut trösten, und auch das nur kurze Zeit, solange er neu ist; lassen Sie von ihm nicht ab, fürchten Sie nicht seinen Zorn und seine Drohungen, solange Ihnen auch nur der Schatten einer Hoffnung bleibt; um Gottes willen, lassen Sie von ihm nicht ab. Und wenn kein anderes Mittel mehr bleibt, so entschließen Sie sich zu einer grausamen Erklärung: sagen Sie ihm, daß Sie, wenn er unerbittlich bleibt, einen ... einen furchtbaren Beschützer finden..."

Dubrowskij bedeckte sein Gesicht mit den Händen; er schien um Atem zu ringen. Mascha weinte...

„Mein armes Los!" sagte er, mit einem bitteren Seufzer. „Für Sie hätte ich mein Leben hingegeben; Sie aus der Ferne zu sehen, Ihre Hand zu berühren wäre mir die höchste Wonne; aber jetzt, wo sich mir die Möglichkeit bietet, Sie an mein erregtes Herz zu drücken und Ihnen zu sagen: „Mein Engel, laß uns sterben!" – muß ich Armer dieses Glück verschmähen, muß es mit aller Kraft von mir weisen... Ich wage es nicht, mich Ihnen zu Füßen zu werfen und dem Himmel für den unfaßbaren, unverdienten Lohn zu danken. Oh, wie muß ich jenen Menschen hassen ... aber ich fühle, daß in meinem Herzen jetzt kein Raum für den Haß ist."

Er umschlang leise ihre schlanke Gestalt und zog sie sanft an sein Herz. Vertrauensvoll schmiegte sie ihren Kopf an die Schulter des jungen Räubers – beide schwiegen... Die Minuten flogen dahin. – „Es ist Zeit," sagte endlich Mascha. Dubrowskij erwachte gleichsam aus einem Traum. Er ergriff ihre Hand und steckte ihr einen Ring an den Finger. „Wenn Sie sich entschließen, meine

Hilfe anzurufen," sagte er, „so bringen Sie diesen Ring hierher und versenken Sie ihn in die Höhlung dieser Eiche; dann werde ich wissen, was ich zu tun habe."

Dubrowskij küßte ihr die Hand und verschwand zwischen den Bäumen.

## Sechzehntes Kapitel

Die Verlobung des Fürsten Werejskij war für die Nachbarn kein Geheimnis mehr. Kirila Petrowitsch nahm Glückwünsche entgegen; alle Vorbereitungen für die Hochzeitsfeier wurden schon getroffen. Mascha schob die entscheidende Aussprache von einem Tage zum anderen hinaus. Ihr Benehmen gegen den alten Bräutigam war kühl und gezwungen. Der Fürst machte sich darum keine Sorgen: mit ihrer stillschweigenden Zustimmung zufrieden, bewarb er sich nicht um ihre Liebe.

Aber die Tage vergingen. Mascha entschloß sich endlich zum Handeln und schrieb dem Fürsten Werejskij einen Brief. Sie versuchte in seinem Herzen Großmut zu wecken; sie gestand ihm aufrichtig, daß sie nicht die geringste Zuneigung zu ihm empfinde; sie flehte ihn an, auf ihre Hand zu verzichten und sie vor der Willkür des Vaters zu schützen. Diesen Brief steckte sie dem Fürsten heimlich zu.

Er las ihn zu Hause und ließ sich durch die seiner Braut keineswegs rühren. Im Gegenteil, er erblickte darin die Notwendigkeit, die Hochzeit zu beschleunigen und hielt es daher für richtig, den Brief seinem zukünftigen Schwiegervater zu zeigen.

Kirila Petrowitsch geriet in Wut; der Fürst vermochte ihn nur mit Mühe zu bewegen, Mascha nichts davon merken zu lassen, daß er über den Brief unterrichtet sei. Kirila Petrowitsch versprach ihm, mit ihr darüber nicht zu sprechen, entschloß sich aber, keine Zeit zu verlieren und die Hochzeit gleich am nächsten Tage zu feiern. Der Fürst fand dies sehr vernünftig. Er ging zu seiner Braut, sagte ihr, daß ihr Brief ihn sehr traurig gestimmt habe, daß er aber hoffe, mit der Zeit ihre Neigung zu erwerben; daß der Gedanke, auf sie zu verzichten, ihm viel zu schwer sei und daß er nicht die Kraft habe, sich selbst das Todesurteil zu sprechen. Darauf küßte er ihr ehrerbietig die Hand und entfernte sich, ohne ihr auch ein Wort vom Entschlusse Kirila Petrowitschs gesagt zu haben. Kaum war er aber fortgefahren, so trat ihr Vater in ihr Zimmer und befahl ihr ohne viele Worte, sich für den nächsten Tag bereit zu machen. Marja Kirilowna, die schon durch die Erklärung des Fürsten Werejskij erregt war, brach in Tränen aus und warf sich ihrem Vater zu Füßen. „Papa!“ schrie sie mit kläglicher Stimme: „Papa! Richten Sie mich nicht zugrunde: ich liebe den Fürsten nicht und will nicht seine Frau werden.“

„Was soll das heißen?“ sagte Kirila Petrowitsch zornig. „Bisher hast du geschwiegen und warst mit allem einverstanden, und jetzt, wo alles beschlossen ist, fällt es dir plötzlich ein, Geschichten zu machen und dich zu weigern. Mach' keine Dummheiten; damit erreichst du bei mir nichts.“

„Richten Sie mich nicht zugrunde!“ wiederholte die arme Mascha „Warum verstoßen Sie mich, warum geben Sie mich einem Manne, den ich nicht liebe? Sind Sie meiner überdrüssig geworden? Ich will wie bisher bei Ihnen bleiben. Sie werden sich ohne mich grämen, Papa; und Sie werden noch trauriger sein beim Gedanken, daß ich unglücklich bin. Papa, zwingen Sie mich nicht, ich will nicht heiraten.“

Kirila Petrowitsch war gerührt, unterdrückte aber seine Erregung und stieß sie von sich mit den rauhen Worten: „Alles ist Unsinn, hörst du? Ich weiß besser als du, was zu deinem Glücke dient. Die Tränen werden dir nicht helfen. übermorgen ist deine Hochzeit.“ „Übermorgen!“ rief Mascha aus. „Mein Gott! Nein, nein, das ist unmöglich, das darf nicht sein! Papa, hören Sie: wenn Sie sich schon entschlossen haben, mich zugrunde zu richten, so werde ich einen Beschützer finden, an den Sie gar nicht denken; Sie werden sich entsetzen, Sie werden sehen, wozu Sie mich getrieben haben.“

„Was? Was?“ sagte Trojekurow. „Du drohst mir? Du drohst mir? Freches Mädel! Weißt du auch, was ich mit dir machen werde? Du wagst es, mir mit einem Beschützer zu drohen! Wir werden sehen, wer dieser Beschützer ist!“

„Es ist Wladimir Dubrowskij,“ antwortete Mascha in ihrer Verzweiflung.

Kirila Petrowitsch dachte, sie sei verrückt geworden, und sah sie erstaunt an. „Gut!“ sagte er ihr nach einigem Schweigen: „Erwarte Schutz von wem du willst, einstweilen bleibst du aber in diesem Zimmer, – du wirst es bis zur Hochzeit nicht verlassen.“ Mit diesen Worten ging Kirila Petrowitsch hinaus und verschloß hinter sich die Tür. Lange weinte das arme Mädchen, indem sie sich vorstellte, was sie erwartete; aber die stürmische Aussprache erleichterte ihre Seele, und sie konnte jetzt ruhiger über ihr Los und das, was sie zu tun hatte, nachdenken. Das wichtigste war jetzt für sie, der verhaßten Ehe zu entgehen; das Los der Gattin eines Räubers erschien ihr als ein Paradies im Vergleich mit dem Schicksal, das sie erwartete. Sie sah den Ring an, den ihr Dubrowskij zurückgelassen hatte. Sie hatte das sehnlichste Verlangen, ihn noch einmal unter vier Augen zu sehen und sich mit ihm vor dem entscheidenden Augenblick noch einmal lange zu beraten. Eine Ahnung sagte ihr, daß sie Dubrowskij abends vor der Laube finden würde; sie entschloß sich, ihn dort zu erwarten, sobald es dunkel werden würde. Der Abend brach an; sie wollte schon gehen; aber die Tür war verschlossen. Das Dienstmädchen sagte ihr hinter der Tür, daß Kirila Petrowitsch verboten habe, sie herauszulassen. Sie saß im Arrest. Tief gekränkt, setzte sie sich ans Fenster und saß bis in die späte Nacht hinein da, ohne sich auszukleiden, den Blick unbeweglich zum dunklen Himmel gerichtet. In der Morgendämmerung schlummerte sie ein, aber ihr Schlaf war von traurigen Traumbildern getrübt, und die Strahlen der aufgehenden Sonne weckten sie.

## Siebzehntes Kapitel

Sie erwachte, und schon beim ersten Gedanken sah sie ihre verzweifelte Lage ein. Sie läutete; ein Mädchen trat ins Zimmer und antwortete ihr auf ihre Frage, daß Kirila Petrowitsch gestern abend nach *** gefahren und erst spät zurückgekehrt sei; daß er den strengen Befehl gegeben habe, sie nicht aus dem Zimmer zu lassen und achtzugeben, daß niemand mit ihr spreche; daß im übrigen keinerlei Vorbereitungen für die Hochzeit getroffen seien, abgesehen davon, daß der Pope den Befehl bekommen habe, das Dorf unter keinen Umständen zu verlassen. Nach diesen Mitteilungen ließ das Mädchen Marja Kirilowna allein und verschloß wieder die Tür.

Die Worte des Dienstmädchens erbitterten die junge Gefangene. Ihr Kopf schwindelte, ihr Blut siedete; sie entschloß sich, Dubrowskij über alles zu benachrichtigen und suchte nach einem Mittel, den Ring zur Eiche zu schicken. In diesem Augenblick flog ein Steinchen gegen ihr Fenster. Marja Kirilowna sah hinaus und erblickte den kleinen Sascha, der ihr zuwinkte. Sie kannte seine Anhänglichkeit und freute sich über ihn. Sie machte das Fenster auf. „Guten Tag, Sascha, was rufst du mich?“ – „Ich bin

gekommen, Schwesterchen, um Sie zu fragen, ob Sie nicht etwas brauchen. Papa ist böse und hat dem ganzen Hause verboten, Ihnen zu gehorchen; aber befehlen Sie mir etwas, ich werde für Sie alles tun.“

„Ich danke, mein lieber Sascha. Hör' mal, kennst du die alte hohle Eiche bei der Laube?“

„Gewiß, Schwesterchen.“

„Wenn du mich also liebst, so laufe schnell hin und tu' diesen Ring in die Höhlung; aber pass' auf, daß dich niemand sieht.“

Mit diesen Worten warf sie ihm den Ring hinaus und schloß das Fenster

Der Junge hob den Ring auf, lief so schnell er konnte und erreichte schon nach drei Minuten den Baum. Hier blieb er schwer atmend stehen, sah sich nach allen Seiten um und legte den Ring in die Höhlung. Nachdem er den Auftrag glücklich erledigt hatte, wollte er schon zurücklaufen, um es Marja Kirilowna mitzuteilen, als plötzlich ein rothaariger, halbzerlumpter Junge hinter der Laube auftauchte, zum Baume stürzte und die Hand in die Höhlung steckte. Schneller als ein Eichhörnchen stürzte sich Sascha auf ihn und umklammerte ihn mit beiden Händen.

„Was suchst du hier?“ fragte er ihn drohend.

„Was geht es dich an?“ antwortete der Junge, indem er sich bemühte, sich von ihm zu befreien.

„Laß den Ring hier, Roter,“ schrie Sascha, „oder ich werde dich lehren.“

Statt einer Antwort gab ihm jener einen Faustschlag ins Gesicht; aber Sascha ließ ihn nicht los und schrie aus vollem Halse: „Diebe, Diebe! Hierher, hierher!“

Der Junge suchte sich von ihm zu befreien. Er war wohl um zwei Jahre älter und bedeutend stärker, aber Sascha war gewandter. Sie rangen einige Minuten; schließlich behielt der Rothaarige die Oberhand. Er warf Sascha zu Boden und packte ihn an der Kehle. Aber in diesem Augenblick krallte sich eine starke Hand in seine roten, struppigen Haare, und der Gärtner Stepan hob ihn einen halben Arschin vom Boden.

„Ach du, rothaarige Bestie,“ sagte der Gärtner. „Wie wagst du es, unseren kleinen Herrn zu schlagen?“

Sascha sprang auf und erholte sich.

„Du hast mich unter den Armen gefaßt,“ sagte er, „sonst hättest du mich niemals umgeworfen. Gib gleich den Ring her und scher' dich.“

„Ja, Schnecken,“ antwortete der Rothaarige. Er drehte sich schnell um und befreite seine Borsten aus der Hand Stepans.

Er ergriff die Flucht, aber Sascha holte ihn ein und stieß ihn in den Rücken, so daß der Junge hinfiel. Der Gärtner packte ihn wieder und fesselte ihn mit seinem Gürtel.

„Gib den Ring her!“ schrie Sascha.

„Wart', Herr,“ sagte Stepan, „wir wollen ihn zum Verwalter bringen, der wird ihn schon bestrafen.“

Der Gärtner führte den Gefangenen auf den Herrenhof; Sascha begleitete ihn und sah besorgt auf seine zerrissene und mit Gras beschmutzte Hose. Plötzlich standen sie alle drei vor Kirila Petrowitsch, der gerade seine Stallungen besichtigen wollte.

„Was ist das?“ fragte er Stepan.

Stepan erzählte ihm in kurzen Worten den ganzen Vorfall. Kirila Petrowitsch hörte ihn aufmerksam an.

„Was hast du dich mit ihm eingelassen, du Taugenichts?!“ fragte er Sascha.

„Er hat einen Ring aus der hohlen Eiche gestohlen, Papachen; sagen Sie ihm, daß er ihn herausgibt.“ „Was für einen Ring? Aus was für einer hohlen Eiche?“ „Marja Kirilowna hat mir ... den Ring ...“ Sascha wurde verlegen und stockte. Kirila Petrowitsch runzelte die Stirne und sagte kopfschüttelnd: „Marja Kirilowna ist also in die Sache verwickelt. Gesteh' mir alles, sonst werde ich dir die Rute geben, daß dir Hören und Sehen vergeht.“

„Bei Gott, Papachen, ich ... Papachen ... Marja Kirilowna hat mir nichts befohlen, Papachen.“ „Stepan! Geh', schneide mir eine gute frische Birkenrute ab.“

„Warten Sie, Papachen, ich will Ihnen alles erzählen. Ich spielte heute aus dem Hofe, und Schwesterchen Marja Kirilowna öffnete das Fenster; ich lief herbei, und sie ließ den Ring unabsichtlich fallen, ich versteckte den Ring in die hohle Eiche, und ... und ... dieser rothaarige Junge wollte den Ring stehlen.“

„Sie ließ ihn unabsichtlich fallen, du wolltest ihn verstecken ... Stepan! Geh', bring' die Rute.“

„Papachen, warten Sie, ich werde alles erzählen. Schwesterchen Marja Kirilowna befahl mir, zur Eiche zu laufen und den Ring in die Höhlung zu legen; ich lief auch hin und steckte den Ring hinein, aber dieser böse Junge...“

Kirila Petrowitsch wandte sich an den bösen Jungen und fragte ihn streng: „Wem gehörst du?“

„Ich bin Leibeigener des Herrn Dubrowskij,“ antwortete er. Kirila Petrowitsch machte ein finsteres Gesicht.

„Du erkennst mich wohl nicht als deinen Herrn an, schön. Und was hast du in meinem Garten gesucht?“

„Ich habe Himbeeren gestohlen,“ antwortete der Junge höchst gleichgültig.

„Aha! Wie der Herr, so der Knecht; wie der Pfarrer, so der Sprengel; wachsen aber Himbeeren an meinen Eichen? Hast du mal so was gehört?“

Der Junge antwortete nichts.

„Papachen, sagen Sie ihm, daß er den Ring zurückgeben soll,“ sagte Sascha.

„Schweig', Alexander!“ antwortete Kirila Petrowitsch. „Vergiß nicht, daß ich mit dir noch abrechnen will. Geh' auf dein Zimmer. Und du scheinst mir gar nicht so dumm zu sein; wenn du mir alles gestehst, so erlasse ich dir die Ruten und schenke dir noch fünf Kopeken für Nüsse. Gib den Ring her und geh'.“ Der Junge öffnete die Faust und zeigte, daß er nichts darin hatte. „Sonst erlebst du bei mir etwas, was du gar nicht erwartest. Nun!“ Der Junge antwortete kein Wort und stand mit gesenktem Kopf wie blödsinnig da.

„Schön!“ sagte Kirila Petrowitsch. „Sperrt ihn irgendwo ein und gebt acht, daß er nicht entwischt, sonst schinde ich euch allen die Haut vom Leibe.“

Stepan führte den Jungen in den Taubenschlag, schloß ihn dort ein und stellte die alte Geflügelwärterin Agafja als Wächterin auf.

– Es ist kein Zweifel, daß sie mit diesem verfluchten Dubrowskij Beziehungen unterhält. Sollte sie wirklich seine Hilfe angerufen haben? – dachte Kirila Petrowitsch, während er im Zimmer auf und ab ging und wütend den Marsch pfiff: „Laut erdröhne Siegesjubel.“ – Vielleicht bin ich ihm auf die Spur gekommen, vielleicht entwischt er uns nicht mehr. Wir wollen den Zufall benutzen… Aha! Schellengeläute! Gott sei Dank, es ist der Isprawnik. Bringt mir den gefangenen Jungen her.“ Indessen fuhr der Wagen in den Hof, und der uns schon bekannte Isprawnik trat staubbedeckt ins Zimmer.

„Eine schöne Neuigkeit!“ sagte Kirila Petrowitsch. „Ich habe Dubrowskij gefangen.“

„Gott sei Dank, Exzellenz!“ sagte der Isprawnik erfreut.

„Wo ist er denn?“

„Das heißt nicht Dubrowskij selbst, sondern einen aus seiner Bande. Man wird ihn gleich herbringen. Er wird uns helfen, den Räuberhauptmann selbst zu finden. Da ist er schon.“

Der Isprawnik, der einen schrecklichen Räuber zu sehen erwartete, war erstaunt, als er einen schwächlichen dreizehnjährigen Jungen vor sich sah. Er blickte Kirila Petrowitsch fragend an und wartete auf Aufklärungen. Kirila Petrowitsch erzählte ihm alles, was sich am Morgen ereignet hatte, ohne jedoch Marja Kirilowna zu erwähnen. Der Isprawnik hörte ihn aufmerksam an, jeden Augenblick den kleinen Taugenichts ansehend, der sich blödsinnig stellte und alles, was um ihn her geschah, ganz teilnahmlos hinzunehmen schien.

„Gestatten Sie, Exzellenz, mit Ihnen unter vier Augen zu sprechen,“ sagte endlich der Isprawnik.

Kirila Petrowitsch führte ihn ins Nebenzimmer und schloß sich mit ihm dort ein.

Nach einer halbem Stunde kamen Sie wieder in den Saal, wo der Gefangene auf sein Urteil wartete. „Der Herr,“ sagte ihm der Isprawnik, „wollte dich ins Zuchthaus sperren, knuten lassen und dann verschicken; aber ich trat für dich ein und erwirkte für dich Gnade. Bindet ihn auf!“

Man befreite ihn von den Fesseln.

„Bedanke dich bei dem Herrn,“ sagte der Isprawnik.

Der Junge ging auf Kirila Petrowitsch zu und küßte ihm die Hand.

„Geh' nach Hause,“ sagte ihm Kirila Petrowitsch, „und stiehl in Zukunft keine Himbeeren an hohlen Eichen.“

Der Junge ging hinaus, hüpfte lustig die Treppe hinunter und lief so schnell er konnte übers Feld nach Kistenjowka.

Beim Dorf angelangt, blieb er vor der halbzerfallenen Hütte ganz am Rande stehen und klopfte ans Fenster. Das Fenster wurde aufgemacht, und darin erschien eine alte

Frau.

„Großmutter, gib mir Brot!“ sagte der Junge. „Ich habe seit heute früh nichts gegessen, ich sterbe vor Hunger.“

„Ach, das bist du, Mitja! Wo hast du dich herumgetrieben, du Taugenichts?“ entgegnete die Alte.

„Das erzähle ich später, Großmutter. Gib mir Brot, um Gottes willen!“

„Komm doch in die Stube.“

„Ich habe keine Zeit, Großmutter: ich muß noch wo hinlaufen. Gib Brot, um Christi willen, Brot.“

„Dieser unruhige Geist!“ brummte die Alte. „Hier hast du ein Stück Brot.“ Und sie reichte ihm ein Stück Schwarzbrot zum Fenster hinaus.

Der Junge biß gierig hinein und ging kauend weiter. Es dämmerte schon. Mitja kam durch die Gemüsegärten und an den Riegen vorbei in den Wald von Kistenjowka. Als er bei den zwei Fichten war, die als Vorposten des Waldes dastanden, machte er halt, sah sich nach allen Seiten um, pfiff kurz und gellend und begann zu lauschen; ein langer leiser Pfiff antwortete ihm: jemand kam aus dem Walde und ging auf ihn zu.

## Achtzehntes Kapitel

Kirila Petrowitsch ging im Saale auf und ab und pfiff lauter als gewöhnlich seinen Marsch. Das ganze Haus war in Aufregung; die Diener liefen hin und her, dic Mägde hatten volle Hände zu tun; die Kutscher spannten im Stalle die Kutsche an. Auf dem Hofe drängte sich das Volk, Marja Kirilowna saß in ihrem Ankleidezimmer regungslos vor dem Spiegel, während eine Dame, von mehreren Dienstmädchen umgeben, sie schmückte; ihr Kopf beugte sich unter der Last der Brillanten; sie fuhr leicht zusammen, wenn eine unvorsichtige Hand sie mit einer Nadel stach, schwieg aber und blickte besinnungslos in den Spiegel. „Wird es bald?“ ertönte hinter der Tür die Stimme Kirila Petrowitschs. – „Sofort!“ antwortete die Dame. „Marja Kirilowna, stehen Sie auf, schauen Sie in den Spiegel, ist es so gut?“ Marja Kirilowna stand auf und sagte nichts. Die Tür ging auf. „Die Braut ist fertig,“ sagte die Dame zu Kirila Petrowitsch, „lassen Sie sie fahren.“ – „Mit Gott!“ antwortete Kirila Petrowitsch. Er nahm vom Tisch ein Heiligenbild. „Komm her zu mir, Mascha,“ sagte er ihr gerührt: „ich segne dich...“ Das arme junge Mädchen warf sich ihm zu Füßen und begann zu schluchzen. „Papachen ... Papachen ...“ rief sie, fortwährend weinend, und ihre Stimme versagte. Kirila Petrowitsch beeilte sich ihr den Segen zu geben; man hob sie auf und trug sie fast zur Kutsche. Mit ihr setzte sich die Dame, die die Mutter vertrat, und eine der Mägde. Sie fuhren zur Kirche. Der Bräutigam wartete schon dort. Er ging seiner Braut entgegen und war bestürzt über ihr blasses und sonderbares Aussehen. Sie traten zusammen in die kalte und leere Kirche; man schloß hinter ihnen die Tür. Der Geistliche kam hinter dem Altar hervor und begann sofort mit der heiligen Handlung. Marja Kirilowna sah und hörte nichts; sie dachte seit dem frühen Morgen nur an das eine: sie wartete auf Dubrowskij; die Hoffnung auf ihn verließ sie für keinen Augenblick. Als aber der Geistliche sich an sie mit der üblichen Frage wandte, fuhr sie zusammen und wurde starr; aber sie zögerte noch mit der Antwort, sie wartete noch immer. Und der Priester sprach, ohne ihre Antwort abzuwarten, die entscheidenden Worte.

Die Feier war beendet. Sie fühlte den kalten Kuß des verhaßten Gatten; sie hörte die schmeichlerischen Glückwünsche der Anwesenden und konnte es noch immer nicht fassen, daß ihr Leben nun für immer in Fesseln gelegt sei, daß Dubrowskij nicht herbeigeeilt sei, um sie zu befreien. Der Fürst wandte sich an sie mit freundlichen Worten, – sie hörte sie nicht; sie traten aus der Kirche; vor dem Portal drängten sich die Bauern von Pokrowskoje. Ihr Blick schweifte schnell über die Leute hin und nahm wieder den starren Ausdruck an. Die Neuvermählten setzten sich in die Kutsche und fuhren nach ***, wohin Kirila Petrowitsch schon vorausgeeilt war, um das junge Paar zu empfangen. Allein mit seiner jungen Frau geblieben, ließ sich der Fürst durch ihre Kühle keineswegs beirren. Er versuchte gar nicht, sie mit süßlichen Erklärungen und lächerlichen Ausrufen des Entzückens zu quälen. Seine Worte waren einfach und erheischten keine Antwort. So waren sie an die zehn Werst gefahren; die Pferde liefen schnell über die unebene Straße, und die Kutsche rüttelte fast gar nicht auf ihren englischen Sprungfedern. Plötzlich ertönten Schreie; die Kutsche hielt und wurde im Nu von einer Schar Bewaffneter umringt. Ein Mann mit einer Halbmaske vor dem Gesicht öffnete den Schlag an der Seite, wo die junge Frau saß, und sagte ihr: „Sie sind frei! Steigen Sie aus." – „Was soll das heißen?" rief

Der Fürst: „Wer bist du? ..." – „Das ist Dubrowskij," antwortete die Fürstin. Der Fürst zog, ohne die Geistesgegenwart zu verlieren, eine Reisepistole aus der Seitentasche und schoß auf den maskierten Räuber. Die Fürstin schrie auf und bedeckte entsetzt ihr Gesicht mit beiden Händen. Dubrowskij war an der Schulter verwundet; das Blut floß aus der Wunde. Der Fürst zog, ohne einen Augenblick zu verlieren, eine zweite Pistole. Aber man ließ ihm nicht Zeit, zu schießen: der Schlag wurde aufgerissen, einige kräftige Hände zerrten ihn aus der Kutsche und entrissen ihm die Pistole. Mehrere Dolche blitzten über ihm auf. „Rührt ihn nicht an!" schrie Dubrowskij, und seine finsteren Genossen traten zur Seite. „Sie sind frei!" fuhr Dubrowskij fort, sich an die bleiche Fürstin wendend. – „Nein!" entgegnete sie: „es ist zu spät! Ich bin ihm schon angetraut, ich bin die Frau des Fürsten Werejskij." – „Was sagen Sie!" rief Dubrowskij verzweifelt. „Nein! Sie sind nicht seine Frau, man hat Sie dazu gezwungen, Sie haben niemals darauf eingehen können..." – „Ich habe mein Jawort gegeben, ich habe ihm Treue geschworen," entgegnen sie mit Festigkeit: „Der Fürst ist mein Gatte; befehlen Sie, ihn freizugeben und lassen Sie mich mit ihm allein. Ich habe Sie nicht betrogen, ich habe bis zum letzten Augenblick auf Sie gewartet ... aber jetzt, ich sage es wieder, ist es zu spät ... Lassen Sie uns." Dubrowskij hörte aber ihre Worte nicht mehr: der Schmerz der Wunde und die heftige seelische Erschütterung beraubten ihn seiner Kräfte. Er sank neben dem Rad zu Boden; die Räuber umringten ihn. Er sagte ihnen einige Worte; sie hoben ihn in den Sattel, zwei von ihnen stützten ihn, ein Dritter führte das Pferd am Zügel, und alle ritten zur Seite, die Kutsche, die gefesselten Diener und die ausgespannten Pferde mitten auf der Straße zurücklassend, ohne etwas geraubt und ohne auch einen Tropfen Blut aus Rache für das Blut ihres Hauptmanns vergossen zu haben.

## Neunzehntes Kapitel

Mitten im alten Walde, auf einer schmalen Lichtung, erhob sich eine kleine Befestigung, die aus einem Erdwall und einem Graben bestand, hinter denen sich einige Zelte und Erdhütten befanden. Eine Menge von Männern, deren verschiedenartige Kleidung und Bewaffnung sie auf den ersten Blick als Räuber erkennen ließ, saßen ohne Mützen im Freien um einen Kessel herum und aßen. Auf dem Walle kauerte neben einem kleinen Geschütz mit untergeschlagenen Beinen ein Wachtposten. Er brachte eben einen neuen Flick an einem gewissen Kleidungsstück an und führte dabei die Nadel mit einer Gewandtheit, die einen geschickten Schneider verriet. Jeden Augenblick spähte er nach allen Richtungen aus. Obwohl der Becher schon einigemal die Runde gemacht hatte, herrschte in dieser Schar ein seltsames Schweigen; die Räuber hatten die Mahlzeit beendet; einer nach dem anderen standen sie auf und sprachen ein Gebet; die zogen sich in die Zelte zurück, andere gingen in den oder legten sich nach russischer Sitte schlafen. Der Wachtposten war mit seiner Arbeit fertig; er schüttelte seine Lumpen, bewunderte den aufgesetzten Flick, steckte die Nadel in den Ärmel, setzte sich rittlings auf das Geschütz und stimmte aus vollem Halse das alte melancholische Lied an:

Rausche nicht, du alter Eichenwald...

In diesem Augenblick ging die Tür eines der Zelte auf und eine sauber und sorgfältig gekleidete Alte in weißem Haube erschien an der Schwelle. „Sei ruhig, Stjopka," sagte sie zornig: „Der Herr schläft, und du singst. Ihr habt weder Gefühl noch Gewissen im Leibe." – „Verzeih', Petrowna," antwortete Stjopka. „Gut, ich werde nicht mehr singen; soll unser Väterchen nur schlafen und bald gesund werden." Die Alte ging, und Stjopka begann auf dem Walle auf und ab zu marschieren. In der Hütte, aus der die Alte getreten war, ruhte hinter einem Verschlag auf einem Feldbette der verwundete Dubrowskij. Auf dem Tischchen vor ihm lagen seine Pistolen, und der Säbel hing ihm zu Häupten. Die Erdhütte war mit wertvollen Teppichen ausgeschmückt; in einer Ecke stand ein großer Spiegel mit einer silbernen Toiletteeinrichtung, die wohl für eine Dame bestimmt war. Dubrowskij hielt in der Hand ein aufgeschlagenes Buch, aber seine Augen waren geschlossen. Und die Alte, die hinter dem Verschlag hereinblickte, wußte nicht, ob er schlafe oder nur in Gedanken versunken sei. Plötzlich fuhr Dubrowskij zusammen. Draußen wurde Alarm geschlagen, und Stjopka steckte den Kopf zu ihm ins Fenster hinein. „Väterchen Wladimir Andrejewitsch!" schrie er. „Die Unsrigen haben ein Zeichen gegeben: man ist uns aus der Spur." Dubrowskij sprang aus dem Bett, griff nach seinen Waffen und eilte aus dem Zeit. Die Räuber drängten sich geräuschvoll auf dem Hofe; bei seinem Erscheinen trat tiefes Schweigen ein. „Seid ihr alle da?" fragte Dubrowskij. – „Alle, außer den Spähern," antwortete man ihm. – „An eure Posten!" rief Dubrowskij, und die Räuber nahmen ihre Plätze ein. In diesem Augenblick kamen drei Späher gelaufen. Dubrowskij ging ihnen entgegen. „Was ist los?" fragte er. – „Soldaten sind im Walde," antworteten sie, „wir werden umzingelt." Dubrowskij ließ das Tor schließen und ging selbst das Geschütz untersuchen. Im Wald ertönten mehrere Stimmen, die immer näher kamen. Die Räuber warteten stumm. Plötzlich zeigten sich drei oder vier Soldaten; sie wichen sofort zurück und gaben ihren Kameraden durch Schüsse Zeichen. „Macht euch fertig zum Gefecht!" sagte Dubrowskij; unter den Räubern entstand laute Bewegung, und gleich darauf war alles wieder still. Nun hörte man die Schritte des anrückenden Militärs; Waffen blitzten zwischen den Bäumen auf; an die hundertfünfzig Soldaten liefen aus dem Walde hervor und stürmten mit

Geschrei gegen den Wall. Dubrowskij legte selbst die Lunte an; der erste Schuß war gut: die Kugel riß dem einen Soldaten den Kopf ab und verwundete zwei andere. Die Soldaten gerieten in Verwirrung, aber der Offizier stürmte vorwärts; die Soldaten folgten ihm und sprangen in den Graben. Die Räuber schossen auf sie mit Flinten und Pistolen und begannen mit Beilen den Wall zu verteidigen, auf den die rasend gewordenen Soldaten, die schon zwanzig Verwundete im Graben zurückgelassen hatten, hinaufzuklettern versuchten. Es entstand ein Handgemenge. Die Soldaten waren schon auf dem Wall, und die Räuber begannen zu weichen; aber Dubrowskij ging auf den Offizier zu, setzte ihm die Pistole an die Brust und drückte ab. Der Offizier fiel zu Boden, einige Soldaten hoben ihn auf und trugen ihn eilig in den Wald; die übrigen hielten, als sie ohne Führer geblieben waren, in ihrem Sturme inne. Die ermutigten Räuber benutzten diesen Augenblick der Verwirrung, drängten die Soldaten zurück und warfen sie in den Graben; die Belagerer ergriffen die Flucht; die Räuber setzten ihnen schreiend nach. Der Sieg war entschieden. Dubrowskij hielt den Feind für geschlagen, rief die Seinigen zurück, verschanzte sich in der Festung, verdoppelte die Wachen, ließ die Verwundeten auflesen und befahl allen, auf ihren Posten zu bleiben. Die letzten Vorfälle veranlaßten die Regierung, ernsthafte Maßregeln gegen die frechen Raubzüge Dubrowskijs zu ergreifen. Man stellte seinen Aufenthaltsort fest und schickte eine Kompagnie Soldaten hin, um ihn lebend tot zu ergreifen. Man fing einige Mann aus seiner Bande und erfuhr von ihnen, daß Dubrowskij sich nicht mehr unter ihnen befinde. Einige Tage nach dem letzten Zusammenstoß habe er alle seine Genossen um sich versammelt, ihnen erklärt, daß er sie für immer verlassen werde, und ihnen den Rat gegeben, ihr Leben zu ändern. „Ihr seid unter meiner Führung reich geworden, ein jeder von euch hat einen Paß, mit dem er sich unbehelligt in ein entferntes Gouvernement begeben kann, um dort den Rest seines Lebens in ehrlicher Arbeit und Überfluß zu verbringen. Ihr seid aber Spitzbuben und werdet euer Handwerk wohl nicht aufgeben wollen.“ Nach dieser Rede habe er sie verlassen und nur *** mitgenommen. Niemand wisse, wohin er sich gewandt habe. Anfangs bezweifelte man die Richtigkeit dieser Aussagen, da man wußte, wie die Räuber ihrem Hauptmann ergeben waren; man glaubte, daß sie sich um seine Sicherheit bemühten; aber die Zukunft gab ihnen recht. Die grausamen Überfälle, Brandstiftungen und Plünderungen hatten aufgehört; die Landstraßen waren wieder sicher. Aus anderen Quellen erfuhr man, daß Dubrowskij ins Ausland geflüchtet sei.

# Das Fräulein als Bäuerin

In einem unserer entlegenen Gouvernements befand sich das Gut Iwan Petrowitsch Berestows. In seiner Jugend hatte er in der Garde gedient, aber zu Beginn des Jahres 1797 seinen Abschied genommen und war auf sein Gut gezogen, das er seitdem niemals verließ. Er war mit einer armen Adligen verheiratet gewesen, die im Wochenbett starb, gerade zu einer Zeit, als er sich auf der Jagd befand. In der Bewirtschaftung seines Gutes fand er bald Trost. Er baute sich ein Haus nach eigenem Plan, richtete eine Tuchfabrik ein, sicherte sich ein Einkommen und begann sich für den klügsten Mann in der ganzen Gegend zu halten, und die Nachbarn, die ihn in Begleitung ihrer Familien und ihrer Hunde zu besuchen pflegten, widersprachen dem nicht. An Wochentagen trug er eine Plüschjacke, an Feiertagen aber einen Rock aus hausgewebtem Tuch; er schrieb selbst alle Ausgaben auf und las nichts außer den „Senatsnachrichten". Im allgemeinen war er beliebt, obwohl ihn viele für hochmütig hielten. Nur sein nächster Nachbar Grigorij Iwanowitsch Muromskij konnte mit ihm nicht auskommen. Dieser war ein echter russischer großer Herr. Nachdem er in Moskau den größten Teil seines Vermögens verpraßt hatte und zugleich Witwer geworden war, zog er sich auf das einzige ihm noch gebliebene Gut zurück, wo er seine tollen Streiche fortsetzte, wenn sie auch jetzt anderer Art waren. Er legte einen englischen Park an, der fast alle seine Einnahmen verschlang. Seine Stallknechte waren wie englische Jockeys gekleidet. Seine Tochter hatte eine englische Erzieherin. Die Felder werden auf englische Manier bestellt, aber:

„Auf fremde Art kann russisch' Korn nicht wachsen."

Trotz der bedeutenden Einschränkung der Ausgaben, nahm das Einkommen Grigorij Iwanowitschs nicht zu; er fand auch auf dem Lande Mittel, neue Schulden zu machen; dabei galt er für gar nicht dumm, denn er war als erster von allen Gutsbesitzern des Gouvernements darauf gekommen, sein Gut beim Vormundschaftsgericht zu verpfänden, – ein Unternehmen, das damals für außerordentlich kompliziert und kühn galt. Unter allen, die ihn tadelten, urteilte Berestow strenger als alle. Eine Abneigung gegen alle Neuerungen war der auffallendste Zug seines Charakters. Von der Anglomanie seines Nachbarn konnte er gar nicht gleichgültig sprechen und fand jeden Augenblick Gelegenheit, ihn zu kritisieren. Wenn er einem Gast seinen Besitz zeigte, so antwortete er auf das Lob, das jener seinen wirtschaftlichen Anordnungen spendete, mit ironischem Lächeln: „Jawohl, bei mir ist es nicht so wie bei meinem Nachbar Grigorij Iwanowitsch. Was soll ich mich auf englische Manier zugrunde richten; ich will lieber auf russische Art satt werden.“ Solche und ähnliche Scherze kamen dank den Bemühungen der Nachbarn auch Grigorij Iwanowitsch zu Ohren, sogar mit Ergänzungen und Kommentaren. Der Anglomane konnte die Kritik ebenso schwer vertragen wie unsere Journalisten. Er wütete und nannte seinen Kritiker einen Bären und einen Provinzialen.

Solcher Art waren die Beziehungen zwischen den beiden Gutsbesitzern, als der Sohn Berestows zu seinem Vater aufs Gut kam. Er war an der Universität *** erzogen worden und hatte die Absicht, in den Militärdienst zu treten, allein sein Vater wollte es ihm nicht erlauben. Für den Zivildienst fühlte der junge Mann nicht die geringste Befähigung. Sie wollten einander nicht nachgeben; der junge Alexej begann das Leben eines reichen Landjunkers zu führen und ließ sich für jeden Fall einen Schnurrbart stehen.

Alexej war in der Tat ein strammer Bursche. Es wäre wirklich schade gewesen, wenn es seiner schlanken Figur versagt bliebe, von einer Militäruniform umspannt zu werden, und wenn er, statt hoch zu Roß zu stolzieren, seine Jugend über Kanzleiakten gebückt verbringen müßte. Wenn die Nachbarn sahen, wie er bei einer Jagd immer allen voran, ohne auf Weg und Steg zu achten, dahersprengte, sagten sie einstimmig, daß aus ihm niemals ein ordentlicher Amtsvorstand werden würde. Die jungen Mädchen beobachteten ihn und vergafften sich sogar in ihn; aber Alexej schenkte ihnen wenig Beachtung, und sie sahen den Grund seiner Gefühllosigkeit in einem geheimen Liebesbunde. Und in der Tat ging die Abschrift der Adresse eines seiner Briefe von Hand zu Hand: „An Akulina Petrowna Kurotschkina, in Moskau, gegenüber dem Alexej-Kloster, im Hause des Kupferschmiedes Ssaweljew, und Sie werden höflichst gebeten, diesen Brief abzugeben an A. N. R.“ Diejenigen meiner Leser, die noch nie auf dem Land gelebt haben, können sich keine Vorstellung davon machen, wie entzückend die jungen Mädchen in der Provinz sind! In der reinen Luft, im Schatten ihrer Apfelbäume aufgewachsen, schöpfen sie die Kenntnis des Lebens und der Welt aus Büchern. Vereinsamung, Freiheit und Lektüre zeitigen in ihnen früh Gefühle und Leidenschaften, die unseren an Zerstreuungen gewöhnten Schönen unbekannt sind. Für so ein junges Mädchen ist schon der Ton einer Postwagenschelle ein Erlebnis; eine Reise nach der nächsten Stadt wird als eine wichtige Epoche ihres Lebens angesehen, und der Besuch eines Fremden hinterläßt eine lange, zuweilen eine ewige Erinnerung. Es ist natürlich einem jeden erlaubt, sich über einige ihrer Eigenheiten lustig zu machen; aber die

Scherze eines oberflächlichen Beobachters vermögen ihre tatsächlichen Vorzüge nicht zu vernichten, von denen die Eigentümlichkeit des Charakters, die „Individualität“, die vornehmste ist, ohne die es nach Jean Pauls Ansicht keine menschliche Größe geben kann. In den Hauptstädten genießen die Frauen vielleicht eine bessere Erziehung; aber der gesellschaftliche Verkehr schleift bald die Eigentümlichkeiten des Charakters ab und macht die Seelen ebenso einförmig wie den Kopfputz. Dies soll weder als Vorwurf noch als Tadel ausgesprochen werden, aber „nota nastra manet“, wie ein alter Kommentator schreibt.

Man kann sich wohl vorstellen, welchen Eindruck Alexej auf unsere jungen Mädchen machen mußte. Er war der erste, der finster und enttäuscht vor ihnen erschien; der erste, der ihnen von verlorenen Freuden und von seiner verwelkten Jugend sprach; außerdem trug er einen schwarzen Ring mit einem Totenkopfe. Das alles war in jenem Gouvernement noch neu. Die jungen Mädchen waren alle in ihn vernarrt.

Am meisten interessierte sich aber für ihn die Tochter meines Anglomanen, Lisa (oder Betsy, wie Grigorij Iwanowitsch sie gewöhnlich nannte). Die Väter verkehrten nicht mit einander, und sie hatte Alexej noch nicht gesehen, während alle jungen Nachbarinnen nur von ihm sprachen. Sie war siebzehn Jahre alt. Ihr dunkles, sehr anmutiges Gesicht wurde von schwarzen Augen belebt. Sie war das einzige Kind und darum verhätschelt. Ihre Lebhaftigkeit und die Streiche, die sie jeden Augenblick anstellte, entzückten den Vater und brachten ihre Erzieherin, Miß Jackson, zur Verzweiflung. Diese war eine vierzigjährige affektierte alte Jungfer, die sich die Wangen weiß und die Brauen schwarz malte, zweimal im Jahre die „Pamela“ las, dafür zweitausend Rubel Gehalt bekam und in diesem barbarischen Rußland vor Langeweile verging.

Lisas Zofe hieß Nastja; sie war etwas älter, aber ebenso leichtsinnig wie ihre Herrin. Lisa liebte sie sehr, vertraute ihr alle ihre Geheimnisse an, beriet sich mit ihr über jeden Streich, – mit einem Worte, Nastja war aus dem Gute Prilutschino eine viel wichtigere Person als jede „Vertraute“ der Heldin einer französischen Tragödie.

„Erlauben Sie mir heute einen Besuch zu machen,“ sagte einmal Nastja, während sie ihre Herrin ankleidete.

„Gerne; wohin willst du denn?“

„Nach Tugilowo, zu den Berestows. Die Frau ihres Koches hat Namenstag und war gestern hier, um uns zum Essen zu bitten."

„Da sieht man es!" sagte Lisa. „Die Herrschaften sind verfeindet, und die Diener laden einander ein."

„Was gehen uns die Herrschaften an?" entgegnete Nastja. „Außerdem gehöre ich Ihnen und nicht Ihrem Papa. Sie sind doch nicht mit dem jungen Berestow verzankt; mögen nur die Alten streiten, wenn es ihnen Spaß macht."

„Nastja, gib dir Mühe, Alexej Berestow zu sehen, und sage mir dann, wie er aussieht und was für ein Mensch er ist."

Nastja versprach es ihr, und Lisa wartete einen ganzen Tag mit Ungeduld auf ihre Rückkehr. Nastja kam gegen Abend. „Nun, Lisaweta Grigorjewna," sagte sie, ins Zimmer tretend, „ich habe den jungen Berestow gesehen; ich konnte ihn lange genug betrachten; den ganzen Tag waren wir zusammen."

„Wie kam es nur? Erzähle, erzähle alles der Reihe nach."

„Bitte sehr: wir gingen hin; ich, Anissja Nenila, Dunjka..."

„Gut, ich weiß es. Nun und weiter?"

„Erlauben Sie, ich will es der Reihe nach erzählen. Wir kamen also gerade zum Essen. Das Zimmer war voll von Menschen. Es waren welche aus Kolbino, aus Sacharjewo da, die Verwaltersfrau mit ihren Töchtern, aus Chlupino ..."

„Nun, und Berestow?"

„Warten Sie. Wir setzten uns zu Tisch. Die Verwaltersfrau auf den ersten Platz, und ich neben sie. Ihre Töchter taten so stolz, aber ich pfeif' auf sie ..."

„Ach, Nastja, wie du mich mit allen diesen Einzelheiten langweilst!"

„Wie ungeduldig Sie doch sind. Nun, wir standen vom Tisch auf ... drei Stunden hatten wir gesessen, und das Essen war so fein: zum Nachtisch gab es blaues, rotes und gestreiftes Gelee ... Wir standen also vom Tische auf und gingen in den Garten, um Fangen zu spielen, – und da kam auch der junge Herr herbei."

„Nun, ist es wahr, daß er so hübsch ist?" „Wunderhübsch. Man kann wohl sagen, daß er ein schöner Mann ist. Schlank, groß, mit roten Wangen ..." „Wirklich? Und ich hatte mir gedacht, daß er blaß sein muß. Nun, wie kam er dir vor? Traurig, nachdenklich?"

„Was glauben Sie? Einen solchen Wildfang habe ich noch nie gesehen. Es fiel ihm ein, mit uns Fangen zu spielen ...“

„Mit euch Fangen zu spielen! Unmöglich!“

„Es ist sogar sehr möglich. Und was er sich dabei erlaubte! Wenn er nur eine fing, küßte er sie gleich ab.“

„Du magst sagen, was du willst, Nastja, aber es ist nicht wahr.“

„Sie können sich denken, was Sie wollen, aber es ist wahr. Mit Mühe hielt ich ihn mir vom Leibe. Den ganzen Tag gab er sich mit uns ab.“

„Aber man sagt doch, er sei verliebt und sehe keinen Menschen an?“

„Ich weiß es nicht, mich hat er aber schon zu sehr angesehen; auch Tanja, die Verwalterstochter; auch Pascha aus Kolbino; die Wahrheit zu sagen: er hat niemand verschmäht, so ein lustiger Herr!“

„Das ist merkwürdig. Und was sagt man im Hause von ihm?“

„Man sagt, er sei ein lieber Herr, so gut und so lustig. Aber eines ist nur nicht schön: er läuft den Mädchen nach. Ich würde es noch für kein großes Unglück halten: mit der Zeit wird er gesetzter werden.“

„Wie gerne möchte ich ihn sehen!“ sagte Lisa mit einem Seufzer.

„Warum sollte das so schwierig sein? Tugilowo ist ja nicht weit von uns, – nur drei Werst; gehen Sie mal in die Gegend spazieren oder reiten Sie aus; Sie werden ihm gewiß begegnen. Er geht jeden Tag am frühen Morgen mit seiner Flinte auf die Jagd.“

„Nein, das geht nicht. Er könnte glauben, daß ich ihm nachlaufe. Außerdem sind unsere Väter verzankt, und ich kann gar nicht seine Bekanntschaft machen. – Ach, Nastja: weißt du was? Ich will mich als Bäuerin verkleiden!“ „Ja, wirklich: ziehen Sie ein grobes Hemd und einen Sarasan an und gehen Sie ohne Bedenken nach Tugilowo; ich wette, Berestow wird Sie nicht an sich vorbeigehen lassen.“ „Ich verstehe auch ausgezeichnet wie die hiesigen Bauern zu sprechen. Ach, Nastja, liebe Nastja! Welch ein herrlicher Einfall!“ Und Lisa ging zu Bett mit der Absicht, ihren lustigen Plan auch wirklich auszuführen. Gleich am anderen Tag machte sie sich an die Ausführung: sie schickte auf den Markt, ließ grobe Leinwand, blauen Baumwollstoff und Messingknöpfe holen, schnitt sich mit Nastjas Hilfe ein Hemd und einen Sarafan zu, ließ die ganze Gesindestube arbeiten, und am Abend war schon alles fertig. Lisa probierte ihr neues Kleid vor dem Spiegel und mußte sich gestehen, daß sie sich selbst noch nie so hübsch gesehen hatte. Sie repetierte ihre Rolle. Sie verbeugte sich im Gehen, schüttelte dann einigemale den Kopf wie ein Porzellankater, sprach die Bauernsprache, lachte, das Gesicht mit dem Ärmel bedeckend, und Nastja zollte ihr volle Anerkennung. Eines machte ihr nur Schwierigkeiten: sie versuchte barfuß durch den Hof zu gehen, aber der Rasen stach ihre zarten Sohlen, und der Sand und die Steinchen kamen ihr unerträglich vor. Nastja kam ihr auch hier zu Hilfe: sie nahm von Lisas Fuß Maß, lief aufs Feld zum Hirten Trofim und bestellte ihm ein Paar Bastschuhe nach diesem Maße. Am nächsten Tage war Lisa schon beim ersten Morgengrauen wach. Das ganze Haus schlief noch. Nastja erwartete vor dem Tore den Hirten. Die Flöte ertönte, und die Dorfherde zog am Herrenhause vorbei. Trofim gab Nastja im Vorbeigehen die winzigen bunten Bastschuhe und bekam dafür einen halben Rubel als Lohn. Lisa kleidete sich leise als Bäuerin an, gab Nastja flüsternd ihre Anordnungen in bezug auf Miß Jackson, ging durch die Hintertreppe in den Gemüsegarten und lief ins freie Feld.

Im Osten leuchtete das Morgenrot, und die goldenen Reihen der Wolken schienen die Sonne zu erwarten, wie die Höflinge ihren Herrscher erwarten; der heitere Himmel, die Morgenfrische, der Tau, der leise Wind und das Zwitschern der Vögel erfüllten Lisas Herz mit Fröhlichkeit; da sie jemand Bekanntem zu begegnen fürchtete, flog sie buchstäblich dahin. Als sie sich dem Wäldchen an der Grenze des väterlichen Besitztums näherte, verlangsamte sie die Schritte. Hier mußte sie auf Alexej warten. Heftig pochte ihr Herz, sie wußte selbst nicht warum; aber die Furcht, die unsere jugendlichen Streiche begleitet, bildet doch ihren Hauptreiz. Lisa trat in den Schatten de Wäldchens. Dumpfes, wiederhallendes Rauschen begrüßte hier das Mädchen. Ihre lustige Stimmung wurde etwas gedämpft. Allmählich versank sie in süße Träumerei. Sie dachte ... kann man aber mit Sicherheit bestimmen, was sich so ein siebzehnjähriges junges Mädchen allein, im Walde, in der sechsten Morgenstunde denkt? So ging sie nachdenklich auf einem an beiden Seiten von hohen Bäumen beschatteten Wege, als sie plötzlich von einem schönen Jagdhunde angebellt wurde. Lisa erschrak und schrie auf. Im gleichen Augenblick rief eine Stimme: „Tout-beau, Sogar, ici...," und ein junger Jäger kam hinter einem Gebüsch hervor. – „Hab' keine Angst, meine Liebe," sagte er zu Lisa, „mein Hund beißt nicht." Lisa hatte sich schon von ihrem Schrecken erholt und verstand, sich die Umstände zunutze zu machen. „Aber nein, gnädiger Herr," sagte sie, indem sie sich halberschrocken und halbschüchtern stellte, „ich habe solche Angst, der Hund ist so böse, gleich wird er wieder losspringen.“ Alexej (der Leser hat ihn natürlich schon erkannt) musterte indessen genau die junge Bäuerin. „Ich begleite dich, wenn du dich fürchtest,“ sagte er: „Du erlaubst mir doch, neben dir zu gehen?“ – „Wer kann's dir wehren?“ antwortete Lisa. „Jeder hat seine Freiheit, und die Landstraße gehört allen.“ – „Woher bist du?“ – „Aus Prilutschino. Ich bin die Tochter des Schmiedes Wassilij und gehe Pilze sammeln.“ (Lisa trug an einem Schnürchen einen Bastkorb.) „Und du, Herr, du bist doch aus Tugilowo, nicht?“ – „Gewiß,“ antwortete Alexej, „ich bin Kammerdiener des jungen Herrn.“ Alexej wollte seine Stellung der ihrigen anpassen, Lisa sah ihn aber an und lachte. „Du lügst,“ sagte sie, „ich bin nicht so dumm und sehe, daß du der Herr selbst bist.“ – „Woran erkennst du das?“ – „An allem.“ – „Doch wie?“ – „Wie soll man den Herrn vom Diener nicht unterscheiden können? Du trägst dich anders und redest anders und rufst auch den Hund in einer fremden Sprache.“ Lisa gefiel Alexej immer mehr. Da er nicht gewohnt war, bei den hübschen Bauernmädchen Umstände zu machen, wollte er sie umarmen; aber Lisa sprang zurück und nahm plötzlich eine strenge und kalte Miene an, die Alexej zwar amüsierte, aber von weiteren Angriffen abhielt. „Wenn Sie wollen, daß wir auch ferner gute Freunde bleiben,“ sagte sie wichtig, „so wollen Sie sich nicht wieder vergessen.“ – „Wer hat dich diese Weisheit gelehrt?“ fragte Alexej lachend. „Vielleicht meine Bekannte Nastja, die Zofe eures gnädigen Fräuleins? Auf solchen Wegen wird jetzt die Aufklärung verbreitet!“ – Lisa fühlte, daß sie aus ihrer Rolle gefallen war, und verbesserte sich sofort. „Was denkst du dir denn?“ sagte sie: „Komme ich denn nie ins Herrenhaus? Sei unbesorgt: ich habe gar manches gehört und gesehen. Aber,“ fuhr sie fort, „wenn ich mit dir plaudere, finde ich keine Pilze. Herr, geh du deinen Weg und ich gehe den meinen. Leben Sie wohl...“ Lisa wollte weitergehen, aber Alexej hielt sie bei der Hand zurück. – „Wie heißt du, mein Herz?“ – „Akulina,“ antwortete Lisa, indem sie sich bemühte, ihre Finger aus der Hand Alexejs zu befreien: „Laß mich, Herr, es ist Zeit, daß ich nach Hause komme.“ – „Nun, liebe Akulina, ich werde ganz gewiß deinen Vater, den Schmied Wassilij, besuchen.“ – „Was fällt dir ein?“ entgegnen Lisa lebhaft. „Um Christi willen, komme nicht. Wenn man zu Hause erfährt, daß ich mit dem jungen Herrn im Wäldchen geschwatzt habe, geht es mir schlecht; mein Vater, der Schmied Wassilij, wird mich totschlagen.“ – „Aber ich will dich unbedingt wiedersehen.“ – „Nun, dann komme ich einmal wieder her, um Pilze zu sammeln.“ – „Liebe Akulina, ich möchte dich küssen, aber ich wage es nicht. Also morgen um diese Zeit, nicht wahr?“ – „Ja, ja.“ – „Und du wirst mich nicht betrügen?" -. „Nein." – „Schwöre es mir." – „Nun, dann schwöre ich es beim heiligen Freitag, daß ich kommen werde."

Die jungen Leute trennten sich. Lisa kam aus dem Walde, durchschritt das Feld, schlich sich in den Garten und stürzte Hals über Kopf auf die Meierei, wo Nastja sie erwartete. Hier zog sie sich um, gab auf die Fragen der ungeduldigen Vertrauten zerstreute Antworten und eilte ins Wohnzimmer. Der Tisch war gedeckt, das Frühstück fertig, und Miß Jackson, die bereits fertig geschminkt und so eng geschnürt war, daß ihre Taille an ein Likörglas gemahnte, schnitt dünne Brotscheiben ab. Der Vater lobte sie wegen ihres frühen Spazierganges. „Nichts ist gesünder," sagte er, „als beim Sonnenaufgang aufzustehen." Er zitierte mehrere Beispiele langer Lebensdauer, die er aus englischen Zeitschriften geschöpft hatte, und bemerkte, daß alle Menschen, die über hundert Jahre gelebt, keinen Branntwein zu sich genommen hätten und immer, wie im Sommer, so auch im Winter, beim Sonnenaufgang aufgestanden wären. Lisa hörte ihm nicht zu. Im Geiste durchlebte sie von neuem alle Umstände der heutigen Zusammenkunft, die ganze Unterhaltung Akulinas mit dem jungen Jäger, und empfand Gewissensbisse. Vergebens hielt sie sich selbst vor, daß die Unterhaltung die Grenzen des Anstandes nicht überschritten habe und daß ihr Streich keinerlei Folgen haben könne, – ihr Gewissen war lauter als die Stimme der Vernunft. Das Versprechen, das sie für den nächsten Tag gegeben hatte, beunruhigte sie mehr als alles: sie war schon entschlossen, den feierlichen Eid nicht zu halten. Aber Alexej könnte ja, nachdem er auf sie vergebens gewartet, im Dorfe die Tochter des Schmiedes Wassilij, die wirkliche Akulina, ein dickes pockennarbiges Mädel, aufsuchen, – und so würde er hinter ihren leichtsinnigen Streich kommen.

Dieser Gedanke erschreckte sie, und sie entschloß sich, am nächsten Morgen wieder als Akulina ins Wäldchen zu kommen. Alexej war seinerseits entzückt; den ganzen Tag dachte er nur an die neue Bekannte, und nachts wollte das Bild der dunklen Schönen nicht aus seiner Phantasie weichen. Kaum tagte es, als er schon fertig angekleidet war, ohne sich Zeit zu lassen, sein Gewehr zu laden, ging er mit seinem treuen Sbogar ins Feld und eilte nach dem Orte der verabredeten Zusammenkunft. Gegen eine halbe Stunde verging in einer für ihn unerträglichen Erwartung; endlich sah er den blauen Sarafan im Gebüsch schimmern und stürzte der lieben Akulina entgegen. Sie lächelte über sein Entzücken und seine Dankbarkeit; aber Alexej bemerkte sofort in ihrem Gesicht Spuren von Traurigkeit und Unruhe. Er wollte die Ursache wissen. Lisa gestand, daß ihr Schritt ihr leichtsinnig erscheine, daß sie ihn bereue, daß sie dieses Mal das gegebene Versprechen nicht hätte brechen wollen, daß aber diese Begegnung die letzte sein müsse, und sie ihn bitte, die Bekanntschaft, die zu nichts Gutem führen könnte, abzubrechen. Das alles wurde natürlich in der Bauernsprache gesagt; aber die für ein einfaches Mädchen so ungewöhnlichen Gedanken und Empfindungen setzten in Erstaunen. Er wandte seine ganze Beredsamkeit an, um Akulina von ihrer Absicht abzubringen; er beteuerte ihr die Unschuld seiner Absichten, versprach, ihr niemals Grund zur Reue zu geben und ihr in allen Dingen zu folgen, und beschwor sie, ihn dieser einzigen Freude – sie, und wenn auch nur jeden zweiten Tag oder nur zweimal in der Woche, allein zu sehen, nicht zu berauben. Er redete die Sprache der wahren Leidenschaft und war in diesem Augenblick wirklich verliebt. Lisa hörte ihn schweigend an. „Gib mir dein Wort," sagte sie endlich, „daß du mich niemals im Dorfe suchen und niemals nach mir fragen wirst. Gib mir dein Wort, keine anderen Zusammenkünfte mit mir zu suchen, als die, die ich selbst bestimme." Alexej fing schon an, beim heiligen Freitag zu schwören, aber sie hielt ihn lächelnd zurück: „Ich brauche keine Schwüre," sagte Lisa, „mir genügt dein bloßes Versprechen." Dann gingen sie freundschaftlich plaudernd durch den Wald, bis Lisa ihm sagte: „Es ist Zeit." Sie schieden, und Alexej konnte, als er allein geblieben, nicht begreifen, wie das einfache Bauernmädchen es verstanden habe, nach zwei Begegnungen eine solche Macht über ihn zu erlangen. Seine Beziehungen zu Akulina hatten für ihn den Reiz der Neuheit, und obwohl die Vorschriften des sonderbaren Bauernmädchens ihm als eine Last erschienen, kam ihm nie der Gedanke, sein Wort nicht zu halten. Die Sache war die, daß Alexej trotz seines unheimlichen Ringes, der geheimnisvollen Korrespondenz und seiner finsteren Blasiertheit dennoch ein braver, begeisterungsfähiger Jüngling war und ein reines Herz hatte, das sich noch an Unschuld erfreuen konnte.

Könnte ich ganz meinen eigenen Wünschen folgen, so würde ich mit aller Ausführlichkeit die Zusammenkünfte der jungen Leute, das Anwachsen der gegenseitigen Zuneigung und des Vertrauens, ihren Zeitvertreib und ihre Gespräche schildern, aber ich weiß, daß die Mehrzahl meiner Leser diese Freuden nicht teilen würde. Alle diese Einzelheiten müßten süßlich erscheinen, darum übergehe ich sie und bemerke nur ganz kurz, daß noch nicht zwei Monate vergangen waren, als Alexej bis zur Bewußtlosigkeit verliebt war, und auch Lisa, wenn auch schweigsamer als er, doch nicht gleichgültiger als er war. Sie waren beide in der Gegenwart glücklich und dachten wenig an die Zukunft.

Der Gedanke an unzertrennliche Bande kam ihnen recht oft in den Sinn; aber sie hatten noch nie darüber gesprochen. Die Ursache ist ja klar: wie zugetan Alexej seiner geliebten Akulina auch war, mußte er doch immer an den Abstand denken, der ihn von dem armen Bauernmädchen trennte; Lisa aber wußte, welche Feindschaft zwischen ihren Vätern bestand, und wagte es nicht, auf ihre Versöhnung zu hoffen. Außerdem wurde ihr Ehrgeiz heimlich durch die vage romantische Hoffnung aufgestachelt, den Gutsherrn von Tugilowo zu Füßen der Tochter des Schmiedes von Prilutschino zu sehen. Ein plötzlich eingetretenes wichtiges Ereignis hätte aber beinahe ihre gegenseitigen Beziehungen geändert.

An einem heiteren kalten Morgen (einem jener Morgen, an denen unser russischer Herbst so reich ist) ritt Iwan Petrowitsch Berestow aus und nahm für jeden Fall drei Paar Windhunde, einen Stallknecht und mehrere mit Klappern versehene Jungen mit. Um diese selbe Stunde ließ Grigorij Iwanowitsch Muromskij, vom schönen Wetter verführt, seine Stute mit dem englisch gestutzten Schwanz satteln und ritt im Trab durch seinen anglisierten Besitz. Als er sich dem Wäldchen näherte, erblickte er seinen Nachbar, der in einem mit Fuchspelz gefütterten Rock stolz auf seinem Pferde saß und den Hasen erwartete, den die Jungen durch Geschrei und Geklapper aus dem Gebüsch trieben. Hatte Grigorij Iwanowitsch diese Begegnung voraussehen können, so würde er sicher umgekehrt sein; er war aber ganz unerwartet auf Berestow gestoßen und stand plötzlich in der Entfernung eines Pistolenschusses von ihm. Es war nichts zu machen: Muromskij ritt als gebildeter Europäer auf seinen Feind zu und begrüßte ihn höflich. Berestow erwiderte den Gruß mit dem gleichen Anstand, mit dem ein zahmer Bär sich auf Geheiß seines Wärters vor den Herrschaften verbeugt. In diesem Augenblick sprang der Hase aus dem Walde und lief querüberfeld. Berestow und sein Stallknecht schrien aus vollem Halse auf, ließen die Hunde los und folgten im Galopp dem Hasen. Das Pferd Muromskijs, das noch nie auf der Jagd gewesen war, erschrak und begann wild zu rennen. Muromskij, der sich für einen guten Reiter hielt, ließ dem Pferde die Zügel und war innerlich über diesen Zufall froh, der ihn von der unangenehmen Gesellschaft befreite. Als aber das Pferd zu einem Graben gelangte, den es bisher nicht gesehen, warf es sich auf die Seite, und Muromskij fiel aus dem Sattel. Er stürzte schwer auf den hartgefrorenen Boden, lag da und verfluchte seine kurzschwänzige Stute, welche, als wäre sie plötzlich zur Besinnung gekommen, stehen blieb, sobald sie sich ohne Reiter fühlte. Iwan Petrowitsch sprengte auf ihn zu und erkundigte sich, ob er sich nicht wehgetan hätte. Inzwischen kam der

Stallknecht mit dem schuldigen Pferd, das er am Zaume führte, zurück. Er half Muromskij in den Sattel und Berestow lud ihn zu sich ein. Muromskij konnte die Einladung nicht abschlagen, da er sich dem Nachbarn gegenüber für verpflichtet fühlte, und so kehrte Berestow mit Triumph nach Hause zurück, nachdem er einen Hasen erbeutet hatte und seinen Feind, verwundet, fast als Kriegsgefangenen mit sich führte.

Die Nachbarn kamen beim Frühstück in ein freundschaftliches Gespräch. Muromskij bat Berestow um eine Droschke, da er gestehen mußte, daß er nach dem Sturze nicht imstande war, nach Hause zu reiten. Berestow begleitete ihn vor die Haustür, und Muromskij fuhr nicht eher ab, als er von ihm das Versprechen abgenommen, daß er gleich am nächsten Tage (mit Alexej Iwanowitsch) nach Prilutschino kommen und bei ihm freundschaftlich zu Mittag speisen würde. So hatte es den Anschein, daß eine alte, tiefeingewurzelte Feindschaft dank der Scheu einer kurzschwänzigen Stute beigelegt werden sollte. Lisa eilte Grigorij Iwanowitsch entgegen. „Was ist das, Papa?“ fragte sie erstaunt: „Warum hinken Sie? Wo ist Ihr Pferd? Wessen Droschke ist das?“ – „Das wirst du nicht erraten, my dear,“ antwortete ihr Grigorij Iwanowitsch, und erzählte ihr alles, was vorgefallen war. Lisa traute ihren Ohren nicht. Grigorij Iwanowitsch ließ sie gar nicht aus dem Erstaunen herauskommen, indem er ihr erklärte, daß morgen die beiden Berestows bei ihm speisen würden. „Was sagen Sie!“ rief sie erbleichend: „Die Berestows, Vater und Sohn! Morgen sollen sie bei uns essen! Nein, Papa, tun Sie, was Sie wollen, aber ich werde mich um keinen Preis zeigen.“ – „Was hast du, bist du von Sinnen?“ versetzte der Vater: „Seit wann bist du so schüchtern? Oder nährst du eine Erbfeindschaft gegen sie wie eine romantische Heldin? Genug, sei nicht so albern ...“ – „Nein, Papa, um nichts auf der Welt, für keine Schätze werde ich mich den Berestows zeigen.“

Grigorij Iwanowitsch zuckte die Achseln und stritt mit ihr nicht mehr, denn er wußte, daß man bei ihr durch Widerspruch nichts erreichen konnte; und er zog sich zurück, um nach diesem folgenschweren Ritte auszuruhen. Lisaweta Grigorjewna ging auf ihr Zimmer und rief Nastja herbei. Sie berieten sich lange wegen des morgigen Besuches. Was wird sich Alexej denken, wenn er im wohlerzogenen Fräulein seine Akulina wiedererkennt? Was für eine Meinung wird er von ihrem Betragen, von ihrem Anstand und von ihrer Vernunft haben? Anderseits wollte Lisa gerne sehen, welchen Eindruck auf ihn eine so unerwartete Begegnung machen würde... Plötzlich kam ihr ein Gedanke. Sie teilte ihn Nastja mit; beide freuten sich, als hätten sie einen Schatz gefunden, und beschlossen, den Gedanken unbedingt zu verwirklichen. Am andern Tage fragte Grigorij Iwanowitsch seine Tochter beim Frühstück, ob sie noch immer die Absicht habe, sich vor den Berestows zu verstecken. „Papa," antwortete Lisa, „wenn Sie wünschen, will ich sie empfangen, aber unter einer Bedingung: wie ich vor ihnen auch erscheine, wie ich mich auch benehme, Sie dürfen mich nicht schelten und auch auf keine Weise Erstaunen oder Unzufriedenheit äußern." – „Du hast wohl wieder irgendeinen Streich vor!" sagte Grigorij Iwanowitsch lachend. „Also, gut, ich bin einverstanden, tu was du willst, mein schwarzäugiger Wildfang." Mit diesen Worten küßte er sie auf die Stirn, und Lisa lief fort, um ihre Vorbereitungen zu machen. Punkt zwei Uhr erschien eine von sechs Pferden gezogene, im Hause gebaute Kutsche und machte eine Runde auf dem mit tiefgrünem Rasen eingefaßten Hof. Der alte Berestow stieg mit Hilfe von zwei livrierten Lakaien Muromskijs die Treppe hinauf. Gleich nach ihn kam auch sein Sohn zu Pferde an und betrat zugleich mit dem Vater das Speisezimmer, wo der Tisch schon gedeckt war. Muromskij empfing seine Gäste in der freundschaftlichsten Weise,

machte ihnen den Vorschlag, vor dem Essen den Garten und den Tierpark anzusehen, und führte sie auf den sorgfältig gekehrten und mit Sand bestreuten Wegen. Der alte Berestow beklagte innerlich die für diese unnützen Dinge verschwendete Arbeit und Zeit, schwieg aber aus Höflichkeit. Sein Sohn teilte weder die Unzufriedenheit des berechnenden Gutsbesitzers, noch das Entzücken des eingebildeten Anglomanen; aber er erwartete mit Ungeduld das Erscheinen der Tochter des Hauses, von der er schon so viel gehört hatte; obwohl sein Herz, wie wir schon wissen, vergeben war, hatte die junge Schöne doch immerhin ein Anrecht auf sein Interesse.

Ins Wohnzimmer zurückgekehrt, setzten sie sich zu dreien hin; während die Alten der früheren Jahre gedachten und sich Anekdoten aus ihrer Dienstzeit erzählten, grübelte Alexej über die Rolle, die er in Lisas Gegenwart spielen sollte. Er entschied sich dafür, daß eine kühle Zerstreutheit in jedem Falle am passendsten wäre, und traf danach seine Vorbereitungen. Die Tür ging auf; er wandte den Kopf mit einer solchen Gleichgültigkeit, mit einer so stolzen Nachlässigkeit, daß das Herz der verstocktesten Kokette unbedingt zusammengefahren wäre. Leider trat statt Lisa die alte Miß Jackson ein, gepudert, geschminkt, eng geschnürt, mit gesenkten Augen und einem kleinen Knicks, und so war die schöne militärische Gebärde Alexejs vergebens. Kaum hatte er seine Kräfte wieder gesammelt, als die Tür von neuem aufging; diesmal war es Lisa. Alle erhoben sich, der Vater fing schon an, ihr die Gäste vorzustellen, als er plötzlich stockte und sich aus die Lippen biß... Lisa, seine dunkle Lisa war bis an die Ohren gepudert und geschminkt, viel ärger als Miß Jackson selbst; die falschen Locken, viel heller als ihr eigenes Haar, waren wie eine Perücke aus der Zeit Ludwig XIV. aufgesteckt; die Ärmel à l'imbecile waren steif wie der Reifrock der Madame de Pompadour; die Taille war so eng geschnürt, daß sie einem X glich, und alle noch nicht verpfändeten Brillanten ihrer Mutter funkelten an ihren Fingern, Hals und Ohren. Alexej konnte in diesem lächerlichen und glänzenden Fräulein seine Akulina nicht wiedererkennen. Sein Vater küßte ihr die Hand, und er folgte ärgerlich seinem Beispiel; als er ihre weißen Finger berührte, kam es ihm vor, als zitterten sie. Indessen bemerkte er das absichtlich vorgestreckte und kokett beschuhte Füßchen. Das versöhnte ihn einigermaßen mit ihrem übrigen Aufzug. Und was ihre Schminke betrifft, so hatte er sie, offen gestanden, in seiner Herzenseinfalt auf den ersten Blick nicht bemerkt, wie er sie auch später gar nicht sah. Grigorij Iwanowitsch dachte an sein Versprechen und bemühte sich, kein Erstaunen zu zeigen, doch der Streich seiner Tochter kam ihm so amüsant vor, daß er sich kaum beherrschen konnte. Aber der steifen Engländerin war es gar nicht zum Lachen. Sie ahnte, daß Puder und Schminke aus ihrer Kommode entwendet worden waren, und die Röte des Ärgers leuchtete durch das künstliche Weiß ihres Gesichtes hindurch. Sie warf flammende Blicke der jungen Verbrecherin zu, welche alle Erklärungen auf eine andere Gelegenheit aufschob und so tat, als bemerkte sie nichts.

Man setzte sich zu Tisch. Alexej fuhr fort, die Rolle des Zerstreuten und Nachdenklichen zu spielen. Lisa tat geziert, sprach in singendem Ton durch die Zähne und nur französisch. Der Vater sah sie jeden Augenblick an; er begriff nicht, welches Ziel sie dabei verfolgte, aber fand das alles sehr amüsant. Die Engländerin raste innerlich und schwieg; Iwan Petrowitsch allein fühlte sich wie zu Hause, er aß für zwei, trank soviel wie immer, lachte über sein eigenes Lachen und redete von Minute zu Minute freundschaftlicher und lustiger.

Endlich standen sie vom Tische auf; die Gäste empfahlen sich, und Grigorij Iwanowitsch machte seiner Lachlust und Neugier Luft. „Was fiel dir ein, sie zu Narren zu halten?“ fragte er Lisa. „Weißt du aber, die weiße Schminke steht dir sehr gut; ich will nicht auf die Geheimnisse der Damentoilette eingehen, aber an deiner Stelle würde ich mich immer schminken, natürlich nicht zuviel, sondern ganz leicht.“ Lisa war über den Erfolg ihres Einfalls entzückt. Sie umarmte den Vater, versprach, sich seinen Rat zu überlegen und lief hin, die erzürnte Miß

Jackson zu besänftigen, die sie nur mit Mühe bewegen konnte, ihre Tür zu öffnen und ihre Rechtfertigung anzuhören: Lisa hätte sich geschämt, vor den Gästen mit so dunklem Teint zu erscheinen; sie hätte nicht gewagt, sie zu bitten ... sie sei überzeugt, daß die gute liebe Miß Jackson ihr verzeihen würde ... usw. usw. Miß Jackson überzeugte sich, daß Lisa gar nicht daran gedacht habe, sie lächerlich zu machen, beruhigte sich, küßte Lisa und schenkte ihr als Pfand der Versöhnung ein Töpfchen englische weiße Schminke, das Lisa mit dem Ausdrucke aufrichtigen Dankes annahm. Der Leser wird erraten, daß Lisa am folgenden Morgen nicht versäumte, im Wäldchen der Zusammenkünfte zu erscheinen. „Herr, warst du gestern bei unseren Herrschaften?“ fragte sie sofort Alexej. „Wie gefiel dir unser gnädiges Fräulein?“ Alexej antwortete, daß er sie nicht beachtet habe. „Schade,“ entgegnete Lisa. – „Warum denn schade?“ fragte Alexej. – „Weil ich dich fragen wollte, ob es wahr ist, was die Leute sagen ...“ – „Was sagen die Leute?“ – „Ist es wahr, daß ich dem gnädigen Fräulein ähnlich sehe?“ – „Was für Unsinn! Im Vergleich zu dir ist sie ein Scheusal!“ – „Ach, Herr, es ist Sünde, so zu sprechen; unser gnädiges Fräulein ist so weiß von Gesicht, so schön geputzt! Wie könnte ich mit ihr vergleichen!“ Alexej schwur, daß sie schöner sei als alle die weißen gnädigen Fräuleins, und begann, um sie vollständig zu beruhigen, ihr ihre Herrin so lächerlich zu schildern, daß Lisa herzlich lachen mußte. „Aber,“ sagte sie seufzend, „wenn unser Fräulein vielleicht auch lächerlich ist, so bin ich doch im Vergleich zu ihr eine ungebildete dumme Gans.“ – „Ach!“ sagte Alexej: „Ein großes Unglück! Wenn du willst, werde ich dich lesen und schreiben lehren.“ – „Ja, wirklich,“ antwortete Lisa, „warum sollte ich es nicht versuchen?“ – „Gerne, meine Liebe; wir wollen gleich anfangen.“ – Sie setzten sich. Alexej holte Bleistift und Notizbuch aus der Tasche, und Akulina lernte erstaunlich schnell die Buchstaben. Alexej konnte ihre Gelehrigkeit gar nicht genug bewundern. Am nächsten Morgen wollte sie schon zu schreiben versuchen; der Bleistift wollte ihr anfangs nicht gehorchen, aber nach wenigen Minuten malte sie schon die Buchstaben recht ordentlich. „Was für ein Wunder!“ sagte Alexej. „Bei uns geht die Sache sogar schneller als nach dem Lancaster-System.“ Und in der Tat, bei der dritten Stunde war Lisa bereits imstande, „Natalja, die Bojarentochter“ zu lesen; sie unterbrach die Lektüre mit Bemerkungen, die Alexej in aufrichtiges Erstaunen versetzten, füllte auch ein ganzes Blatt Papier mit Sätzen aus der gleichen Erzählung. Nach einer Woche war zwischen ihnen schon ein Briefwechsel im Gange. Als Postbureau diente ihnen eine Höhlung in einer alten Eiche. Nastja versah im geheimen das Amt eines Briefträgers. Dorthin brachte Alexej seine mit großen Buchstaben geschriebenen Briefe und fand dort die auf einfaches blaues Papier gekritzelten Krähenfüße seiner Geliebten. Akulina eignete sich eine gute Ausdrucksweise an, und ihr Geist bildete und entwickelte sich zusehends.

Indessen festigte sich die vor kurzem geschlossene Bekanntschaft zwischen Iwan Petrowitsch Berestow und Grigorij Iwanowitsch Muromskij immer mehr; sie verwandelte sich bald in Freundschaft, und zwar aus folgenden Gründen: Muromskij hatte oft darüber nachgedacht, daß das ganze Gut Iwan Petrowitschs nach dessen Tode auf Alexej Iwanowitsch übergehen sollte, der in diesem Falle einer der reichsten Gutsbesitzer im Gouvernement werden würde; daher liege gar kein Grund vor, warum er Lisa nicht heiraten solle. Der alte Berestow seinerseits hielt zwar seinen Nachbarn für etwas verrückt (von der englischen Narrheit besessen, wie er sich ausdrückte), leugnete darum aber doch seine vielen Vorzüge nicht, z. B. seine seltene Tüchtigkeit; Grigorij Iwanowitsch war nahe verwandt mit dem Grafen Pronskij, einem angesehenen und einflußreichen Manne; der Graf könnte Alexej sehr nützlich sein, und Muromskij (so glaubte Iwan Petrowitsch), würde sich wahrscheinlich freuen, seine Tochter so gut verheiraten zu können. Die Alten überlegten sich die Sache, ein jeder bei sich, so lange, bis sie endlich ihre Ansichten austauschten; sie umarmten sich, versprachen, die Sache in Angriff zu nehmen, und begannen, ein jeder von seiner Seite, vorzuarbeiten. Muromskij hatte noch eine große Schwierigkeit zu bewältigen: seine Betsy zu überreden, Alexej, den sie seit jenem denkwürdigen Mittagessen nicht mehr gesehen hatte, näher kennen zu lernen. Es hatte den Anschein, als gefielen sie einander sehr wenig; Alexej hatte wenigstens seinen Besuch in Prilutschino nicht mehr wiederholt, und Lisa zog sich immer auf ihr Zimmer zurück, wenn Iwan Petrowitsch die Ehre seines Besuches machte. „Aber," dachte sich Grigorij Iwanowitsch, „wenn Alexej jeden Tag zu mir kommt, wird Betsy sich in ihn verlieben müssen. Das ist in der Ordnung der Dinge. Die Zeit wird das ihrige tun." Iwan Petrowitsch machte sich weniger Sorgen um den Erfolg seiner Absichten. Er ließ seinen Sohn noch am selben Abend zu sich ins Kabinett kommen, steckte sich eine Pfeife an und sagte nach einem Schweigen: „Warum sprichst du nicht mehr vom Militärdienst, Aljoscha? Oder lockt dich die Husarenuniform nicht mehr?" – „Nein, Väterchen," antwortete Alexej respektvoll: „ich sehe, es ist Ihnen nicht gefällig, daß ich zu den Husaren gehe; meine Pflicht ist es, Ihnen zu gehorchen." – „Gut," antwortete Iwan Petrowitsch, „ich sehe, daß du ein gehorsamer Sohn bist; das ist für mich ein Trost, und ich will dich nicht zwingen, jetzt gleich ... in den Zivildienst zu treten; vorläufig möchte ich dich verheiraten."

„Mit wem, Väterchen?" fragte Alexej erstaunt.

„Mit Lisaweta Grigorjewna Muromskaja," antwortete Iwan Petrowitsch. „Die Braut ist doch nett?" „Väterchen, ans Heiraten denke ich noch nicht."

„Du denkst noch nicht, aber ich habe statt deiner nachgedacht und mir alles überlegt."

„Wie Sie wünschen, aber Lisa Muromskaja gefällt mir gar nicht."

„Sie wird dir schon später gefallen. Wenn du dich an sie gewöhnst, wirst du sie auch lieb gewinnen."

„Ich halte mich nicht für fähig, sie glücklich zu machen."

„Ihr Glück geht dich nichts an. Wie? So achtest du den Willen des Vaters? Das ist ja schön!"

„Wie Sie wünschen, aber ich will nicht heiraten und werde auch nicht heiraten."

„Du wirst heiraten, oder ich werde dich verfluchen und das Gut – das schwöre ich dir bei Gott! – verkaufen oder verschwenden und dir keinen Heller hinterlassen. Ich gebe dir drei Tage zum Nachdenken, inzwischen sollst du dich nicht unterstehen, mir vor die Augen zu kommen."

Alexej wußte, daß, wenn sein Vater sich etwas in den Kopf setzte, man es ihm nicht mal mit einem Nagel, wie sich Taras Skotinin ausdrückte, wieder austreiben konnte. Aber Alexej war seinem Vater nachgeraten und ebenso starrköpfig wie er. Er ging auf sein Zimmer und begann zu grübeln über die Grenzen der väterlichen Gewalt, über Lisaweta Grigorjewna, über seines Vaters feierliches Versprechen, ihn zu einem Bettler zu machen, und endlich über Akulina. Zum ersten Male sah er ganz klar, daß er sie leidenschaftlich liebte; der romantische Gedanke, ein Bauernmädchen zu heiraten und von seiner Hände Arbeit zu leben, setzte sich in seinem Kopfe fest, und je mehr er über seinen entscheidenden Schritt nachdachte, um so vernünftiger erschien er ihm. Seit einiger Zeit hatten die Zusammenkünfte im Wäldchen infolge des regnerischen Wetters aufgehört. Er schrieb Akulina mit seiner leserlichen Handschrift und in einem ganz rasenden Stil einen Brief, teilte ihr das ihm drohende Unheil mit und bot ihr seine Hand an. Er trug den Brief sofort auf ihr Postamt in der Eiche und legte sich, überaus mit sich zufrieden, schlafen.

Am anderen Morgen ritt Alexej, fest entschlossen, zu Muromskij, um sich mit ihm offen auszusprechen. Er hoffte, seine Großmut zu erregen und ihn für sich zu gewinnen. „Ist Grigorij Iwanowitsch zu Hause?“ fragte er, sein Pferd vor dem Herrenhause von Prilutschino anhaltend.

„Zu Befehl, nein,“ antwortete der Diener. „Grigorij Iwanowitsch sind am frühen Morgen ausgeritten.“ – „Wie ärgerlich!“ dachte sich Alexej. „Ist wenigstens Lisaweta Grigorjewna zu Hause?“ – „Sie ist zu Hause.“ Alexej sprang vom Pferde, gab die Zügel dem Diener und ging unangemeldet ins Haus.

„Jetzt wird sich alles entscheiden,“ dachte er sich, als er sich dem Wohnzimmer näherte. „Ich will mich mit ihr selbst aussprechen.“ Er trat ein ... und erstarrte! Lisa ... nein, Akulina, seine liebe, braune Akulina, nicht in ihrem Sarafan, sondern in einem weißen Morgenkleidchen saß am Fenster und las seinen Brief; sie war so vertieft, daß sie ihn nicht eintreten hörte. Alexej konnte sich eines freudigen Ausrufes nicht enthalten. Lisa fuhr zusammen, hob den Kopf, schrie auf und wollte fortlaufen. „Akulina, Akulina! ...“ Lisa versuchte sich von ihm zu befreien... „Mais laizzes-moi donc, monsieur: mais êtes vous fou!“ rief sie, sich von ihm wegwendend. „Akulina! Meine liebe Akulina!“ wiederholte er, ihr die Hände küssend. Miß Jackson, die Zeugin dieser Szene war, wußte nicht, was sie sich denken sollte. In diesem Augenblick ging die Tür auf, und Grigorij Iwanowitsch trat ein.

„Aha!“ sagte Muromskij: „Es scheint, ihr habt die Sache schon selbst ins Reine gebracht...“

Die Leser werden mich der überflüssigen Verpflichtung entbinden, auch noch die Lösung zu beschreiben.

# Die Pique-Dame

## I.

*Die Pique-Dame bedeutet versteckte Feindseligkeit.* (Neuestes Wahrsagebuch)

Beim Gardeoffizier Narumow fand ein Kartenabend statt. Die lange Winternacht ging ganz unmerklich dahin, und man setzte sich zum Souper erst um fünf Uhr morgens. Diejenigen, die gewonnen hatten, zeigten großen Appetit, die andern saßen zerstreut vor den leeren Tellern. Als der Champagner kam, wurde die Unterhaltung lebhafter, und alle nahmen an ihr teil.

„Nun, wie geht's, Ssurin?" fragte der Gastgeber. „Schlecht, ich habe alles verloren, wie gewöhnlich. Ich muß gestehen, ich habe immer Pech: ich spiele Mirandole, ruhig, gelassen, lasse mich durch nichts aus der Fassung bringen, und doch verliere ich immer." „Hast du dich denn nie hinreißen lassen, Route zu setzen? ... Ich bewundere deine Selbstbeherrschung!" „Wie gefällt euch der Hermann?" sagte ein Gast, auf einen jungen Genieoffizier zeigend. „Er hat noch nie im Leben eine Karte angerührt, nie gesetzt, und doch bringt er es fertig, mit uns bis fünf Uhr dazusitzen und dem Spiel zuzuschauen."

„Das Spiel interessiert mich sehr," sagte Hermann, „ich bin aber nicht in der Lage, das Unentbehrliche auf die Karte zu setzen, um Überflüssiges zu gewinnen."

„Hermann ist ein Deutscher: er ist sparsam und vernünftig – das ist die Sache!" versetzte Tomskij. „Wen ich aber nicht begreife, das ist meine Großmutter Anna Fjodorowna."

„Wieso?" riefen die Gäste.

„Ich finde es unbegreiflich," fuhr Tomskij fort, „warum sie nie pointiert."

„Es wäre doch weit merkwürdiger, wenn eine achtzigjährige Alte pointieren würde," bemerkte Narumow.

„Wißt ihr denn gar nichts von ihr?"

„Nein, wirklich nichts."

„Also hört! Ihr müßt wissen, daß meine Großmutter vor sechzig Jahren in Paris war und dort großen Erfolg hatte. Das ganze Volk lief zusammen, um die „Venus moscovite“ zu sehen. Selbst Richelieu machte ihr den Hof, und meine Großmutter behauptet, er hätte sich ihretwegen beinahe das Leben genommen. Um jene Zeit spielten die Damen noch Pharao. Einmal verlor meine Großmutter bei Hofe an den Herzog von Orleans eine bedeutende Summe, die sie ihm schuldig bleiben mußte. Nach Hause zurückgekehrt, erzählte sie dem Großvater, während sie die Mouches vom Gesicht nahm und den Reifrock abstreifte, von ihrer Spielschuld und befahl ihm, diese zu begleichen. Mein seliger Großvater wurde, so viel ich mich erinnere, von der Großmutter mehr als Haushofmeister behandelt und hatte vor ihr den größten Respekt. Als er aber von dieser ungeheuren Spielschuld hörte, wurde er ganz wild. Er brachte sein Ausgabenbuch und zeigte ihr, daß sie im letzten Halbjahr eine halbe Million verlebt hätten; bei Paris hätten sie weder die Moskauer, noch die Ssaratower Güter, er könne also unmöglich das Geld beschaffen. Die Großmutter gab ihm eine Ohrfeige und ging allein zu Bett, um ihm ihre Ungnade zu zeigen: Am nächsten Morgen ließ sie den Mann rufen, den sie durch diese häusliche Strafe bekehrt glaubte. Er war aber noch immer unerbittlich. Da ließ sich die Großmutter zum erstenmal in ihrem Leben herab, mit ihm zu verhandeln; sie redete ihm ins Gewissen und versuchte ihm zu beweisen, daß eine Spielschuld doch etwas anderes sei als eine gewöhnliche Schuld, und daß es doch einen Unterschied gäbe zwischen einem Herzog und einem Wagenlieferanten. Alles war vergebens, der Großvater ließ sich durch nichts umstimmen. Die Großmutter wußte nicht, was sie machen sollte.

Nun war sie mit einem höchst merkwürdigen Menschen intim bekannt. Ihr habt wohl alle etwas vom Grafen Saint-Germain gehört, von dem so merkwürdige Dinge erzählt wurden. Ihr wißt wohl, daß er sich für den Ewigen Juden, für den Erfinder des Lebenselixiers und des Steins der Weisen und so weiter ausgab. Er wurde oft als Scharlatan angesehen und verlacht; Casanova behauptet aber in seinen Memoiren, er sei ein Spion gewesen. Dieser Saint-Germain sah übrigens, trotz aller Geheimniskrämerei sehr ehrwürdig aus und verstand es, sich in Gesellschaft höchst liebenswürdig zu zeigen. Meine Großmutter liebt ihn noch heute mit heißer Liebe, und sie kann es nicht leiden, wenn man von ihm unehrerbietig spricht. Sie wußte, daß er über unheimliche Geldmittel verfügte. Sie schrieb ihm also ein Billett, er möchte sie sofort besuchen. Der alte Sonderling leistete der Einladung sofort Folge und fand sie in größtem Kummer. Sie beschrieb ihm in den düstersten Farben die Barbarei ihres Mannes und sagte, sie setze ihre letzte Hoffnung auf seine Freundschaft und

Liebenswürdigkeit. Der Graf geriet in einige Verlegenheit. „Ich könnte Ihnen wohl die nötige Summe leihen," sagte er, „aber ich weiß, daß Sie keine Ruhe finden werden, ehe Sie mir das Geld zurückzahlen; ich will Ihnen aber keine neuen Sorgen machen. Ich weiß ein anderes Mittel: Sie können das Geld zurückgewinnen."

„Aber, lieber Graf," sagte die Großmutter, ich habe Ihnen ja gesagt, daß wir kein Geld haben."

„Sie brauchen dazu kein Geld," sagte Saint-Germain.

„Hören Sie mich nur an."

Und da vertraute er ihr ein Geheimnis an, für das wohl jeder von uns sehr viel geben würde..."

Die jungen Leute verdoppelten ihre Aufmerksamkeit.

Tomskij zündete sich seine Pfeife an und fuhr fort:

„Am gleichen Abend erschien meine Großmutter in Versailles beim *jeu de la reine*. Der Herzog von Orleans hielt die Bank; meine Großmutter entschuldigte sich zuvor, daß sie die Spielschuld nicht mitgebracht habe, wofür sie irgend einen erdichteten Grund angab, und begann zu setzen. Sie wählte drei Karten und setzte auf sie nacheinander: alle drei gewannen, und so kam sie wieder zu ihrem Geld."

„Zufall!" sagte ein Gast.

„Ein Märchen!" meinte Hermann.

„Vielleicht waren es gar gezeichnete Karten!" bemerkte ein Dritter.

„Das glaube ich nicht," erwiderte Tomskij.

„Wie," sagte Narumow, „du hast eine Großmutter, die drei Karten hintereinander trifft, und hast ihr diese Hexerei noch nicht abgeguckt?"

„Ja, zum Teufel!" antwortete Tomskij. „Sie hatte vier Söhne, und alle, darunter auch mein Vater, waren verzweifelte Spieler; doch hat sie keinem von ihnen ihr Geheimnis anvertraut, obwohl sie es alle – und auch ich auch – recht gut brauchen könnten. Mein Onkel, der Graf Iwan Iljitsch, hat mir aber folgende Geschichte erzählt, deren Richtigkeit er mit seinem Ehrenworte bekräftigte: Der berühmte Tschaplizkij, der bekanntlich Millionen verspielt hat und als Bettler gestorben ist, hatte einmal in seiner Jugend dreihunderttausend Rubel – wenn ich nicht irre, an Sorin – verloren. Er war ganz verzweifelt. Meine Großmutter, die sonst dem Leichtsinn junger Leute gegenüber sehr streng war, hatte nun Mitleid mit dem Tschaplizkij. Sie gab ihm drei Karten an, die er nacheinander zu besetzen hatte, und verpflichtete ihn mit einem Ehrenwort, nie wieder zu spielen. Tschaplizkij ging zu seinem glücklichen Partner, setzte auf die erste Karte fünfzigtausend und gewann Sonika, er bot Paroli und Paroli-Pe und gewann seinen Verlust wieder und noch ein rundes Sümmchen dazu..."

„Es ist aber Zeit, daß wir schlafen gehen. Die Uhr hat eben dreiviertel sechs geschlagen."

In der Tat – der Tag graute bereits. Die jungen Leute leerten ihre Gläser und brachen auf.

## II

*„Il paraît, que monsieur est décidément pour les suivantes." „Que voulez-vouz, madame? Elles sont plus fraiches." (Aus einem Salongespräch.)*

Die alte Gräfin *** saß in ihrem Toilettenzimmer vor dem Spiegel; drei Zofen umgaben sie. Die eine hielt ein Töpfchen Rouge, die zweite eine Schachtel mit Haarnadeln und die dritte eine hohe Haube mit feuerroten Bändern.

Die Gräfin hatte alle Ansprüche auf Schönheit längst aufgegeben, aber sie bewahrte alle Gewohnheiten ihrer Jugendzeit, kleidete sich streng nach der Mode der siebziger Jahre, und ihre Toilette war ebenso sorgfältig und nahm ebensoviel Zeit in Anspruch, wie vor sechzig Jahren. Am Fenster saß über einen Stickrahmen gebeugt ein junges Mädchen – ihre Pflegetochter.

„Guten Tag, grand'maman!" sagte ein junger Offizier, ins Zimmer tretend. „Bon jour, madmoiselle Lise! Grand'maman, ich komme mit einer Bitte."

„Was ist's, Pawel?"

„Gestatten Sie mir, daß ich einen meiner Freunde bei Ihnen einführe und ihn Freitag zu Ihrem Ball mitbringe."

„Gut. Bring' ihn Freitag mit, und dann kannst du ihn mir gleich vorstellen. Warst du übrigens gestern bei ***?"

„Gewiß! Da ging es sehr lustig zu. Man tanzte bis fünf Uhr früh. Die Jeletzkaja war entzückend!"

„Aber, mein Lieber! Was findest du denn an ihr? Kann man sie denn mit ihrer Großmutter, der Fürstin Darja Petrowna, vergleichen? ... Die Fürstin ist wohl sehr gealtert?"

„Wieso, gealtert?" Tomskij mußte auflachen. „Sie ist ja seit sieben Jahren tot."

Das junge Mädchen horchte auf und machte ihm ein Zeichen. Da fiel es erst Tomskij ein, daß man der alten Gräfin den Tod ihrer Altersgenossinnen zu verheimlichen pflegte. Er biß sich in die Lippen, die Gräfin hatte aber die Nachricht gehört und blieb ziemlich ruhig.

„Also sie ist tot!" sagte sie. „Und ich habe nichts davon gewußt! Wir wurden beide gleichzeitig zu Hofdamen ernannt; als wir uns dann der Kaiserin vorstellten ..."

Die Gräfin erzählte die Geschichte ihrem Enkel bereits zum hundertsten Mal.

„Nun, Pawel," sagte sie dann, hilf mir aufstehen; Lisa, wo ist meine Tabatière?"

Die Gräfin zog sich mit ihren Zofen hinter eine spanische Wand zurück, um ihre Toilette zu vollenden. Tomskij und das junge Mädchen blieben allein.

„Wen wollen Sie bei uns einführen?" fragte Lisaweta Iwanowna leise.

„Den Narumow. Kennen Sie ihn denn nicht?"

„Nein! Ist er Offizier oder Zivilist?"

„Offizier."

„Genieoffizier?"

„Nein, Kavallerist. Wie kommen Sie auf einen Genieoffizier?"

Das junge Mädchen lachte und gab keine Antwort.

„Pawel!" rief die Gräfin hinter der spanischen Wand. „Schicke mir, bitte, irgendeinen Roman, aber keinen von den modernen."

„Wie meinen Sie das, grand'maman?"

„Also einen Roman, in dem der Held weder Vater noch Mutter umbringt und in dem keine Wasserleichen vorkommen. Ich habe solche Angst vor Wasserleichen."

„Solche Romane gibt es jetzt gar nicht. Wollen Sie nicht einen russischen Roman lesen?“

„Gibt es denn überhaupt russische Romane? Schick' mir einmal einen, mein Freund.“

„Verzeihen Sie, grand'maman, ich habe große Eile... Auf Wiedersehen, Lisaweta Iwanowna! Also warum glaubten Sie, Narumow sei Genieoffizier?“

Tomskij verließ das Toilettenzimmer.

Lisaweta Iwanowna blieb allein. Sie ließ ihre Handarbeit liegen und blickte zum Fenster hinaus. An einer Straßenecke erschien bald ein junger Offizier. Sie wurde rot und neigte den Kopf über den Stickrahmen. In diesem Augenblick kam die Gräfin, die ihre Toilette beendet hatte. „Lisa,“ sagte sie, „laß einspannen, wir wollen etwas spazieren fahren.“

Lisa stand auf und begann ihre Handarbeit wegzuräumen.

„Was ist denn, Lisa? Bist du taub?“ schrie die Gräfin. „Laß gleich einspannen!“

„Sofort!“ sagte das Mädchen leise und lief ins Vorzimmer. Ein Diener trat ein und brachte der Gräfin Bücher vom Fürsten Pawel Alexandrowitsch.

„Gut. Ich lasse danken,“ sagte die Gräfin. „Lisa, Lisa, was rennst du so?“

„Ich will mich anziehen.“

„Du hast noch Zeit. So, setz' dich hierher, nimm den ersten Band und lies mir vor...“

Lisa nahm das Buch und las einige Zeilen.

„Lauter!“ unterbrach sie die Gräfin. „Was hast du denn, Kind? Hast du keine Stimme mehr? Wart', rück' mir mal den Fußschemel her, noch näher... So!“

Lisaweta Iwanowna las noch zwei Seiten. Die Gräfin gähnte.

„Leg' das Buch weg,“ sagte sie, „es ist ja ganz albernes Zeug! Schick' es dem Fürsten Pawel zurück und lass danken... Was ist mit dem Wagen?“

„Der Wagen ist bereit,“ sagte Lisaweta Iwanowna, nachdem sie zum Fenster hinausgeblickt hatte.

„Warum bist du noch nicht fertig?“ fragte die Gräfin. „Immer muß man auf dich warten. Auf die Dauer ist es unerträglich!“

Lisa eilte in ihr Zimmer. Nach zwei Minuten begann die Gräfin aus allen Kräften zu schellen. Drei Zofen erschienen in einer Tür, ein Kammerdiener in der anderen.

„Warum kommt ihr nicht gleich, wenn ich schelle?“ herrschte sie die Gräfin an. „Sagt Lisaweta Iwanowna, daß ich warte.“

Lisaweta Iwanowna kam in Hut und Mantel.

„So, endlich kommst du, mein Kind!“ sagte die Gräfin „Wozu dieser Aufzug? Wen willst du heute erobern? ... Wie ist das Wetter? Ich glaube, es ist sehr windig.“

„Durchaus nicht, Durchlaucht, es ist windstill!“ antwortete der Kammerdiener.

„Ihr redet immer aufs Geratewohl! Mach' einmal das Fenster auf! Natürlich ist es windig, auch noch kalt dazu!

Laß wieder ausspannen! Lisa, wir fahren nicht aus, der ganze Aufputz war überflüssig.“

– So ist mein ganzes Leben – dachte Lisa.

Lisaweta Iwanowna war in der Tat ein unglückliches Geschöpf. Fremdes Brot schmeckt bitter, sagt Dante, und die Stufen eines fremden Hauses sind steil; aber niemand fühlt so sehr die Bitterkeit der Abhängigkeit, wie eine arme Pflegetochter einer vornehmen alten Dame. Gräfin *** hatte kein böses Herz, aber, wie jede verwöhnte Weltdame, ihre Launen; sie war geizig und egoistisch wie alle alten Leute, die ihr Leben und Lieben hinter sich haben und denen die Gegenwart fremd ist. Sie nahm an allen Veranstaltungen der großen Welt teil und besuchte alle Bälle, wo sie geschminkt und nach der alten Mode gekleidet in einer Ecke saß, als häßliches, aber notwendiges Prunkstück des Ballsaals; alle Gäste begrüßten sie immer zuerst mit tiefen Verbeugungen, wie es die Sitte vorschrieb, und beachteten sie dann nicht mehr. Auf ihren Empfängen erschien die ganze Stadt, sie beobachtete die strengste Etikette, erkannte aber keinen von den Geladenen. Die zahlreiche Dienerschaft, die in den Vorzimmern und Mädchenkammern alt und fett geworden war, tat, was sie wollte, und bestahl die sterbende Alte auf die infamste Weise. Lisaweta Iwanowna war die Märtyrerin des Hauses. Sie mußte Tee einschenken und Vorwürfe wegen übermäßigen Verbrauchs von Zucker anhören. Sie mußte Romane vorlesen und wurde für jeden Fehler des Verfassers verantwortlich gemacht. Sie mußte die Gräfin bei ihren Ausfahrten begleiten und die Verantwortlichkeit für das Wetter tragen. Es war ihr ein bestimmtes Gehalt ausgesetzt, das aber nie voll ausbezahlt wurde; und doch wurde von ihr verlangt, daß sie sich „wie alle“, d. h. wie sehr wenige, kleide. In der Gesellschaft spielte sie eine recht traurige Rolle. Alle kannten sie und niemand bemerkte sie; auf den Bällen tanzte sie nur dann, wenn gerade ein Visavis fehlte, und die Damen nahmen sie unter den Arm, so oft sie in die Garderobe mußten, um etwas an ihren Toiletten zu richten. Sie war dabei sehr stolz und empfindlich, sie fühlte die Unerträglichkeit ihrer Lage und wartete mit Ungeduld auf einen Erlöser. Die jungen Leute waren viel zu berechnend und hochmütig, um ihr die geringste Beachtung zu schenke, obwohl sie hundertmal mehr Reiz besaß als die frechen und kalten jungen Mädchen, denen sie die Cour schnitten. Oft verließ sie unbemerkt den prunkvollen aber langweiligen Salon und ging in ihr Kämmerchen, wo eine mit Tapeten beklebte spanische Wand, eine Kommode, ein kleiner Spiegel und ein gestrichenes Bett standen und in einem Messingleuchter ein einsames Talglicht flackerte; dann ließ sie ihren Tränen freien Lauf.

Zwei Tage nach dem Kartenabend, den wir am Anfang der Erzählung beschrieben haben, und acht Tage vor der Szene, an der wir stehen geblieben sind, blickte Lisa einmal zufällig von ihrem Stickrahmen auf und bemerkte draußen vor dem Fenster einen jungen Genieoffizier. Er stand unbeweglich da und starrte zum Fenster hinauf. Sie senkte gleich den Kopf und machte sich wieder an die Arbeit. Als sie aber nach fünf Minuten wieder hinaussah, stand der junge Offizier noch immer auf der gleichen Stelle. Es war nicht ihre Art, mit vorbeigehenden Offizieren zu kokettieren; sie saß dann noch etwa zwei Stunden an ihrer Arbeit, ohne ein einziges Mal hinauszuschauen. Als das Mittagessen gereicht wurde, stand sie auf und begann ihre Stickerei wegzuräumen; als ihr Blick dabei zufällig ins Fenster fiel, sah sie den Offizier noch immer stehen. Das kam ihr etwas sonderbar vor. Nach dem Essen trat sie etwas beunruhigt ans Fenster: der Offizier war fort, und bald darauf vergaß sie ihn ganz ...

Als sie zwei Tage später das Haus verließ, um mit der Gräfin auszufahren, sah sie ihn wieder. Er stand dicht an der Einfahrt, sein Gesicht war von dem Biberkragen halb verdeckt, und unter dem Hut funkelten seine schwarzen Augen. Lisaweta Iwanowna erschrak, sie wußte selbst nicht warum, und setzte sich mit seltsamer Beklommenheit in den Wagen.

Nach Hause zurückgekehrt, eilte sie sofort ans Fenster: der Offizier stand noch immer an gleicher Stelle und starrte sie an; sie entfernte sich, von Neugierde gequält und von einem ihr ganz neuen Gefühl ergriffen. Von nun an erschien der junge Mann jeden Tag zur gleichen Stunde vor ihrem Fenster. Zwischen ihm und ihr entwickelte sich ein stummes Verhältnis. Wenn sie an ihrer Arbeit saß und sein Nahen fühlte, hob sie den Kopf und blickte ihn an; von Tag zu Tag wurde dieser Blick länger. Der junge Mann war ihr dafür, wie es schien, sehr dankbar: sie sah mit dem scharfen Blick der Jugend, wie seine blassen Wangen jedesmal rot wurden, wenn sich ihre Blicke trafen. Nach weiteren acht Tagen lächelte sie ihm bereits zu...

Als Tomskij seine Großmutter um Erlaubnis bat, ihr einen seiner Freunde vorstellen zu dürfen, bekam das arme Mädchen Herzklopfen. Als sie aber erfuhr, daß Narumow nicht Genieoffizier, sondern Gardekavallerist sei, bereute sie ihre Frage, die dem leichtsinnigen Tomskij ihr Geheimnis verraten konnte.

⁂

Hermann war der Sohn eines eingewanderten Deutschen, der ihm ein kleines Kapital hinterlassen hatte. Er setzte sich zum Ziel die Festigung seiner materiellen Unabhängigkeit; er ließ daher selbst die Zinsen seines Kapitals unberührt, lebte vom Gehalt allein und erlaubte sich keinerlei Extraausgaben. Im übrigen war er so verschlossen und ehrgeizig, daß seine Kameraden nur selten Gelegenheit hatten, über seine übertriebene Sparsamkeit zu spotten. Er hatte ein leidenschaftliches Temperament und eine feurige Phantasie, aber seine Charakterstärke bewahrte ihn vor den gewöhnlichen Verirrungen der Jugend. Er war ein geborener Spieler, und doch nahm er nie eine Karte in die Hand, denn er behauptete, seine Lage erlaube ihm nicht, Unentbehrliches auf die Karte zu setzen, um Überflüssiges zu gewinnen. Er verbrachte aber ganze Nächte am Kartentisch, mit fieberhafter Erregung alle Wendungen des Spiels verfolgend.

Die Anekdote von den drei Karten hatte auf ihn einen starken Eindruck gemacht, und er mußte an sie die ganze Nacht denken. „Wie wäre es nun," dachte er, als er am nächsten Abend durch die Straßen von Petersburg flanierte, „wie wäre es nun, wenn die alte Gräfin mir ihr Geheimnis anvertraute? Oder mir für einen Fall die drei Karten nennte? Warum sollte ich nicht mein Glück versuchen? ... Ich könnte mich ihr vorstellen lassen, ihre Sympathie erwerben, vielleicht auch ihr Liebhaber werden; dies alles erfordert Zeit, sie ist aber siebenundachtzig Jahre alt und kann in einer Woche, oder in zwei Tagen sterben! ... Dann diese Anekdote ... Ob sie auch wahr ist? ... Nein! Berechnung, Mäßigkeit und Fleiß – das sind die drei zuverlässigsten Karten, die mein

Vermögen verdreifachen, versiebenfachen und mir Ruhe und Unabhängigkeit verschaffen werden!“

Mit solchen Gedanken beschäftigt, kam er auf seiner Wanderung in eine der Hauptstraßen und blieb vor einem alten Palais stehen. Unzählige Equipagen hielten vor der Einfahrt und füllten die ganze Straße. Aus den Equipagen streckte sich bald das schlanke Füßchen einer jungen Schönen, bald ein sporenklirrender Reiterstiefel, bald der gestreifte Strumpf und der Schuh eines Diplomaten heraus. In Pelze und Mäntel gehüllte Gestalten eilten am majestätisch aussehenden Portier vorbei. „Wem gehört das Haus?“ fragte er einen an der stehenden Wachsoldaten.

„Der Gräfin ***,“ antwortete dieser.

Hermann gab es einen Ruck. Die merkwürdige Anekdote fiel ihm wieder ein. Er begann vor dem Hause auf und ab zu gehen und dachte unaufhörlich an die Gräfin und an ihre wunderbare Fähigkeit. Spät abends kehrte er in seine bescheidene Wohnung zurück und schlief lange nicht ein. Als der Schlaf sich endlich einstellte, träumte er von Karten, Spieltischen, Bergen von Dukaten und Haufen von Banknoten. Er setzte eine Karte nach der andern, bot entschlossen Paroli, gewann in einem fort, sammelte das Gold ein und steckte die Banknoten in die Tasche. Als er erwachte, seufzte er über den Verlust des geträumten Reichtums und begann wieder in den Straßen zu irren. Er kam wieder vor das Haus der Gräfin ***; eine sonderbare Gewalt schien ihn dorthin zu locken. Er blieb stehen und blickte nach den Fenstern hinauf. An einem Fenster bemerkte er ein braunes Köpfchen, das über ein Buch oder über eine Handarbeit gebeugt war. Das Köpfchen erhob sich. Hermann sah ein frisches Gesicht und dunkle Augen. In diesem Augenblick war sein Schicksal besiegelt.

## III

*Vous m'écrivez, mon ange, des lettres de quatre pages plus vite que je ne puis les lire.*
(Aus dem Briefwechsel)

Kaum hatte Lisaweta Iwanowna ihren Hut und Mantel abgelegt, als die Gräfin wieder nach ihr schickte und einspannen ließ. Sie stiegen in die Equipage. Als zwei Lakaien die Alte in den Wagen hoben, bemerkte Lisaweta Iwanowna dicht beim Wagen ihren Offizier; er hatte ihre Hand erfaßt; sie war ganz erschrocken.

Der junge Mann verschwand, und in ihrer Hand blieb ein Billett. Sie verbarg es in ihrem Handschuh und war dann während der ganzen Fahrt wie geistesabwesend. Die Gräfin pflegte während der Ausfahrten ununterbrochen Fragen zu stellen: wer war das eben? wie heißt diese Brücke? was steht dort auf dem Schild? Lisaweta Iwanowna gab diesmal unzutreffende Antworten, und die Gräfin wurde böse.

„Was hast du, mein Kind? Hast du den Starrkrampf? Du hörst mich nicht und verstehst mich nicht ... Gott sei Dank, ich habe keinen Sprachfehler und bin noch bei Sinnen!“ Lisaweta Iwanowna gab keine Antwort. Sobald sie zu Hause waren, lief sie in ihr Zimmer und holte das Billett aus dem Handschuh hervor: es war nicht versiegelt. Lisaweta Iwanowna begann zu lesen. Der Brief enthielt eine Liebeserklärung, er war in zärtlichen aber höflichen Ausdrücken gehalten und wörtlich aus einem deutschen Roman abgeschrieben. Lisaweta Iwanowna las aber keine deutschen Bücher und war mit dem Brief zufrieden.

Der Brief, den sie von dem Offizier angenommen hatte, begann sie bald zu beunruhigen. Es war das erstemal, daß sie mit einem jungen Mann in intimere Fühlung trat. Seine Kühnheit erschreckte sie. Sie machte sich Vorwürfe wegen ihres unvorsichtigen Benehmens und wußte nicht, was sie unternehmen solle: sollte sie nie mehr ans Fenster treten und durch ihre Gleichgültigkeit ihm die Lust zu weiteren Schritten vertreiben? Sollte sie den Brief zurückschicken? Oder ihn kühl und abweisend beantworten? Sie hatte niemand, den sie um Rat fragen konnte, weder eine Freundin, noch eine Leiterin. Sie entschloß sich, zu antworten.

Sie setzte sich an den Schreibtisch, nahm Feder und Papier und saß eine Zeitlang sinnend da. Sie fing ihren Brief einige Male an, doch zerriß sie das Geschriebene gleich wieder: bald kam ihr der Ton zu wohlwollend vor, bald wieder zu schroff. Endlich brachte sie einige Zeilen fertig, mit denen sie zufrieden war. Sie schrieb: „Ich bin von der Lauterkeit Ihrer Absichten überzeugt wie auch davon, daß Sie mich durch Ihren unbedachten Schritt nicht haben beleidigen wollen; unsere Bekanntschaft sollte aber auf eine andere Art angeknüpft werden. Ich schicke Ihnen Ihren Brief zurück und hoffe, daß ich in Zukunft keine Ursache haben werde, mich über eine unverdiente Mißachtung zu beklagen.“

Als Lisaweta Iwanowna am nächsten Tage zum Fenster hinaussah und Hermann erblickte, stand sie auf, ging in den Salon und ließ, auf die

Geschicklichkeit des jungen Offiziers vertrauend, ihr Billett aus dem Klappfenster auf die Straße fallen. Hermann lief herbei, hob das Billett auf und ging in einen Konditorladen. Er erbrach das Siegel und fand seinen Brief und Lisas Antwort. So hatte er es auch erwartet. Er ging heim, ganz mit der angeknüpften Intrige beschäftigt.

Drei Tage darauf brachte eine junge flinke Ladenmamsell ein Billett für Lisaweta Iwanowna. Sie entfaltete es mit einiger Unruhe, denn sie fürchtete, es sei eine Mahnung wegen einer unbezahlten Rechnung. Da erkannte sie die Handschrift Hermanns.

„Sie haben sich geirrt, meine Liebe," sagte sie der Mamsell, „das Billett ist nicht für mich."

„Nein, es ist bestimmt für Sie!" antwortete das flinke Mädel mit einem schelmischen Lächeln. „Lesen Sie es nur!" Lisaweta Iwanowna überflog den Zettel. Hermann bat um ein Stelldichein.

„Es stimmt doch nicht," sagte sie, durch diese plötzliche Forderung und durch die Art, wie er sie ihr übermittelte, erschreckt, „der Brief ist nicht für mich." Mit diesen Worten zerriß sie das Billett in kleine Fetzen. „Warum zerreißen Sie ihn denn, wenn er nicht für Sie ist?" sagte die Mamsell. „Ich hätte ihn sonst der Person zurückgegeben, die mich geschickt hat."

„Ich bitte Sie, mein Kind," sagte Lisaweta Iwanowna, durch diese Bemerkung zum Erröten gebracht, „mir in der Zukunft keine Billetts zu überbringen. Dem Herrn, der Sie geschickt hat, sagen Sie aber, er solle sich schämen!" Aber Hermann ließ sich nicht beirren. Lisaweta Iwanowna bekam von ihm – bald auf diese, bald auf jene Weise – täglich Briefe. Sie waren jetzt nicht mehr deutschen Romanen entlehnt. Hermann schrieb sie selbst, durch seine Leidenschaft angeregt, in seiner eigenen Sprache. In diesen Briefen spiegelte sich sein eigensinniges Verlangen und seine verworrene zügellose Phantasie. Lisaweta Iwanowna dachte gar nicht daran, sie ihm jetzt zurückzuschicken; sie berauschte sich an ihnen und schrieb ihm wieder – ihre Billetts wurden von Tag zu Tag länger und zärtlicher. Schließlich warf sie ihm folgenden Zettel zu: „Heute abend ist Ball beim ***schen Gesandten. Die Gräfin geht hin. Jetzt haben Sie die Gelegenheit, mich allein zu treffen. Wir bleiben bis gegen zwei Uhr dort. Sobald die Gräfin fort ist, wird wohl auch die ganze Dienerschaft das Haus verlassen; der Portier wird wahrscheinlich bleiben, aber er wird sich wohl in seine Kammer zurückziehen. Kommen Sie um halb zwölf und gehen Sie gleich die Treppe hinauf. Wenn Sie im Vorzimmer auf jemand stoßen, so fragen Sie, ob die Gräfin zu Hause ist. Sie werden dann hören, daß sie nicht zu Hause sei, und leider abziehen müssen. Wahrscheinlich werden Sie aber auf niemand stoßen. Die Zofen schlafen alle in einem Zimmer. Wenn Sie das Vorzimmer passiert haben, so gehen Sie links, immer geradeaus bis zum Schlafzimmer der Gräfin. Im Schlafzimmer finden Sie hinter der spanischen Wand zwei kleine Türen: rechts befindet sich ein Kabinett, das die Gräfin nie betritt, links ein Korridor mit einer schmalen Wendeltreppe, die in mein Zimmer führt." Hermann zitterte in der Erwartung der bestimmten Stunde wie ein Tiger. Um zehn Uhr abends postierte er sich schon vor dem Palais. Das Wetter war sehr schlecht: der Wind pfiff, und der nasse Schnee fiel in großen Flocken; die Straßenlaternen brannten trüb. die Straßen waren leer. Nur selten fuhr eine Droschke vorbei, deren Kutscher nach einem verspäteten Fahrgast ausspähte. Hermann war nur mit einem Rock bekleidet, doch spürte nichts von Wind und Schnee. Endlich fuhr der Wagen vor. Hermann sah, wie die Lakaien eine in Zobelpelz gehüllte zusammengeschrumpfte alte Dame in den Wagen hoben und wie ihr ihre Pflegetochter in einem Mantel und mit Blumen im Haar nachfolgte. Die Wagentür wurde zugeschlagen, und der Wagen rollte schwer über den weichen Schnee. Der Portier schloß die Tür, in den Fenstern war kein Licht mehr zu sehen. Hermann ging noch immer vor dem Hause auf und ab. Er trat an eine Laterne und sah auf die Uhr: es war erst zwanzig Minuten nach elf. Er blieb bei der Laterne stehen, den Blick auf den Minutenzeiger gerichtet. Punkt halb zwölf trat er in den hellbeleuchteten Flur. Der Portier war nicht da. Hermann lief die Treppe hinauf, öffnete die Vorzimmertür und erblickte einen Lakai, der vor einer Lampe, in einem alten schmierigen Lehnsessel sitzend, schlief. Hermann ging mit leichtem und festem Schritt an ihm vorbei. Der Salon und das Empfangszimmer waren dunkel, und nur aus dem Vorzimmer drang spärliches Licht. Er kam ins Schlafzimmer. Vor dem Heiligenschrein, der mit alten Bildern gefüllt war, brannte eine goldene Lampe. An den mit chinesischen Tapeten bekleideten Wänden standen in trauriger Symmetrie mit verblaßter Seide überzogene Sessel und Sofas, deren Vergoldung alt und schwarz war. Auf der Wand hingen zwei von Madame Lebrun in Paris gemalte Bildnisse. Das eine stellte einen etwa vierzigjährigen Herrn mit vollem rosigem Gesicht und hellgrüner Uniform mit Ordensstern dar; das andere – eine junge Schönheit mit einer Adlernase, glattfrisierten Schläfen und einer Rose im gepuderten Haar. In allen Ecken standen Porzellanschäferinnen, vom berühmten Leroy stammende Stutzuhren, Schächtelchen, Roulettes und alle möglichen Damenspielsachen, die am Ende des vorigen Jahrhunderts zugleich mit dem Montgolfier-Ballon und dem Mesmerismus erfunden worden sind. Hermann trat hinter die spanische Wand; da stand eine Eisenbettstelle, rechts war die Tür ins Kabinett, links die zum Korridor. Hermann öffnete die letztere und sah jene schmale Wendeltreppe, die ins Zimmer der armen Pflegetochter führte. Er kehrte aber um und ging in das finstere Kabinett. Die Stunden schleppten sich langsam hin. Alles war still. Die Uhr im Empfangszimmer schlug Mitternacht, dann schlugen auch alle anderen Uhren des Hauses, und dann war wieder alles still. Hermann stand an einen kalten, ungeheizten Ofen gelehnt. Er war ruhig, und sein Herz schlug gleichmäßig, wie bei einem, der eine gefährliche, aber notwendige Sache beschlossen hat. Die Uhren schlugen eins, dann zwei, und da hörte er das ferne Rollen eines Wagens. Er wurde etwas unruhig. Der Wagen hielt vor dem Hause, und Hermann hörte, wie der Wagentritt herabgelassen wurde. Im ganzen Hause wurde es lebendig. Die Diener liefen hin und her, es wurde Licht gemacht, und viele Stimmen ließen sich vernehmen. Drei alte Zofen kamen ins Schlafzimmer gelaufen, und ihnen folgte die Gräfin; sie war todmüde und ließ sich gleich in einen Voltaire-Sessel sinken. Hermann beobachtete alles durch die Türspalte. Lisaweta Iwanowna ging an ihm vorbei, und er hörte, wie sie die Wendeltreppe hinaufeilte. Er spürte etwas wie Gewissensbisse, doch nur für einen Augenblick. Er war wie versteinert. Die Gräfin entkleidete sich vor dem Spiegel. Man steckte ihr die mit Rosen geputzte Haube los und nahm ihr vom kurz geschorenen Schädel die gepuderte Perücke ab. Die Stecknadeln fielen wie ein Regen um sie herum. Die gelbe silbergestickte Robe fiel zu ihren unförmigen Füßen. Hermann war Zeuge aller abstoßenden Mysterien ihrer Toilette. Schließlich blieb sie in einer Nachtjacke und einer Nachthaube sitzen. In diesem Aufputz, der ihrem Alter besser entsprach, sah sie viel weniger abstoßend und schrecklich aus. Wie die meisten alten Leute, litt die Gräfin an Schlaflosigkeit. Als ihre Nachttoilette beendet war, schickte sie die Zofen fort. Die Kerzen wurden fortgetragen, und das Zimmer war wieder nur von der Lampe, die vor den Heiligenbildern brannte, beleuchtet. Die Gräfin war ganz gelb, sie bewegte stumm ihre herabhängenden Lippen, ihr Oberkörper pendelte hin und her. Ihre trüben Augen drückten keinerlei Denken aus; man konnte glauben, daß die Bewegungen der schauerlichen Alten nicht ihrem Willen, sondern einer verborgenen galvanischen Kraft entsprangen. Plötzlich ging auf ihrem leblosen Gesicht eine schreckliche Veränderung vor sich, die Lippen bewegten sich nicht mehr, die Augen lebten auf: vor der Gräfin stand ein unbekannter Mann.

„Um Gottes willen, erschrecken Sie nicht!“ sagte er leise, aber deutlich. „Ich habe keine feindlichen Absichten, ich will Sie nur um eine Gnade anflehen.“

Die Alte starrte ihn stumm an, sie schien ihn nicht zu hören. Hermann dachte, sie sei taub; er neigte sich zu ihrem Ohr und wiederholte die gleichen Worte. Die Alte schwieg noch immer.

„Sie können mein Lebensglück begründen,“ fuhr Hermann fort, „es soll Sie nichts kosten: ich weiß, daß Sie die Fähigkeit besitzen, drei hintereinander folgende Karten zu erraten ...“

Hermann stockte: die Gräfin schien zu begreifen, was er von ihr wollte, und nach Worten zu suchen. Endlich sagte sie:

„Es war ein Scherz, ich schwöre Ihnen, daß es nur ein Scherz war!“

„Mit so etwas soll man nicht scherzen,“ entgegnete Hermann zornig, „denken Sie nur .... Tschaplizkij, dem Sie zur Wiedererlangung seines Verlustes verhalfen.“

Die Gräfin geriet offenbar in Verlegenheit. Ihre Züge drückten eine starke seelische Erregung aus, bald verfiel sie aber in ihre frühere Teilnahmslosigkeit. „Können Sie mir die drei sicheren Karten nennen?“ fuhr Hermann fort.

Die Alte schwieg.

„Für wen wollen Sie Ihr Geheimnis bewahren? Für die Enkel? Die sind ohnehin reich und kennen auch den Wert des Geldes nicht. Einem Verschwender können Ihre drei Karten nichts nützen. Wer das väterliche Erbe nicht zu bewahren weiß, der wird trotz aller Teufelskünste in Armut sterben. Ich bin kein Verschwender und kenne den Wert des Geldes. Ihre drei Karten sind also bei mir nicht verloren. Nun! ...“

Er hielt inne und erwartete bebend ihre Antwort. Sie schwieg. Hermann sank in die Knie. „Wenn Ihr Herz jemals Liebe kannte, wenn Sie sich noch der Freuden der Liebe erinnern, wenn Sie nur einmal beim Schrei eines Neugeborenen gelächelt haben, wenn sich je etwas Menschliches in Ihrer Brust geregt hat, so beschwöre ich Sie bei den Gefühlen einer Gattin, Geliebten, Mutter, bei allem, was im Leben heilig ist, – vertrauen Sie mir Ihr Geheimnis an! ... Was nützt es Ihnen? ... Vielleicht ist es mit irgendeiner schrecklichen Sünde, mit dem Verlust der ewigen Seligkeit, mit einem Teufelspakt verbunden... Denken Sie doch daran, daß Sie alt sind und nicht mehr lange zu leben haben – ich bin bereit, Ihre Sünde auf mich zu nehmen. Eröffnen Sie mir nur Ihr Geheimnis. Bedenken Sie doch, daß Sie jetzt das Glück eines Menschen in der Hand haben, daß nicht nur ich, daß auch meine Kinder, Enkel und Urenkel Ihr Andenken stets heilig halten werden…"

Die Alte entgegnete kein Wort.

Hermann stand auf.

„Alte Hexe!" sagte er mit zusammengepreßten Zähnen. „Ich werde dich zwingen, mir zu antworten…"

Mit diesen Worten holte er eine Pistole hervor. Als die Alte diese sah, zeigte sie zum zweitenmal eine heftige Erregung. Sie nickte mit dem Kopf, hob die Hand, als ob sie ihr Gesicht schützen wollte, fiel dann in den Sessel … und blieb unbeweglich.

„Lassen Sie diese Kindereien," sagte Hermann, ihre Hand ergreifend. „Ich frage Sie zum letztenmal: wollen Sie mir die drei Karten nennen? Ja oder nein?"

Die Alte antwortete nicht, und Hermann sah, daß sie tot war.

## IV

*Homme sans mœurs et sans religion!*
(Aus dem Briefwechsel.)

Lisaweta Iwanowna saß noch immer im Ballkleid ihrem Zimmer. Sie war in Gedanken versunken. Sobald sie nach Hause gekommen war, schickte sie die verschlafene Zofe, die ihr beim Auskleiden behilflich sein wollte, fort und ging bebend in ihr Zimmer, in der Hoffnung, dort Hermann zu treffen, und mit dem Wunsch, ihn nicht zu treffen. Beim ersten Blick sah sie, daß er nicht gekommen war, und dankte dem Schicksal, das ihm irgend ein Hindernis in den Weg gelegt hatte. Sie setzte sich, ohne sich auszukleiden, hin und ließ alle Umstände, die sie in so kurzer Zeit so weit gebracht hatten, Revue passieren. Es waren ja seit jenem Tage, als sie den jungen Mann zum erstenmal im Fenster erblickt hatte, kaum drei Wochen verstrichen, und doch korrespondierte sie mit ihn bereits und hatte ihm sogar ein nächtliches Stelldichein gewährt! Seinen Namen kannte sie nur aus den Unterschriften seiner Briefe; sie hatte mit ihm noch nie gesprochen, kannte selbst den Klang seiner Stimme nicht und hatte – bis zu diesem Abend – noch nie von ihm sprechen hören. Es hatte sich so sonderbar gefügt! – Tomskij wollte heute auf dem Ball die junge Fürstin Pauline *** ärgern, weil sie diesmal gegen ihre Gewohnheit mit einem andern und nicht mit ihm kokettierte; um sich zu rächen, engagierte er Lisaweta Iwanowna zu einer endlosen Mazurka. Während des Tanzes neckte er sie wegen ihrer Vorliebe für Genieoffiziere und behauptete, viel mehr zu wissen, als sie glaube; einige seiner Scherze waren so geschickt gezielt, daß Lisaweta Iwanowna zu glauben anfing, daß er ihr Geheimnis kenne.

„Von wem wissen Sie das alles?“ fragte sie lachend.

„Von den Freunden einer Ihnen wohlbekannten Person,“ erwiderte Tomskij, „eines ganz ungewöhnlichen Menschen.“

„Wer ist denn dieser ganz ungewöhnliche Mensch?“

„Er heißt Hermann.“

Lisaweta Iwanowna fand keine Antwort, aber ihre Glieder erstarrten zu Eis...

„Dieser Hermann,“ fuhr Tomskij fort, „ist eine echte Romangestalt: er hat das Profil von Napoleon und die Seele eines Mephisto. Ich glaube, daß er mindestens drei Verbrechen auf dem Gewissen hat. Wie blaß Sie geworden sind!...“

„Ich habe Kopfweh... Was hat Ihnen dieser Hermann erzählt ... oder wie heißt er doch?...“

„Hermann ist mit seinem Freund höchst unzufrieden; er sagt, daß er an seiner Stelle anders gehandelt hätte ... Ich glaube übrigens, daß dieser Hermann selbst Absichten auf Sie hat: jedenfalls kann er die Liebesergüsse seines Freundes nicht gleichgültig anhören.“

„Wo hat er mich denn gesehen?“

„Vielleicht in der Kirche ... oder auf der Promenade. Gott weiß wo! Vielleicht auch in Ihrem Zimmer, während Sie schliefen: er ist zu allem fähig.“

In diesem Augenblick traten an sie drei Damen heran mit der Frage: „Oubli ou regret?“ So wurde dies Gespräch, welches für Lisaweta Iwanowna so quälend interessant geworden war, unterbrochen.

Die Dame, die sich Tomskij jetzt wählte, war eben die Fürstin Pauline, von der er sich anfangs abgewandt hatte.

Sie tanzte mit ihm eine Extratour und machte wieder alles gut. Als Tomskij auf seinen Platz zurückkehrte, dachte er weder an Lisa, noch an Hermann. Sie wollte durchaus das begonnene Gespräch fortsetzen, aber die Mazurka war schon zu Ende, und die alte Gräfin brach auf.

Die Worte Tomskijs waren nichts mehr als ein gewöhnliches Mazurka-Geschwätz, und doch drangen sie tief in die Seele der jungen Träumerin. Das von Tomskij entworfene Bild stimmte mit dem, das sie sich selbst ausgemalt hatte, überein, und die eigentlich ganz gewöhnliche Gestalt reizte und ängstigte ihre von den neuen Romanen stark beeinflußte Phantasie. Sie saß, die nackten Arme gekreuzt und den noch mit Blumen geschmückten Kopf auf die entblößte Brust gesenkt, als die Tür aufging und Hermann eintrat. Sie erbebte...

„Wo waren Sie?“ flüsterte sie ängstlich.

„Im Schlafzimmer der alten Gräfin,“ antwortete Hermann, „ich habe sie erst eben verlassen. Die Gräfin ist tot.“

„Mein Gott! ... Was sagen Sie? ...“

„Und ich glaube,“ fuhr Hermann fort, „daß ich ihren Tod verschuldet habe.“

Lisaweta Iwanowna sah ihn an und mußte an die Worte Tomskijs denken: dieser Mensch hat mindestens drei Verbrechen auf dem Gewissen! Hermann setzte sich neben sie auf das Fensterbrett und erzählte ihr alles.

Lisaweta Iwanowna hörte ihm zitternd zu. Die leidenschaftlichen Briefe, die ungestümen Forderungen, die frechen hartnäckigen Nachstellungen – dies alles bedeutete also nicht Liebe! Geld! – nur nach Geld lechzte er! Nur Geld, und nicht sie, sollte sein Verlangen stillen und ihn glücklich machen! Die arme Pflegetochter war also nur die blinde Helferin eines Räubers, des Mörders ihrer alten Wohltäterin... Sie weinte bittere Tränen der späten, qualvollen Reue. Hermann sah sie schweigend an: auch er war bestürzt, doch waren es nicht die Tränen des jungen Mädchens und nicht die große Schönheit ihrer Verzweiflung, was ihn so ergriff. Eines quälte ihn nur: der unwiederbringliche Verlust des Geheimnisses, auf das er seine Hoffnung auf Bereicherung gesetzt hatte. „Sie sind ein Ungeheuer!“ sagte endlich Lisaweta

„Ich habe ihren Tod nicht gewollt,“ erwiderte Hermann. „Die Pistole war ja gar nicht geladen.“

Beide blieben schweigend sitzen.

Der Morgen brach an. Lisaweta Iwanowna blies die niedergebrannte Kerze aus. Das erste blasse Morgenlicht drang ins Zimmer. Sie wischte sich die Tränen aus den Augen und sah Hermann an. Er saß mit gekreuzten Armen und drohend gerunzelter Stirne auf dem Fensterbrett. In dieser Stellung hatte er große Ähnlichkeit mit Napoleon. Diese .Ähnlichkeit erschütterte Lisaweta Iwanowna. „Wie verlassen Sie nun das Haus?" sagte sie nach einer Pause. „Ich hatte vor, Sie über die geheime Treppe hinunterzuleiten; man muß da aber das Schlafzimmer passieren, und ich habe solche Angst..." „Erklären Sie mir nur, wie ich zu der geheimen Treppe komme; ich finde dann schon selbst hinaus." Lisaweta Iwanowna stand auf, holte aus der Kommode einen Schlüssel und gab ihn Hermann mit einer genauen Anweisung, wie er zu gehen habe. Hermann drückte ihre kalte leblose Hand, küßte ihren gesenkten Kopf und verließ das Zimmer.

Er ging die Wendeltreppe hinunter und kam wieder ins Schlafzimmer der Gräfin. Die tote Alte saß wie versteinert, ihre Züge drückten tiefen Frieden aus. Hermann blieb vor ihr stehen und sah sie lange an, als ob er sich noch der schrecklichen Wahrheit vergewissern wollte; dann ging er ins Kabinett, wo er tastend eine hinter der Tapete verborgene Tür fand. Er kam auf eine dunkle Treppe. Sonderbare Gedanken gingen ihm durch den Kopf, während er die Stufen hinunterstieg: „Vor sechzig Jahren schlich vielleicht über diese Treppe in dies Schlafzimmer und um diese selbe Stunde ein jungem glücklicher Galan im gestickten Rock, à l'oisea royal frisiert und den Dreimaster ans Herz drückend; er ist längst im Grabe zu Staub zerfallen, das Herz seiner alten Geliebten hat aber erst heute zu schlagen aufgehört..." Unten angelangt, fand Hermann eine Tür, die er mit dem gleichen Schlüssel öffnete, und kam so in einen Korridor, durch den er auf die Straße gelangte.

## V.

*Heute Nacht erschien mir die verstorbene Baronin v. A***. Sie war ganz in weiß gekleidet und sagte mir: „Guten Abend, Herr Rat."*
Emanuel von Swedenborg.

Drei Tage später begab sich Hermann um neun Uhr früh in die Kirche des ***schen Klosters, zum Totenamt für die verstorbene Gräfin. Er empfand keine Reue, und doch gelang es ihm nicht, eine innere Stimme zum Schweigen zu bringen, die ihm ununterbrochen zuflüsterte: „Du bist der Mörder der Alten!" Obwohl er keinen richtigen Glauben hatte, war er doch sehr abergläubisch. Er glaubte, daß die tote Gräfin sein weiteres Leben ungünstig beeinflussen könne, und daher kam er zu ihrer Beerdigung, um sie um Vergebung zu bitten. Die Kirche war überfüllt, und Hermann konnte sich nur mit der größten Mühe durch die Volksmenge hindurch drängen. Der Sarg stand auf einem prunkvollen Katafalk unter einem Samtbaldachin. Die Tote lag im offenen Sarg mit gekreuzten Armen und war mit einer Spitzenhaube und einem weißen Atlaskleid angetan. Um den Katafalk standen ihre Angehörigen und Hausgenossen: Diener in schwarzen Livreen mit Wappenbändern an der Schulter und Kerzen in der Hand, dann die Familie – ihre Kinder, Enkel und Urenkel, alle in Trauerkleidung. Niemand weinte, denn Tränen wären ja une affection gewesen. Die Gräfin war so alt, daß ihr Tod niemand erschüttern konnte, und die ganze Verwandtschaft betrachtete sie längst als gestorben. Ein junger Bischof hielt die Grabrede. Er schilderte in schlichten und rührenden Worten das friedliche Hinscheiden der Gerechten, deren langes Leben nur eine stille rührende Vorbereitung auf ein christliches Ende gewesen sei. „Der Engel des Todes," sprach der Prediger, „fand sie wachend in gottgefällige Gedanken versunken und den Bräutigam, der da von Mitternacht kommt, erwartend." Der Gottesdienst war zu Ende. Die Verwandten begannen Abschied von der Leiche zu nehmen. Ihnen folgte das Publikum, das in Scharen herbeigeströmt war, um derjenigen, die so lange Zeit an ihren Festen teilgenommen hatte, die letzten Ehren zu erweisen. Dann kam das Hausgesinde an die Reihe. Schließlich nahte die Haushälterin – eine Altersgenossin der Verstorbenen, von zwei Mädchen an den Armen geführt. Sie hatte nicht die Kraft, um die vorgeschriebene tiefe Verbeugung zu machen, dafür vergoß sie aber allein einige Tränen, während sie die erkaltete Hand der Herrin küßte.

Zuletzt entschloß sich auch Hermann an den Sarg zu treten. Er verbeugte sich bis zur Erde und blieb einige Augenblicke auf dem kalten mit Tannenreisig bestreuten Fußboden liegen; dann erhob er sich und ging die Stufen zum Katafalk herauf; er war so blaß wie die Tote selbst. Als er sich über die Tote neigte, schien es ihm, daß sie ihm höhnisch zulächelte und mit einem Auge blinzelte. Hermann wich eilig zurück, stolperte und fiel rücklings auf den Boden. Man hob ihn auf. Im gleichen Augenblick fiel Lisaweta Iwanowna in Ohnmacht, man trug sie schleunigst aus der Kirche ins Freie. Dieser Zwischenfall störte etwas die Feierlichkeit des traurigen Amtes. Die Besucher begannen zu tuscheln, und ein dürrer Kammerherr – ein naher Verwandter der Verstorbenen – erklärte einem neben ihm stehenden Engländer, der junge Offizier sei ein natürlicher Sohn der Gräfin, worauf der Engländer nur kühl „Oh?" erwiderte.

Den ganzen Tag darauf war Hermann sehr verstimmt. Er aß in einem entlegenen Gasthaus zu Mittag und trank dabei, ganz gegen seine Gewohnheit, viel Wein: er wollte sich etwas betäuben. Der Wein erhitzte aber seine Phantasie noch viel mehr. Nach Hause zurückgekehrt, legte er sich angekleidet ins Bett und schlief gleich ein.

Als er erwachte, war es bereits Nacht. In sein Zimmer drang Mondlicht. Die Uhr zeigte dreiviertel drei. Er hatte ganz ausgeschlafen; auf dem Bette sitzend, dachte er noch an die Totenfeier der alten Gräfin. Da blickte plötzlich jemand von der Straße in sein Fenster herein und verschwand sofort wieder. Hermann schenkte dem keine Aufmerksamkeit. Nach einigen Minuten hörte er die Vorzimmertür knarren. Hermann dachte, es sei sein Bursche, der wie gewöhnlich betrunken heimkomme. Die Schritte kamen ihm jedoch unbekannt vor: es waren die Tritte leise schlürfender Pantoffel. Die Tür ging auf: ins Zimmer trat eine weißgekleidete weibliche Gestalt. Hermann glaubte im ersten Augenblick, es sei seine alte Amme, und wunderte sich, daß sie ihn um diese Nachtstunde besuche. Die weiße Frau kam immer näher und da erkannte er – die Gräfin!

„Ich komme zu dir gegen meinen Willen," sagte sie mit fester Stimme. „Es ist mir aber befohlen worden, deine Bitte zu erfüllen. Die Drei, die Sieben und das Aß werden hintereinander gewinnen; du darfst aber im Laufe einer Nacht nur eine Karte besetzen und dann im ganzen Leben nie wieder spielen. Ich verzeihe dir meinen Tod, wenn du meine Pflegetochter Lisaweta Iwanowna heiratest ..." Mit diesen Worten wandte sie sich um, ging schlürfenden Schrittes zur Tür und verschwand. Hermann hörte noch, wie draußen die Tür zugeschlagen wurde, und sah, wie jemand wieder von der Straße ins Fenster blickte. Es verging lange Zeit, ehe Hermann zur Besinnung kommen konnte. Er ging ins Nebenzimmer. Sein Bursche schlief auf dem Fußboden, und mit großer Mühe gelang es Hermann, ihn zu wecken. Der Bursche war wie gewöhnlich betrunken, und man konnte aus ihm kein Wort herausbringen. Die Haustür war versperrt. Hermann ging wieder in sein Zimmer, machte Licht und notierte sich seine Vision.

## VI.

Zwei unverrückbare Gedanken können in der Welt des Abstrakten unmöglich nebeneinander wohnen, wie in der Welt des Greifbaren zwei Körper unmöglich den gleichen Raum einnehmen können. In Hermanns Phantasie wurde das Bild der toten Alten ganz von den drei Karten – Drei, Sieben und Aß – verdrängt.

Drei, Sieben und Aß gingen ihm nicht aus dem Kopfe und wichen nicht von seinen Lippen. Wenn er ein junges Mädchen sah, sagte er: „Sie ist schlank wie eine Coeur-Drei!“ Wenn man ihn nach der Zeit fragte, sagte er: „In fünf Minuten eine Sieben.“ Jeder beleibte Herr erinnerte ihn an das Aß. Drei, Sieben und Aß verfolgten ihn selbst im Traume und nahmen da alle möglichen Formen an: die Drei blühte als ein wunderbarer Grandiflorus, die Sieben erschien ihm als ein gotisches Portal und das Aß in der Gestalt einer Riesenspinne. Alle seine Gedanken liefen immer auf das eine hinaus: wie das so teuer erkaufte Geheimnis ausnutzen? Er wollte den Dienst quittieren und Reisen unternehmen. In den öffentlichen Spielsälen von Paris wollte er die Göttin Fortuna versuchen. Ein Zufall machte dies alles überflüssig. In Moskau hatten einige reiche Spieler einen Klub begründet; den Vorsitz führte der berühmte Tschekalinskij, der sein ganzes Leben am Spieltisch verbracht und Millionen erworben hatte, indem er Wechsel gewann und bares Geld verlor. Seine langjährigen Erfahrungen verschafften ihm das Vertrauen seiner Freunde; durch seine Gastfreundschaft, gute Küche und Liebenswürdigkeit erwarb er sich die Achtung des Publikums. Er siedelte nach Petersburg über. Die Jugend strömte scharenweise in sein Haus und vergaß die Bälle über den Karten und die Lockungen der Damenwelt bei den Lockungen des Pharao. Hermann wurde zu ihm von Narumow gebracht. Sie passierten eine Reihe prunkvoller Zimmer, in welchen wohlerzogene Lakaien herumstanden. Alle Säle waren überfüllt. Einige Generale und Geheimräte spielten Whist, die jüngeren Gäste lehnten in den Sofas, aßen Gefrorenes und rauchten Pfeifen. Im Salon stand ein langer Tisch, um den sich etwa zwanzig Spieler drängten; der Hausherr selbst hielt die Bank. Es war ein etwa sechzigjähriger Herr von höchst ehrwürdigem Äußern, sein Kopf war stark ergraut, sein volles frisches Gesicht drückte Gutmütigkeit aus, seine Augen leuchteten und lächelten unaufhörlich. Narumow stellte ihn Hermann vor. Tschekalinskij drückte ihm freundschaftlich die Hand, bat ihn, wie zu Hause zu sein, und fuhr fort, die Bank zu halten. Diese Taille dauerte lange. Auf dem Tische lagen gegen dreißig Karten. Nach jedem Wurf machte Tschekalinskij eine Pause, um den Spielern Gelegenheit zum Ordnen ihrer Karten und zum Ankreiden ihrer Verluste zu geben. Er hörte höflich jeden Wunsch an und glättete noch höflicher die aus Versehen umgebogenen Kartenecken. Endlich war die Taille zu Ende. Tschekalinskij mischte die Karten und machte Anstalten, mit der neuen Taille zu beginnen. „Gestatten Sie, daß ich mitspiele,“ sagte Hermann, seine Hand hinter einem sehr korpulenten Pointeur hervorstreckend.

Tschekalinskij lächelte und nickte bejahend. Narumow gratulierte Hermann laut lachend zur Beendigung der langen Abstinenz und wünschte ihm einen glücklichen Anfang. „Ich setze!“ sagte Hermann, den Betrag über ankreidend.

„Wieviel?“ fragte der Bankhalter sich vorneigend. „Sie verzeihen, ich kann es nicht lesen.“ „Siebenundvierzigtausend,“ erwiderte Hermann. Alle Augen richteten sich aus Hermann. „Er ist wahnsinnig!“ dachte Narumow.

„Gestatten Sie die Bemerkung,“ sagte Tschekalinskij mit dem gleichen Lächeln, „daß Ihr Spiel sehr hoch ist; hier hat noch niemand über zweihundertfünfundsiebzig simple gesetzt.“

„Nun,“ sagte Hermann, „wollen Sie meine Karte schlagen oder nicht?“

Tschekalinskij nickte wieder höflich bejahend.

„Ich möchte noch bemerken,“ sagte Tschekalinskij, „daß ich, wie ich es dem mir entgegengebrachten Vertrauen schuldig bin, nur mit barem Geld Bank halte. Ich bin, natürlich fest davon überzeugt, daß Ihr Wort genügt. Lediglich der Ordnung wegen bitte ich Sie, Ihren Einsatz auf die Karte zu legen.“

Hermann zog ein Bankbillett aus der Tasche und reichte es Tschekalinskij. Dieser sah es flüchtig an und legte es auf Hermanns Karte. Dann begann er zu werfen. Rechts fiel eine Neun, links eine Drei.

„Gewonnen!“ sagte Hermann, seine Karte vorzeigend. Unter den Spielern erhob sich ein Gemurmel. Tschekalinskij wurde ernst, sein Lächeln kehrte aber gleich wieder. „Wünschen Sie das Geld gleich in Empfang zu nehmen?“ fragte er Hermann. „Wenn ich bitten darf.“

Tschekalinskij zog aus der Tasche einige Bankbilletts und beglich den Verlust. Hermann nahm das Geld und verließ gleich den Tisch. Narumow war ganz bestürzt. Hermann leerte ein Glas Limonade und fuhr nach Hause. Am nächsten Abend erschien er wieder bei Tschekalinskij, der auch diesmal die Bank hielt. Als Hermann an den Spieltisch trat, machten ihm die Pointeurs gleich Platz. Der Wirt lächelte ihm freundlich zu, Hermann wartete eine neue Taille ab und setzte dann auf eine Karte seine siebenundvierzigtausend und noch den gestrigen Gewinn dazu. Tschekalinskij spielte aus: rechts fiel ein Bube, links – eine Sieben.

Hermann zeigte seine Sieben.

Man schrie förmlich auf. Tschekalinskij wurde verlegen. Er zählte vierundneunzigtausend ab und übergab sie Hermann. Dieser nahm das Geld höchst kaltblütig in Empfang und ging sofort nach Hause.

Am nächsten Abend war er wieder da. Man erwartete ihn bereits, die Generale und Geheimräte hatten ihren Whist verlassen, um diesem ungewöhnlichen Spiel zuzusehen. Die jungen Offiziere verließen ihre Sofas, selbst die Lakaien kamen herbei. Alles drängte sich um Hermann. Die anderen Spieler setzten gar nicht und warteten erst den Ausgang ab. Hermann stand dem bleichen, aber noch immer lächelnden Tschekalinskij als einziger Pointeur gegenüber. Jeder nahm ein Spiel neuer Karten in die Hand. Tschekalinskij mischte, Hermann hob ab, wählte sich eine Karte und bedeckte sie mit einem Haufen von Banknoten. Es sah wie ein Duell aus. Tiefes Schweigen herrschte ringsum.

Tschekalinskij spielte mit zitternden Händen aus: rechts fiel eine Dame, links – ein Aß.

„Das Aß hat gewonnen!“ sagte Hermann und zeigte seine Karte.

„Ihre Dame ist geschlagen!“ versetzte Tschekalinskij verbindlich.

Hermann zuckte zusammen: er hatte in der Tat statt eines Asses eine Pique-Dame besetzt. Er traute seinen Augen nicht und begriff nicht, wie er sich hatte irren können. In diesem Augenblick kam es ihm vor, als ob die Pique-Dame mit den Augen blinzelte und ihm zulächelt. Eine ungeheure Ähnlichkeit fiel ihm auf.

„Die Alte!“ schrie er ganz außer sich.

Tschekalinskij kassierte die verlorenen Banknoten ein. Hermann stand wie versteinert. Als er seinen Platz am Tisch verließ, erhob sich ein Lärm von vielen Stimmen.

„Er hat es gut gemacht!“ meinten die Spieler.

Tschekalinskij mischte die Karten, und ein neues Spiel begann.

## Epilog

Hermann wurde verrückt. Er befindet sich jetzt im Obuchowschen Spital auf Nummer siebzehn. Er antwortet auf keine Frage und murmelt mit rasender Geschwindigkeit unaufhörlich vor sich hin: „Drei, Sieben, Aß! Drei, Sieben, Dame!...“

Lisaweta Iwanowna verheiratete sich mit dem Sohn des ehemaligen Verwalters der alten Gräfin, einem liebenswürdigen jungen Menschen, der irgendwo im Staatsdienst ist und ein kleines Vermögen besitzt. Sie hat eine arme Verwandte als Pflegetochter bei sich aufgenommen. Tomskij ist Rittmeister geworden und hat die Fürstin Pauline geheiratet.

## Der Sargmacher

Die letzten Habseligkeiten des Sargmachers Adrian Prochorow waren auf den Leichenwagen gelegt, und ein Paar magerer Pferde schleppte diesen zum vierten Mal von der Basmannaja in die Nikitskaja, wohin der Sargmacher mit seinem ganzen Haushalt umzog. Er machte seinen Laden zu, nagelte eine Anzeige an die Tür, daß das Haus zu verkaufen und zu vermieten sei, und begab sich zu Fuß nach seiner neuen Wohnung. Als er sich dem gelben Häuschen näherte, das schon lange seine Phantasie gereizt und das er endlich für eine bedeutende Summe erworben hatte, fühlte der alte Sargmacher mit Erstaunen, daß sein Herz sich gar nicht freute. Als er über die neue Schwelle trat und in seiner neuen Behausung ein großes Durcheinander vorfand, gedachte er mit einem Seufzer seiner alten Hütte, wo achtzehn Jahre lang die strengste Ordnung geherrscht hatte; er fing an, seine beiden Töchter und die Magd wegen ihrer Langsamkeit zu schelten und legte selbst Hand an. Bald war die Ordnung hergestellt; der Schrein mit den Heiligenbildern, der Schrank mit dem Geschirr, der Tisch, das Sofa und das Bett nahmen die für sie bestimmten Winkel im Hinterzimmer ein; in die Küche und ins Wohnzimmer kamen aber die Erzeugnisse des Hausherrn: Särge von allen Farben und Größen, ebenso Schränke mit Trauerhüten, Mänteln und Fackeln. Über dem Tore prangte ein Schild mit der Darstellung eines wohlbeleibten Amors, der eine gesenkte Fackel in der Hand hielt, und der Inschrift: „Hier werden einfache und gestrichene Särge verkauft und überzogen, auch werden solche ausgeliehen und alte repariert.“ Die Mädchen gingen auf ihre Kammer; Adrian machte eine Runde durch seinen Besitz, setzte sich ans Fester und ließ sich den Samowar bringen.

Der aufgeklärte Leser weiß, daß Shakespeare und Walter Scott ihre Totengräber als lustige und zum Scherzen aufgelegte Menschen darstellen, um durch diesen Kontrast unsere Phantasie mächtiger zu erregen. Aus Achtung vor der Wahrheit können wir aber diesem Beispiel nicht folgen und müssen gestehen, daß der Charakter unseres Sargmachers vollkommen seinem düsteren Handwerke entsprach. Adrian Prochorow war gewöhnlich finster und versonnen. Er brach sein Schweigen nur, um seine Töchter auszuzanken, wenn er sie beschäftigungslos am Fenster sitzen und nach den Vorbeigehenden ausschauen fand, oder um für seine Erzeugnisse einen übertriebenen Preis von denen zu verlangen, die das Unglück (zuweilen auch das Vergnügen) hatten, ihrer zu bedürfen. Adrian war auch jetzt, da er am Fenster saß und die siebente Tasse Tee leerte, wie immer in seine traurigen Betrachtungen versunken. Er dachte an den Regenguß, in den vor acht Tagen der Leichenzug eines verabschiedeten Brigadiers unmittelbar an der Stadtgrenze geraten war. Viele Trauermäntel waren nach diesem Guß enger geworden, viele Hüte hatten sich geworfen. Er sah unvermeidliche Auslagen voraus, denn sein alter Vorrat an Trauerkostümen geriet allmählich in einen jämmerlichen Zustand. Er hoffte, diesen Schaden bei der Beerdigung der alten Kaufmannswitwe Trjuchina herauszuschlagen, die schon seit einem Jahre im Sterben lag. Aber die Trjuchina starb auf dem Rasguljai, und Prochorow fürchtete, daß die Erben, trotz des gegebenen Versprechens, es scheuen würden, zu ihm so weit zu schicken, und sich mit seinem nächsten Konkurrenten einigen könnten. Diese Betrachtungen wurden unterbrochen durch ein dreimaliges Freimaurerklopfen an der Türe. „Wer ist da?“ fragte der Sargmacher. Die Tür ging auf, und ins Zimmer trat ein Mann, in dem man auf den ersten Blick einen deutschen Handwerker erkannte und der sich mit der lustigsten Miene dem Sargmacher näherte. „Verzeihen Sie, Herr Nachbar,“ sagte er in jenem russischen Dialekt, den wir noch immer nicht ohne Lachen anhören können: „verzeihen Sie, daß ich störe ... ich möchte schneller Ihre Bekanntschaft machen. Ich bin Schuhmacher, mein Name ist Gottlieb Schulz, und ich wohne hier gleich gegenüber in diesem Häuschen vor Ihren Fenstern. Morgen feiere ich meine silberne Hochzeit, und ich bitte Sie und Ihre Töchter, bei mir freundschaftlich zu Mittag zu speisen.“ Die Einladung wurde wohlwollend angenommen. Der Sargmacher bat den Schuhmacher, Platz zu nehmen und eine Tasse Tee zu trinken, und dank dem offenen Charakter des Gottlieb Schulz kam bald ein freundschaftliches Gespräch in Fluß. „Wie geht das Geschäft, Euer Gnaden?“ fragte Adrian. – „He, he.“ antwortete Gottlieb Schulz: „verschieden. Klagen kann ich nicht, obwohl meine Ware doch ganz anders ist als die Ihrige: der Lebende kann sich ohne Stiefel behelfen, aber der Tote kann ohne Sarg nicht leben.“ – „Sehr wahr!“ bemerkte Adrian: „wenn aber der Lebende kein Geld hat, um sich Stiefel zu kaufen, so muß er barfuß laufen; doch der tote

Bettler kriegt seinen Sarg umsonst.“ So ging die Unterhaltung noch eine Weile; endlich stand der Schuhmacher auf und verabschiedete sich vom Sargmacher, wobei er seine Einladung wiederholte. Am andern Tag, punkt zwölf Uhr, traten der Sargmacher und seine Töchter aus der Pforte ihres neugekauften Häuschens und begaben sich zum Nachbarn. Ich will weder den russischen Kaftan Adrian Prochorows, noch den europäischen Putz Akulinas und Darjas beschreiben und weiche somit von der Übung der modernen Romanschreiber ab. Ich halte es jedoch nicht für überflüssig zu bemerken, daß die beiden jungen Mädchen gelbe Hüte und rote Schuhe trugen, die sie nur bei feierlichen Gelegenheiten zu tragen pflegten.

Die kleine Wohnung des Schuhmachers war voller Gäste; es waren dies hauptsächlich deutsche Handwerker mit ihren Frauen und Gesellen. Von russischen Beamten war nur der Esthe Jurko zugegen, ein Nachtwächter, der trotz seines bescheidenen Amtes das besondere Wohlwollen des Gastgebers genoß. Fünfundzwanzig Jahre hatte er dieses Amt treu und ehrlich versehen, wie der Postillon bei Pogorelskij. Der Brand von 1812, der die erste Hauptstadt des Reiches zerstörte, vernichtete auch sein gelbes Wächterhäuschen. Aber bald nach der Vertreibung des Feindes erschien an seiner Stelle ein neues, graugetünchtes mit weißen dorischen Säulen, vor dem Jurko wieder in seiner Rüstung aus grobem Tuch und mit der Hellebarde in der Hand auf und ab zu gehen begann. Er war fast allen Deutschen, die in der Nähe des Nikitskij-Tores wohnten, gut bekannt: viele von ihnen hatten schon manche Nacht vom Sonntag auf Montag in seinem Wächterhäuschen zugebracht. Adrian lernte ihn sofort als einen Menschen kennen, den er früher oder später vielleicht brauchen können würde, und als die Gäste sich an die Tafel setzten, nahmen sie nebeneinander Platz. Herr und Frau Schulz und ihre Tochter, das siebzehnjährige Lottchen, aßen mit den Gästen, bewirteten sie und halfen der Köchin beim Servieren. Das Bier floß in Strömen. Jurko aß für vier; Adrian stand ihm nicht nach; seine Töchter genierten sich jedoch mehr; die in deutscher Sprache geführte Unterhaltung wurde immer lauter. Plötzlich erbat sich der Hausherr Aufmerksamkeit, entkorkte eine versiegelte Flasche und rief auf russisch:

„Auf das Wohl meiner guten Luise!“ Der Champagner zweiter Güte schäumte. Der Hausherr küßte zärtlich das frische Gesicht seiner vierzigjährigen Lebensgefährtin, und die Gäste tranken geräuschvoll auf das Wohl der guten Luise. „Auf das Wohl meiner liebenswürdigen Gäste!“ verkündete der Hausherr, eine zweite Flasche entkorkend. Die Gäste dankten ihm, indem sie ihre Gläser von neuem leerten. Nun folgten die Trinksprüche aufeinander: man trank auf das Wohl eines jeden Gastes besonders; auf das Wohl von Moskau und eines ganzen Dutzend deutscher Städtchen; man trank auf das Wohl aller Zünfte im allgemeinen und jeder einzelnen im besonderen; man trank auf das Wohl aller Meister und ihrer Gesellen. Adrian trank mit großem Eifer und kam so sehr in Stimmung, daß er selbst einen scherzhaften Trinkspruch ausbrachte. Plötzlich erhob einer der Gäste, ein dicker Bäcker, sein Glas und rief: „Auf das Wohl derer, für die wir arbeiten, auf das Wohl unserer Kunden!“ Dieser Vorschlag wurde wie die anderen freudig und einstimmig angenommen. Die Gäste begannen, sich voreinander zu verbeugen: der Schneider vor dem Schuhmacher, der Schuhmacher vor dem Schneider, der Bäcker vor den beiden, alle vor dem Bäcker usw. Jurko rief inmitten dieser gegenwärtigen Verbeugungen seinem Nachbarn zu: „Nun, Väterchen, trink' doch aus das Wohl deiner Toten!“ Alle lachten, aber der Sargmacher hielt sich für beleidigt und wurde mürrisch. Niemand merkte es, die Gäste tranken weiter, und man läutete schon zur Vesper, als alle sich vom Tische erhoben.

Die Gäste trennten sich in später Stunde, zum größten Teil angeheitert. Der dicke Bäcker und der Buchbinder, dessen Gesicht in roten Saffian gebunden zu sein schien, führten Jurko an den Armen nach seinem Wächterhäuschen, eingedenk des russischen Sprichwortes: „Die Schuld wird erst durchs Bezahlen schön.“ Der Sargmacher kam betrunken und wütend nach Hause. „Was ist das, in der Tat,“ sprach er laut vor sich hin, „warum soll mein Handwerk weniger ehrenhaft sein als die übrigen? Ist denn der Sargmacher ein Bruder des Henkers? Worüber lachen diese Deutschen? Ist denn ein Sargmacher ein Hanswurst für die Fastnacht? Ich wollte sie schon zur Einweihung meiner neuen Wohnung einladen und ein Fest geben; doch das soll nicht sein. Ich lade aber diejenigen, für die ich arbeite: die rechtgläubigen Leichen“ – „Was redest du, Väterchen?“ sagte die Magd, die ihm gerade die Stiefel auszog. „Was sprichst du für Unsinn? Bekreuzige dich doch. Die Toten zu Gast laden. Fürchterlich.“ – „Bei Gott, ich werde sie laden,“ fuhr Adrian fort. „Und sogar für morgen. Bitte kommt doch, meine Wohltäter, zu mir morgen abend zu einem Schmaus. Ich werde euch traktieren mit allem, was mir Gott beschert hat.“ Mit diesen Worten ging der Sargmacher zu Bett und begann bald zu schnarchen. Draußen war es noch dunkel, als man Adrian weckte. Die Kaufmannswitwe Trjuchina war in derselben Nacht gestorben, und ein berittener Bote vom Verwalter brachte Adrian diese Nachricht. Der Sargmacher gab ihm dafür zehn Kopeken Trinkgeld, zog sich in aller Eile an, nahm eine Droschke und fuhr nach dem Rasguljai. Am Tore des Sterbehauses stand schon die Polizei und gingen Kaufleute auf und ab, wie die Raben, die ein Aas wittern. Die Verstorbene lag auf dem Tisch, gelb wie Wachs, aber durch die Verwesung noch nicht entstellt. Verwandte, Nachbarn und das Hausgesinde drängten sich um sie. Alle Fenster standen offen; die Kerzen brannten; die Geistlichen lasen Gebete. Adrian ging auf Trjuchinas Neffen, einen jungen Kaufmann in modischem Rock, zu und erklärte ihm, daß er den Sarg, die Kerzen, die Sargdecke sowie das übrige Begräbniszubehör in bester Ordnung und pünktlich beistellen würde. Der Erbe dankte ihm zerstreut und sagte, er wolle wegen der Kosten nicht feilschen und verlasse sich in allen Dingen auf seine Anständigkeit. Der Sargmacher schwur seiner Gewohnheit gemäß bei Gott, daß er keinen Pfennig zuviel verlangen würde, wechselte mit dem Verwalter einen vielsagenden Blick und machte sich auf, um das Notwendige herbeizuschaffen. Den ganzen Tag fuhr er vom Rasguljai zum Nikitskij-Tor und zurück; gegen abend war er fertig, entließ die Droschke und ging zu Fuß heim. Es war eine Mondnacht. Der Sargmacher erreichte glücklich das Nikitskij-Tor. Bei der Himmelfahrtskirche rief ihn unser Freund Jurko an, und als er den Sargmacher erkannte, wünschte er ihm gute Nacht. Es war spät. Der Sargmacher näherte sich schon seinem Hause, als es ihm plötzlich vorkam, daß jemand auf die Hauspforte zuging, sie öffnete und eintrat. „Was mag das wohl bedeuten?“ fragte sich Adrian. „Wer kann nach mir verlangen? Ist es vielleicht ein Dieb? Oder haben meine dummen Gänse Besuch von Geliebten? Das wäre möglich.“ Der Sargmacher wollte schon seinen Freund Jurko zuhilfe rufen. Aber in diesem Augenblick näherte sich wieder jemand der Hauspforte und wollte eintreten; als er den Hausherrn heranlaufen sah, blieb er stehen und zog seinen Dreimaster. Das Gesicht kam Adrian bekannt vor, aber in der Eile konnte er es nicht genau sehen. „Sie kommen zu mir,“ sagte Adrian atemlos: „treten Sie bitte ein.“ – „Keine Umstände, Väterchen,“ antwortete jener dumpf. „Geh' voraus und zeige den Gästen den Weg.“ Adrian hatte auch keine Zeit, Umstände zu machen. Die Hauspforte stand offen, er ging die Treppe hinauf, und jener folgte ihm. Adrian kam es vor, als ob in seinen Zimmern Leute auf und ab gingen. „Was für ein Teufelsspuk!“ dachte er sich und wollte eintreten ... aber hier knickten seine Beine ein. Das Zimmer war voller Toten. Der Mond schien durch die Fenster herein und beleuchtete ihre gelben und blauen Gesichter, die eingesunkenen Münder, die trüben, halbgeschlossenen Augen und die zugespitzten Nasen ... Adrian erkannte in ihnen mit Entsetzen Leute, die unter seiner Beteiligung beerdigt worden waren; in dem Gast, der zugleich mit ihm eingetreten war, den

Brigadier, bei dessen Beerdigung es in Strömen geregnet hatte. Sie alle, die Herren und die Damen umringten den Sargmacher mit Verbeugungen und Komplimenten, mit Ausnahme eines Bettlers, der vor kurzem unentgeltlich begraben worden war und der, sich seiner Lumpen schämend, nicht näher kam und bescheiden in einem Winkel stand. Alle übrigen waren höchst anständig gekleidet: die Damen trugen Hauben mit Bändern; die Beamten hatten ihre Uniformen an, waren aber unrasiert; die Kaufleute waren in ihren Feiertagsröcken erschienen. „Siehst du, Prochorow," sagte der Brigadier im Namen der ganzen Gesellschaft, „wir sind alle auf deine Einladung hin auferstanden; nur diejenigen sind zu Hause geblieben, die nicht kommen konnten, die ganz auseinandergefallen sind und nur noch aus Knochen ohne Haut bestehen; aber auch von diesen konnte sich einer nicht enthalten – so gerne wollte er dich besuchen ..." In diesem Augenblick drängte sich ein kleines Skelett durch die Menge und ging auf Adrian zu. Sein Schädel lächelte dem Sargmacher freundlich zu. Fetzen hellgrünen und roten Tuches und alter Leinwand hingen an ihm wie an einer Stange, während die Knochen seiner Füße in seinen hohen Reitstiefeln wie Stößel in Mörsern klapperten. „Du erkennst mich nicht, Prochorow," sagte das Skelett. „Erinnerst du dich noch an den verabschiedeten Sergeanten der Garde Pjotr Petrowitsch Kurilkin, denselben, dem du im Jahre 1799 deinen ersten Sarg verkauft hast, und dazu einen aus Fichtenholz statt aus Eichenholz?" Mit diesen Worten wollte er ihn in seine knöchernen Arme schließen. Aber Adrian nahm seine ganze Kraft zusammen, schrie auf und stieß ihn zurück. Pjotr Petrowitsch wankte, fiel hin und ging in Stücke. Unter den Toten erhob sich ein Gemurmel der Entrüstung; alle traten für die Ehre ihres Genossen ein, fielen über Adrian mit Schimpfworten und Drohungen her, und der arme Gastgeber, fast erdrückt und durch ihr Geschrei betäubt, verlor seine Geistesgegenwart, fiel selbst auf die Gebeine des verabschiedeten Sergeanten der Garde und verlor das Bewußtsein.

Die Sonne beleuchtete schon längst das Bett, auf dem der Sargmacher lag. Endlich schlug er die Augen auf und erblickte vor sich die Magd, die die Kohlen im Samowar anfachte. Mit Entsetzen erinnerte sich Adrian aller gestrigen Erlebnisse. Die Trjuchina, der Brigadier und der Sergeant Kurilkin tauchten wieder vor ihm auf. Er wartete schweigend, daß die Magd ein Gespräch beginnen und ihm über die Folgen der nächtlichen Abenteuer berichten würde.

„Wie du dich verschlafen hast, Väterchen Adrian Prochorowitsch," sagte Aksinja, indem sie ihm seinen Schlafrock reichte. „Der Nachbar Schneider war da, auch der Nachtwächter mit der Mitteilung, daß der Revieraufseher heute Namenstag hat, aber du geruhtest noch zu schlafen, und wir wollten dich nicht wecken."

„Kam denn niemand von der verstorbenen Trjuchina?" „Von der Verstorbenen? Ist sie denn gestorben?" „Dumme Gans! Hast du mir nicht selbst geholfen, alles für ihre Beerdigung herzurichten? „Was hast du, Väterchen: bist du von Sinnen oder ist der gestrige Rausch noch nicht verflogen? Was für eine Beerdigung hast du denn gestern gehabt? Du hast den ganzen Tag beim Deutschen gezecht, warst dann betrunken heimgekommen, hast dich aufs Bett geworfen und hast bis zur Stunde geschlafen, wo man zur Messe läutete." „Wirklich?" fragte der Sargmacher erfreut. „Aber gewiß!" antwortete die Magd. „Nun, wenn es so ist, dann gib mir schnell Tee und ruf' die Töchter her."

## Der Schneesturm

Ende des Jahres 1811, in der uns allen denkwürdigen Zeit, lebte auf seinem Landgute Neparadowo der wackere Gawrila Gawrilowitsch R. Er war durch seine Gastfreundlichkeit und Gutmütigkeit in der ganzen Gegend bekannt. Die Nachbarn kamen jeden Tag zu ihm auf Besuch um zu essen und zu trinken oder mit seiner Gattin, Praskowja Petrowna, Boston zu fünf Kopeken den Point zu spielen; viele auch, um ihre Tochter, Marja Gawrilowna, ein schlankes, bleiches siebzehnjähriges Mädchen zu sehen. Sie galt als reiche Partie, und viele ersehnten sie für sich oder für ihre Söhne.

Marja Gawrilowna war mit französischen Romanen erzogen worden und folglich verliebt. Ihr Auserwählter war ein armer Fähnrich von der Linie, der sich auf Urlaub auf dem Lande aufhielt. Es versteht sich von selbst, daß im Busen des jungen Mannes die gleiche Leidenschaft loderte, und daß die Eltern seiner Geliebten, als sie ihre gegenseitige Zuneigung merkten, der Tochter untersagten, an ihn nur zu denken, und ihn bei seinen Besuchen noch unfreundlicher aufnahmen als irgendeinen verabschiedeten Assessor.

Unsere Verliebten tauschten häufig Briefe aus und sahen sich täglich unter vier Augen im Fichtengehölz oder bei der alten Kapelle. Dort schwuren sie einander ewige Liebe, beklagten ihr Los und schmiedeten allerlei Pläne. Nach den vielen

Gesprächen und Briefen gelangten sie (was ja sehr natürlich ist) zu folgendem Schluß: „Da wir ohne einander nicht atmen können und der Wille der grausamen Eltern unserm Glücke im Wege steht, könnten wir uns da nicht auch ohne ihre Einwilligung behelfen?“ Es versteht sich, daß dieser glückliche Gedanke zuerst dem jungen Mann gekommen war und der romantischen Phantasie Marja Gawrilownas außerordentlich zusagte.

Der eingetretene Winter machte ihren Zusammenkünften ein Ende; ihr Briefwechsel wurde aber um so lebhafter. Wladimir Nikolajewitsch beschwor sie in einem jeden seiner Briefe, die seinige zu werden: sich mit ihm heimlich trauen zu lassen, eine Zeitlang in einem Versteck zu leben und dann den Eltern zu Füßen zu stürzen; die Eltern aber würden sich von der heroischen Treue und dem Unglück der Liebenden rühren lassen und sicherlich sagen: „Kinder! Kommt in unsere Arme.“

Marja Gawrilowna schwankte; viele Fluchtpläne wurden von ihr nacheinander verworfen. Endlich willigte sie ein: an dem für die Entführung bestimmten Tage sollte sie nicht zu Abend essen und sich, Kopfweh vorschützend, in ihr Zimmer zurückziehen. Dann sollte sie mit ihrer Zofe, die in die Verschwörung eingeweiht war, durch den Hinterflur in den Garten gehen, hinter dem Garten einen angespannten Schlitten vorfinden, in diesen einsteigen und etwa fünf Werst weit nach dem Dorf Schadrino direkt zur Kirche fahren, wo Wladimir sie schon erwarten würde.

Die Nacht vor dem entscheidenden Tage konnte Marja Gawrilowna keinen Schlaf finden; sie packte ihre Sachen, band Wäsche und Kleider zu einem Bündel zusammen und schrieb einen langen Brief an ihre Freundin, ein sehr empfindsames junges Mädchen, und einen zweiten an ihre Eltern. Sie nahm von ihnen in den rührendsten Ausdrücken Abschied, entschuldigte ihren Schritt mit der unüberwindlichen Macht der Leidenschaft und schloß mit den Worten, daß sie den Augenblick, in dem sie ihren teuren Eltern zu Füßen fallen dürfte, für den glücklichsten ihres Lebens betrachten würde. Nachdem sie beide mit einem in Tula verfertigten Petschaft, auf dem zwei flammende Herzen, von einer entsprechenden Inschrift umgeben, dargestellt waren, versiegelt hatte, warf sie sich beim Tagesgrauen auf ihr Lager und schlummerte ein, wurde aber fortwährend von furchtbaren Traumbildern aufgeschreckt. Bald schien es ihr, daß ihr Vater gerade in dem Augenblick, da sie in den Schlitten stieg, um zur Trauung zu fahren, sie überraschte, mit schmerzvoller Schnelligkeit über den Schnee schleifte und in ein finsteres, fensterloses Verließ stieße ... sie stürzte kopfüber hinab, während ihr Herz sich unaussprechlich zusammenkrampfte; bald sah sie Wladimir blaß und verblutend im Grase liegen; im Sterben beschwor er sie mit herzzerreißender Stimme, sich sofort mit ihm trauen zu lassen. Noch viele andere gestaltlose und sinnlose Schreckbilder schwebten eines nach dem andern vor ihren Blicken. Als sie endlich aufstand, war sie blasser als sonst und hatte wirkliches Kopfweh. Vater und Mutter merkten sofort ihre Unruhe; die zärtliche Besorgtheit der Eltern und ihre unaufhörlichen Fragen: „Was hast du, Mascha? Bist du nicht wohl, Mascha?" schnitten sie ins Herz. Sie versuchte, sich zu beruhigen und sorglos zu erscheinen, brachte es aber nicht fertig. Indessen wurde es Abend. Der Gedanke, daß sie den scheidenden Tag zum allerletzten Mal inmitten der Ihrigen begleite, bedrückte sie schwer. Sie war mehr tot als lebendig; im Geiste verabschiedete sie sich schon von allen Personen und Gegenständen, die sie umgaben. Das Abendessen wurde aufgetragen; ihr Herz begann heftig zu pochen. Mit bebender Stimme erklärte sie, daß sie heute nicht zu Abend essen würde, und wünschte den Eltern gute Nacht. Diese küßten sie und gaben ihr, wie jeden Abend, ihren Segen; sie fing dabei beinahe zu weinen an. Als sie in ihr Zimmer kam, ließ sie sich in einen Sessel fallen und brach in Tränen aus. Die Zofe beschwor sie, sich zu beruhigen und Mut zu fassen. Alles war schon bereit. In einer halben Stunde schon sollte Mascha dem Elternhause, ihrem Zimmer und dem stillen Mädchendasein für immer Lebewohl sagen...

Draußen tobte ein Schneesturm; der Wind heulte, die Fensterläden bebten und klopften; alles erschien ihr drohend und unheilkündend. Bald war es im Hause still; alle schliefen. Mascha hüllte sich in ihren Schal, zog sich einen warmen Mantel an, nahm ihr Köfferchen in die Hand und trat auf den Hinterflur. Die Zofe folgte ihr mit zwei Bündeln. Sie gingen in den Garten hinunter. Der Schneesturm wütete noch immer; der Wind blies Mascha ins Gesicht, wie wenn er die junge Missetäterin aufhalten wollte. Mit großer Mühe gelangten sie an das Ende des Gartens. Auf der Straße wartete schon der Schlitten. Die durchfrorenen Pferde wollten nicht mehr ruhig stehen; Wladimirs Kutscher ging vor den Deichselstangen auf und ab und bemühte sich, die Ungeduldigen zu halten. Er half dem Fräulein und der Zofe in den Schlitten zu steigen und die Bündel und das Köfferchen unterzubringen, ergriff die Zügel, und die Pferde rasten dahin. Wir wollen aber das Fräulein der Sorge des Schicksals und der Kunst des Kutschers Terjoschka anvertrauen und uns zu unserm jungen Liebhaber wenden.

Wladimir war den ganzen Tag unterwegs. Am Morgen besuchte er den Priester von Schadrino und einigte sich mit ihm, nicht ohne Mühe. Dann begab er sich auf die Suche nach Trauzeugen zu den benachbarten Gutsbesitzern. Der erste, den er aufsuchte, der vierzigjährige ehemalige Kornett Drawin willigte mit Freuden ein. Dieses Abenteuer, behauptete er, erinnere ihn an die Husarenstreiche seiner Jugend. Er bewog Wladimir, bei ihm zu Mittag zu essen, und versicherte ihm, daß die zwei noch fehlenden Zeugen sich unschwer finden lassen würden. Gleich nach dem Essen erschienen tatsächlich der Geometer Schmidt, der einen Schnurrbart und Sporen trug, und der Sohn des Landpolizeihauptmanns, ein etwa sechzehnjähriger Junge, der vor kurzem bei den Ulanen eingetreten war. Sie nahmen Wladimirs Vorschlag nicht nur an, sondern erklärten sich auch bereit, für ihn ihr Leben aufs Spiel zu setzen. Wladimir schloß sie entzückt in seine Arme und fuhr nach Hause, um die letzten Vorbereitungen zu treffen.

Es dämmerte schon seit geraumer Zeit. Wladimir schickte seinen verläßlichen Terjoschka mit einer Troika und genauer und ausführlicher Instruktion nach Neparadowo, ließ sich den kleinen einspännigen Schlitten geben und fuhr allein ohne Kutscher nach Schadrino, wo nach etwa zwei Stunden auch Marja Gawrilowna eintreffen sollte. Der Weg war ihm gut bekannt, und die Fahrt dauerte gewöhnlich nur zwanzig Minuten.

Kaum hatte aber Wladimir das Dorf verlassen, als sich ein Wind erhob und ein solcher Schneesturm losbrach, daß er nichts mehr sehen konnte. Die Straße war in einem Augenblick unter den Schneemassen verschwunden; ein trüber, gelblicher Nebel, durch den die weißen Schneeflocken flogen, verdeckte den Ausblick; der Himmel floß mit der Erde in eins zusammen; Wladimir sah sich plötzlich mitten im freien Feld und machte vergebliche Versuche, wieder auf die Straße zu gelangen. Das Pferd lief aufs Geratewohl; bald fuhr es in einen Schneehaufen hinein, bald versank es in einen Graben; der Schlitten kippte jeden Augenblick um. Wladimir war nur auf das eine bedacht: die Richtung nicht zu verlieren. Es war aber schon, wie ihm schien, mehr als eine halbe Stunde vergangen, und er hatte das Gehölz von Schadrino noch immer nicht erreicht.

Es vergingen noch zehn Minuten – vom Gehölz war noch immer nichts zu sehen. Wladimir fuhr über ein Feld, das von tiefen Gräben durchzogen war. Der Schneesturm wollte sich nicht legen und der Himmel sich nicht aufklären.

Das Pferd begann müde zu werden, und er selbst kam in Schweiß, obwohl er jeden Augenblick bis an den Gürtel in den Schnee versank.

Bald merkte er, daß er in falscher Richtung fuhr. Wladimir hielt an, überlegte sich seine Lage und kam zur Überzeugung, daß er etwas mehr nach rechts fahren müsse. Er fuhr nach rechts. Das Pferd bewegte vor Müdigkeit kaum die Beine. Er war schon mehr als eine Stunde unterwegs. Schadrino mußte ganz in der Nähe sein. Er fuhr aber immer weiter, und das Feld nahm kein Ende. Immer neue Schneehaufen und Gräben; der Schlitten kippte immer wieder um, und er mußte ihn immer wieder aufrichten. Die Zeit verging; Wladimir wurde nun ernsthaft unruhig.

Endlich zeigte sich seitwärts etwas Dunkles. Wladimir lenkte das Pferd in diese Richtung. Als er näher kam, sah er, daß es ein Gehölz war. „Gott sei Dank." sagte er sich: „Jetzt ist es nicht mehr weit." Er fuhr am Gehölz entlang, denn er hoffte, entweder auf die ihm wohlbekannte Landstraße zu kommen oder das Gehölz zu umbiegen; Schadrino mußte ja gleich dahinter liegen. Bald fand er den Weg und fuhr in das Dunkel der Bäume, die der Winter ihres Laubes beraubt hatte. Der Wind konnte hier nicht mehr so furchtbar wüten; die Straße war eben, das Pferd faßte neuen Mut, und Wladimir beruhigte sich. Er fuhr aber und fuhr, doch von Schadrino war immer noch nichts zu sehen, das Gehölz wollte kein Ende nehmen. Wladimir merkte mit Schrecken, daß er in einen ihm unbekannten Wald geraten war. Verzweiflung bemächtigte sich seiner. Er gab dem Pferd die Peitsche; das arme Tier versuchte Trab zu laufen, wurde aber bald müde und ging schon nach einer Viertelstunde, trotz aller Bemühungen des unglücklichen Wladimirs, wieder im Schritt.

Allmählich lichtete sich das Dickicht, und Wladimir fuhr aus dem Walde heraus. Von Schadrino war nichts zu sehen. Es mochte gegen Mitternacht sein. Tränen traten ihm in die Augen; er fuhr aufs Geratewohl weiter. Der Sturm hatte sich gelegt, die Wolken verzogen sich; vor ihm lag ein von einem weißen, welligen Teppich bedecktes Tal. Die Nacht war ziemlich hell. Er entdeckte in der Nähe ein Dörfchen, das aus vier oder fünf Höfen bestand. Wladimir fuhr auf das Dörfchen zu. Beim ersten Bauernhause sprang er aus dem Schlitten, lief auf ein Fenster zu und begann zu klopfen. Nach einigen Minuten ging der hölzerne Laden auf, und ein alter Mann streckte seinen grauen Bart heraus. „Was willst du?" – „Ist es weit bis Schadrino?" – „Ob es bis Schadrino weit ist?" – „Ja, ja. Ist es weit?" – „Gar nicht weit: an die zehn Werst." Als Wladimir diese Antwort hörte, fuhr er sich in die Haare und erstarrte wie ein zum Tode Verurteilter. „Und wo kommst du her?“ fuhr der Alte fort. Wladimir hatte aber nicht den Mut, seine Frage zu beantworten. „Alter,“ wandte er sich an ihn, „kannst du mir Pferde nach Schadrino verschaffen?“ – „Woher sollen wir Pferde haben?“ antwortete der Bauer. „Kann ich vielleicht einen Führer bekommen, der den Weg nach Schadrino kennt. Ich will ihm bezahlen, soviel er verlangt.“ – „Wart' einmal,“ sagte der Alte, den Fensterladen schließend, „ich will dir meinen Sohn schicken; er wird dich begleiten.“ Wladimir begann zu warten. Es war aber noch keine halbe Minute vergangen, als er wieder zu klopfen anfing. Der Laden ging auf, und der graue Bart zeigte sich wieder. „Was willst du?“ – „Wo bleibt denn dein Sohn?“ – „Gleich kommt er: er zieht sich die Stiefel an. Friert es dich vielleicht? Komm nur herein und wärme dich.“ – „Ich danke. Schicke schneller deinen Sohn heraus.“

Bald knarrte das Tor. Ein Bursche, mit einem dicken Knüttel in der Hand, kam heraus und ging vor dem Schlitten her, den schneeverwehten Weg bald zeigend und bald suchend. „Wie spät ist es?“ fragte ihn Wladimir. „Es wird wohl bald tagen,“ antwortete der junge Bauer. Wladimir sprach nun kein Wort mehr. Die Hähne krähten, und es war schon hell, als sie Schadrino erreichten. Die Kirche war geschlossen. Wladimir bezahlte seinen Führer und fuhr zum Geistlichen. Auf dessen Hofe war aber keine Troika zu sehen. Was für eine Nachricht erwartete ihn da!

Kehren wir aber zu den braven Gutsbesitzern von Neparadowo zurück und sehen wir, was bei ihnen vorgeht.

Nichts Besonderes.

Die Alten standen wie jeden Morgen auf und kamen in die gute Stube: Gawrila Gawrilowitsch in Nachtmütze und Flausjacke, Praskowja Petrowna in wattiertem Schlafrock. Als der Samowar aufgetragen war, schickte Gawrila Gawrilowitsch ein Mädchen zu Marja Gawrilowna, sie zu fragen, wie es ihr heute ginge und wie sie geschlafen habe. Das Mädchen kam zurück und meldete, daß das gnädige Fräulein sehr schlecht geschlafen habe, sich aber jetzt schon etwas besser fühle und bald kommen werde. Die Tür ging tatsächlich auf, und Marja Gawrilowna trat ein, um Papa und Mama zu begrüßen.

„Wie ist es mit deinem Kopfweh, Mascha?“ fragte Gawrila Gawrilowitsch. – „Es geht schon besser, Papachen,“ antwortete Mascha. – „Es kommt wohl vom Ofendunst,“ meinte Praskowja Petrowna. – „Ja, wahrscheinlich, Mamachen,“ erwiderte Mascha.

Der Tag verlief glücklich, aber gegen Abend wurde Mascha krank. Man schickte in die Stadt nach einem Arzt. Dieser kam sehr spät und traf die Kranke im Delirium an. Sie hatte heftiges Fieber, und die Ärmste schwebte zwei Wochen lang zwischen Leben und Tod. Niemand im Hause wußte etwas von der geplanten Flucht. Die Briefe, die Mascha am Vorabend geschrieben, hatte sie verbrannt; die Zofe sagte aus Furcht vor dem Zorn der Herrschaft niemand ein Wort. Der Geistliche, der ehemalige Kornett, der Geometer mit dem Schnurrbart und der kleine Ulan waren diskret und hatten wohl ihre Gründe dafür. Der Kutscher Terjoschka verschnappte sich selbst im Rausche nicht. So wurde das Geheimnis von dem halben Dutzend Mitverschworener treu behütet. Doch Marja Gawrilowna selbst verriet es in ihrem fortwährenden Delirium. Ihre Worte waren aber so wirr, daß die Mutter, die das Krankenzimmer für keinen Augenblick verließ, aus ihnen nur das eine verstehen konnte, daß ihre Tochter sterblich in Wladimir Nikolajewitsch verliebt sei und daß die Erkrankung wahrscheinlich mit dieser Liebe zusammenhänge. Sie beriet sich mit ihrem Gatten und einigen Nachbarn, und alle kamen überein, daß es dem jungen Mädchen wohl vom Schicksal so beschieden sei, daß niemand dem ihm vom Himmel vorausbestimmten Ehegenossen entrinnen könne, daß Armut keine Schande sei, daß man nicht das Geld, sondern den Menschen heirate und so weiter. Moralische Sprichwörter pflegen ungemein nützlich in solchen Fällen zu sein, wo man selbst keinerlei Rechtfertigung zu ersinnen vermag. Das junge Mädchen erholte sich indessen wieder. Wladimir hatte sich schon lange nicht mehr in Gawrila Gawrilowitschs Hause blicken lassen. Die Behandlung, die ihm hier immer zuteil wurde, schreckte ihn wohl ab. Es wurde beschlossen, ihn kommen zu lassen, um ihm das unerwartete Glück: die Einwilligung auf die Ehe zu verkünden. Wie groß war aber das Erstaunen der Gutsbesitzer von Neparadowo, als sie von ihm als Antwort auf die Einladung einen halbverrückten Brief erhielten. Er teilte ihnen mit, daß er seinen Fuß nie wieder über ihre Schwelle setzen würde, und bat sie, den Unglücklichen, für den der Tod nun die einzige Hoffnung sei, zu vergessen. Nach einigen Tagen erfuhren sie, daß Wladimir wieder in sein Regiment eingerückt war. Das geschah im Jahre 1812. Man konnte sich lange nicht entschließen, dies der genesenden Mascha zu melden. Sie sprach nie mehr von Wladimir. Als sie einige Monate später seinen Namen unter denen, die sich bei Borodino ausgezeichnet hatten und schwer verwundet waren, las, fiel sie in Ohnmacht, und man fürchtete schon, daß ihre Krankheit zurückkehren würde. Der Ohnmachtsanfall hatte aber, Gott sei Dank, keine ernsten Folgen.

Sie wurde von einem andern Kummer heimgesucht: Gawrila Gawrilowitsch verschied und ließ sie als Erbin seines ganzen Besitzes zurück. Die Erbschaft gab ihr aber keinen Trost; sie teilte aufrichtig die Trauer Praskowja Petrownas und schwor, sich niemals von ihr trennen zu wollen. Die beiden verließen Neparadowo, die Stätte trauriger Erinnerungen, und zogen auf ihr ***sches Gut. Die Freier umschwirrten auch hier das hübsche und reiche Mädchen; sie gab aber niemand auch die leiseste Hoffnung. Die Mutter redete ihr manchmal zu, sich einen Ehegenossen zu wählen. Marja Gawrilowna schüttelte aber nur den Kopf und wurde nachdenklich. Wladimir weilte nicht mehr unter den Lebenden: er war zu Moskau, am Vorabend des Einzuges der Franzosen, gestorben. Sein Andenken schien Mascha heilig zu sein; jedenfalls bewahrte sie alles, was an ihn erinnerte, treulich auf: die Bücher, die er einst gelesen, seine Zeichnungen, Noten und die Verse, die er für sie abgeschrieben. Die Nachbarn, die solches hörten, bewunderten ihre Standhaftigkeit und erwarteten mit Neugier den Helden, der über die rührende Treue der jugendlichen Artemis triumphieren würde.

Der Krieg war indessen ruhmvoll beendet. Unsere Heere kehrten aus dem Auslande zurück. Das Volk eilte ihnen entgegen. Die Regimentskapellen spielten die im Feldzuge eroberten Weisen: Vive Henri-Quatre, Tyroler Walzer und Arien aus der „Joconde“. Die Offiziere, die als halbe Knaben ins Feld gezogen waren, kehrten, im Pulverdampf der Schlachten zu Männern geworden, mit Ehrenkreuzen geschmückt, heim. Die Soldaten plauderten lustig miteinander, fortwährend deutsche und französische Worte in ihre Rede mischend. Unvergeßliche Zeit! Die Zeit des Ruhmes und der Begeisterung! Wie stark pochte das russische Herz beim Klange des Wortes „Vaterland“! Wie süß waren die Freudentränen des Wiedersehens! Wie einmütig verbanden wir das Gefühl des nationalen Stolzes mit der Liebe zum Kaiser! Und für diesen selbst – welche Augenblicke!

Die Frauen, die russischen Frauen waren damals unvergleichlich. Ihre gewöhnliche Kühle war verschwunden. Ihr Entzücken war wahrlich berauschend, als sie die Sieger mit „Hurra!“ begrüßten „und in die Luft die Häubchen warfen…“

Wer von den damaligen Offizieren wird nicht zugeben, daß er von der russischen Frau den besten, den kostbarsten Lohn empfingt… Marja Gawrilowna lebte um diese glanzvolle Zeit mit ihrer Mutter im ***schen Gouvernement und sah gar nicht, wie die beiden Residenzen die zurückgekehrten Truppen feierten.

In der Provinz und auf dem flachen Lande war die allgemeine Begeisterung vielleicht noch stärker. Das Erscheinen eines Offiziers in solchen Gegenden war ein wahrer Triumph, und ein Liebhaber in Zivilfrack konnte neben ihm gar nicht aufkommen. Wie gesagt, war Marja Gawrilowna trotz ihrer Kälte nach wie vor von Bewerbern umgeben. Alle mußten aber weichen, als der verwundete Husarenhauptmann Burmin mit dem Georgskreuze im Knopfloch und der „interessanten Blässe", wie sich die damaligen jungen Damen ausdrückten, im Gesicht auf ihrem Schlosse erschien. Er war an die sechsundzwanzig Jahre alt. Er verbrachte den Urlaub auf seinen Besitzungen, die in der Nähe des Gutes Marja Gawrilownas lagen. Marja Gawrilowna zeichnete ihn vor allen anderen aus. In seiner Gegenwart wich ihre gewöhnliche Versonnenheit einem lebhafteren Gemütszustand. Man kann nicht behaupten, daß sie mit ihm kokettierte, aber ein Dichter, der ihr Benehmen sähe, würde gesagt haben:

„Se amor non é, che dunche?"

Burmin war in der Tat ein liebenswürdiger junger Mann. Er besaß gerade jenen Geist, der den Damen so gut gefällt: den Geist des Anstandes und der Aufmerksamkeit ganz ohne Anmaßung, doch mit gutmütigem Humor. Sein Benehmen Marja Gawrilowna gegenüber war einfach und ungezwungen; doch was sie auch sagen oder tun mochte, seine Seele und seine Blicke folgten ihr. Er schien einen stillen und bescheidenen Charakter zu haben, aber es wurde behauptet, daß er einst ein schlimmer Taugenichts gewesen sei, was ihm übrigens in Marja Gawrilownas Augen durchaus nicht zu schaden vermochte, da sie (wie alle jungen Damen) gern alle Streiche verzieh, die Kühnheit und feuriges Temperament verrieten.

Doch mehr als alles andere ... (mehr als seine zärtliche Veranlagung, mehr als seine angenehme Unterhaltungsgabe, als seine interessante Blässe, als sein verwundeter Arm) mehr als das alles war es das Schweigen des jungen Husaren, das ihre Neugier und Phantasie reizte. Sie konnte sich nicht verhehlen, daß sie ihm sehr gefiel; wahrscheinlich hatte auch er bei seinem Geist und seiner Erfahrung schon bemerkt, daß sie ihn vor den andern auszeichnete; wie war es nun zu erklären, daß sie ihn noch immer nicht zu ihren Füßen gesehen und sein Geständnis nicht zu hören bekommen? Was hielt ihn zurück? Schüchternheit, die von wahrer Liebe unzertrennlich ist, Stolz oder die Koketterie eines schlauen Schürzenjägers? Das war ihr ein Rätsel. Als sie sich das alles ordentlich überlegt hatte, sagte sie sich, daß Schüchternheit der einzige Grund seiner Zurückhaltung sein müsse, und sie entschloß sich, ihn durch erhöhte Aufmerksamkeit und, wenn es die Umstände verlangten, selbst durch Zärtlichkeit zu ermutigen. Sie war auf eine höchst unerwartete Lösung gefaßt und erwartete mit Ungeduld den Augenblick der romantischen Liebeserklärung. Jedes Geheimnis, ganz gleich welcher Natur, ist den Frauenherzen unerträglich. Ihre strategischen Maßnahmen führten zum erwünschten Erfolg; Burmin versank jedenfalls in so tiefe Nachdenklichkeit, und seine schwarzen Augen blickten mit solchem Feuer auf Marja Gawrilowna, daß der entscheidende Moment ganz nahe zu sein schien. Die Nachbarn sprachen von der Hochzeit als von einer beschlossenen Tatsache, und die gute Praskowja Petrowna freute sich, daß ihre Tochter endlich einen würdigen Bräutigam gefunden habe. Die alte Dame saß einmal im Wohnzimmer, mit einer Grand-Patience beschäftigt, als Burmin ins Zimmer trat und sich sofort nach Marja Gawrilowna erkundigte. „Sie ist im Garten," antwortete die Mutter, „gehen Sie zu ihr, ich werde Sie hier erwarten." Burmin ging hinaus, und die alte Dame bekreuzigte sich und dachte: Vielleicht wird die Sache heute zur Entscheidung kommen!

Burmin traf Marja Gawrilowna am Teiche, unter einer Weide, mit einem Buche in der Hand, – als echte Romanheldin. Nachdem die ersten Fragen ausgetauscht waren ließ Marja Gawrilowna das Gespräch absichtlich stocken, die beiderseitige Verlegenheit auf diese Weise dermaßen vergrößernd, daß nur eine plötzliche und entscheidende Erklärung befreiend wirken könnte. So kam es auch: als Burmin die Schwierigkeit seiner Lage merkte, erklärte er, daß er schon längst eine Gelegenheit gesucht habe, vor ihr sein Herz zu enthüllen, und bat sie um eine Minute Gehör. Marja Gawrilowna machte das Buch zu und senkte zum Zeichen des Einverständnisses die Augen. „Ich liebe Sie," begann Burmin, „ich liebe Sie leidenschaftlich ..." (Marja Gawrilowna errötete und ließ den Kopf noch tiefer sinken.) „Ich handelte leichtsinnig, als ich mich der süßen Gewohnheit, Sie alltäglich zu sehen und zu hören, hingab..." (Marja Gawrilowna mußte an den ersten Brief des St. Preux denken.) „Nun ist es zu spät, mich meinem Schicksale zu widersetzen: die Erinnerung an Sie, Ihr liebes, unvergleichliches Bild wird nun die ewige Qual und die ewige Wonne meines Lebens sein; eine schwere Pflicht ist aber noch zu erfüllen: ich muß Ihnen ein schreckliches Geheimnis enthüllen und damit eine unüberwindliche Schranke zwischen uns errichten..." – „Diese Schranke hat schon immer bestanden," unterbrach ihn Marja Gawrilowna lebhaft, „niemals konnte ich die Ihre werden." – „Ich weiß es," antwortete er leise, „ich weiß, daß Sie schon einmal geliebt haben; aber der Tod und die drei Jahre der Trauer ... Liebe, gute Marja Gawrilorowa, versuchen Sie nicht, mir meinen letzten Trost zu rauben: den Gedanken, daß Sie bereit wären, mein ganzes Glück zu sein, wenn ...“ – „Schweigen Sie, um Gottes willen, schweigen Sie. Sie quälen mich.“ – „Ja, ich weiß, ich fühle es, daß Sie die meinige werden würden, aber ich, ich unseligstes Geschöpf, – ich bin schon verheiratet.“

Marja Gawrilowna blickte ihn erstaunt an. „Ich bin verheiratet,“ fuhr Burmin fort, „seit vier Jahren schon, und ich weiß nicht, wer meine Frau ist, wo sie weilt und ob es mir beschieden ist, sie je wiederzusehend „Was sagen Sie?!“ rief Marja Gawrilowna aus: „Wie seltsam. Fahren Sie fort; ich will Ihnen später erzählen, aber fahren Sie um Gottes willen fort.“

„Zu Beginn des Jahres 1812“ erzählte Burmin, „eilte ich nach Wilna, wo sich unser Regiment befand. Als ich eines Abends zur späten Stunde auf eine Station kam und sofort anzuspannen begann, erhob sich ein furchtbarer Schneesturm, und der Stationsaufseher und die Kutscher rieten mir, abzuwarten. Ich folgte ihnen, aber eine unbegreifliche Unruhe bemächtigte sich meiner; mir war es, als ob mich jemand fortwährend stieße. Der Schneesturm wollte sich nicht legen. Ich hielt es nicht länger aus, gab wieder den Befehl anzuspannen und setzte trotz des Sturmes meine Reise fort. Der Kutscher hatte den Einfall, über den Fluß zu fahren, was die Reise um drei Werst abkürzen sollte. Die Flußufer waren vom Schnee verweht. Der Kutscher verpaßte die Stelle, wo man wieder auf die Landstraße kommen konnte, und so gerieten wir in eine gänzlich unbekannte Gegend. Der Sturm wütete noch immer. Ich sah einen Lichtschein und ließ auf dieses Ziel fahren. Wir kamen in ein Dorf; in der hölzernen Kirche brannte Licht. Die Kirchentür stand offen; hinter der Kirchenmauer warteten einige Schlitten, und vor dem Eingang gingen Menschen auf und ab. 'Hierher, hierher“ riefen einige Stimmen. Ich befahl dem Kutscher, vor der Kirche zu halten. „Mein Gott, wo bliebst du so lange?“ sagte mir jemand: „Die Braut ist ohnmächtig; der Pope weiß nicht, was zu tun; wir wollten schon nach Hause fahren. Komm aber schnell her!“ Ich sprang schweigend aus dem Schlitten und trat in die Kirche, die von zwei oder drei Kerzen schwach erleuchtet war. Ein Mädchen saß auf einer Bank in einer finsteren Ecke; ein anderes rieb ihr die Schläfen. „Gott sei Dank,“ sagte das letztere: „Wir haben Sie kaum erwarten können. Sie haben das Fräulein beinahe getötet. Der alte Geistliche ging auf mich zu und fragte: „Sollen wir beginnen?“ –‚Ja, beginnen Sie, Hochwürden, beginnen Sie,“ antwortete ich zerstreut. Man hob das Mädchen auf. Es erschien mir recht hübsch... Ein unerklärlicher, unverzeihlicher Leichtsinn... Ich stellte mich neben sie vor den Altar; der Priester hatte große Eile; die drei Männer und die Zofe stützten die

Braut und waren mit ihr allein beschäftigt. So traute man uns. „Küßt euch," sagte man uns. Meine Frau wandte mir ihr blasses Gesicht zu. Ich wollte sie schon küssen... Sie schrie aber auf: „Ach, er ist's nicht, er ist's nicht!" und fiel wieder in Ohnmacht. Die Zeugen richteten auf mich ihre erstaunten Blicke. Ich wandte mich um, verließ ungehindert die Kirche, stürzte in den Schlitten und schrie: „Los!" „Mein Gott." rief Marja Gawrilowna aus: „Und Sie wissen gar nicht, was aus Ihrer armen Frau geworden ist?" „Ich weiß es nicht," antwortete Burmin, „ich weiß nicht, wie das Dorf heißt, in dem ich getraut wurde, und von welcher Station ich hingekommen war. Damals legte ich meinem verbrecherischen Streich so wenig Bedeutung bei, daß ich gleich, nachdem ich die Kirche verlassen, einschlief und erst am nächsten Morgen auf der dritten Station erwachte. Mein Diener, der mich damals begleitete, starb während des Feldzuges, und so habe ich gar keine Hoffnung, diejenige zu finden, mit der ich den grausamen Streich gespielt habe und die nun so grausam gerächt ist." „Mein Gott, mein Gott!" sagte Marja Gawrilowna, seine Hand ergreifend: „Also Sie waren es! Und Sie erkennen mich nicht?" Burmin erbleichte und stürzte ihr zu Füßen...

## Der Schuß

### I

Wir lagen im Städtchen ***. Das Leben eines Linienoffiziers ist ja bekannt. Morgens Exerzierplatz und Reitschule; Mittagessen beim Regimentskommandeur oder im jüdischen Wirtshause, und abends Punsch und Karten. In *** gab es keine einzige Familie, bei der man verkehren könnte, und kein einziges junges Mädchen. Wir versammelten uns beieinander, wo wir nichts als unsere Uniformen sahen.

Nur ein einziger Mensch gehörte zu unserem Kreise, ohne Militär zu sein. Er war an die fünfunddreißig Jahre alt und wurde von uns daher wie ein alter Mann behandelt. Seine Erfahrungen gaben ihm verschiedene Vorzüge vor uns; zudem hatten seine gewöhnlich finstere Stimmung, sein schroffer Charakter und seine böse Zunge einen mächtigen Einfluß auf unsere jugendlichen Gemüter. Etwas Geheimnisvolles umhüllte sein Schicksal; er schien Russe zu sein, obwohl er einen fremden Namen trug. Einst hatte er bei den Husaren gedient und sogar mit gutem Erfolg; niemand kannte die Ursache, die ihn bewogen hatte, den Dienst zu quittieren und sich im armseligen Städtchen niederzulassen, wo er zugleich ärmlich und verschwenderisch lebte: er ging stets zu Fuß und trug einen alten schwarzen Rock, hielt aber für sämtliche Offiziere unseres Regiments ein offenes Haus. Die Diners, die er uns gab, bestanden allerdings nur aus zwei oder drei Gerichten, die ein alter, verabschiedeter Soldat zubereitete, aber der Champagner floß in Strömen. Sein Vermögen und seine Einnahmen waren unbekannt, und niemand wagte, ihn darüber zu befragen. Er besaß auch Bücher, zum größten Teil militärischen Inhalts, und auch Romane. Er gab sie uns gerne zum Lesen und verlangte sie niemals zurück; dafür gab er auch ein Buch, das er selbst entlieh, niemals dem Besitzer zurück. Seine Hauptbeschäftigung war das Schießen mit Pistolen. Die Wände seines Zimmers waren mit Kugeln gespickt und voller Löcher wie die Honigwaben. Eine reiche Pistolensammlung war der einzige Luxus der ärmlichen Hütte, in der er wohnte. Die Kunst, die er sich im Schießen angeeignet hatte, war ganz außerordentlich, und hätte er sich erboten, einem von uns eine Birne von der Mütze zu schießen, so würde sich niemand im ganzen Regiment geweigert haben, ihm seinen Kopf hinzuhalten. Unsere Gespräche drehten sich oft um Duelle; Silvio (so will ich ihn nennen) mischte sich niemals in diese Gespräche ein. Die Frage, ob er schon Duelle gehabt habe, beantwortete er trocken, daß es solche Fälle wohl gegeben habe, aber auf Einzelheiten ließ er sich niemals ein, und es war uns klar, daß solche Fragen ihn unangenehm berührten. Wir glaubten, daß er auf dem Gewissen irgendein unglückliches Opfer seiner unheimlichen Kunst habe. Übrigens kam es uns niemals in den Sinn, ihn einer Regung zu verdächtigen, die nur irgendwie der Feigheit ähnlich sähe. Es gibt Menschen, deren äußeres allein schon jeden derartigen Verdacht ausschließt. Ein unerwarteter Vorfall setzte uns alle in Erstaunen.

Einmal aßen zehn Offiziere unseres Regiments bei Silvio zu Mittag. Man trank wie gewöhnlich, das heißt sehr viel; nach dem Essen baten wir den Hausherrn, uns eine Bank zu halten. Erst weigerte er sich, denn er spielte fast nie; endlich ließ er aber die Karten holen, schüttete ein halbes hundert Dukaten auf den Tisch und setzte sich, um die Karten zu geben. Wir umringten ihn, und das Spiel begann. Silvio hatte die Angewohnheit, beim Spiel vollkommenes Stillschweigen zu beobachten; niemals stritt er oder ließ sich auf Erklärungen ein. Wenn aber einer der Spieler sich verrechnete, so zahlte er sofort den Überschuß aus oder schrieb das Fehlende auf. Wir wußten das schon und hinderten ihn nicht, auf seine Art zu walten; aber unter uns befand sich ein Offizier, der erst vor kurzem zu uns versetzt worden war. Beim Spiele bog er aus Zerstreutheit eine Ecke zuviel ein. Silvio nahm die Kreide und brachte die Rechnung nach seiner Gewohnheit in Ordnung. Der Offizier glaubte, er hätte sich geirrt, und versuchte sich mit ihm auseinanderzusetzen. Silvio fuhr fort, schweigend die Karten auszuteilen. Der Offizier verlor die Geduld, nahm die Bürste und wischte das, was er für irrtümlich angeschrieben hielt, ab. Silvio nahm die Kreide und schrieb es wieder auf. Der durch den Wein, das Spiel und das Lachen der Kameraden erhitzte Offizier hielt sich für grausam beleidigt, ergriff in seiner Wut einen Messingleuchter vom Tisch und warf ihn auf Silvio, dem es kaum gelang, dem Wurfe auszuweichen. Wir wurden alle verlegen. Silvio erhob sich, erbleichte und sagte mit funkelnden Augen: „Mein Herr, wollen Sie sich entfernen und danken Sie Gott, daß dies in meinem Hause geschehen ist."

Wir zweifelten nicht an den Folgen und betrachteten unseren neuen Kameraden schon als tot. Der Offizier erklärte, daß er dem Herrn Bankhalter jede gewünschte Satisfaktion geben werde, und entfernte sich. Das Spiel dauerte noch einige Minuten; da wir aber merkten, daß der Hausherr nicht mehr bei der Sache war, gaben wir einer nach dem anderen das Spiel auf und kehrten in unsere Quartiere zurück, unterwegs über die Vakanz, die es wohl bald geben würde, sprechend.

Am anderen Tage in der Reitschule fragten wir uns schon, ob unser armer Leutnant noch am Leben sei, als er selbst unter uns erschien; wir richteten an ihn die gleiche Frage. Er antwortete, daß er von Silvio noch nichts gehört habe. Dies setzte uns in Erstaunen. Wir gingen zu Silvio und trafen ihn schon auf dem Hofe, damit beschäftigt, Kugel auf Kugel in ein ans Tor geklebtes Aß zu jagen. Er empfing uns wie gewöhnlich und erwähnte den gestrigen Vorfall mit keinem Worte. Es vergingen drei Tage, unser Leutnant war noch immer am Leben. Wir fragten uns erstaunt: „Wird sich Silvio denn gar nicht schlagen?"

Silvio schlug sich nicht. Er gab sich mit einer kurzen Erklärung zufrieden und söhnte sich mit seinem Gegner aus. Dies schadete anfangs außerordentlich seinem Ansehen bei der Jugend. Mangel an Mut wird am allerwenigsten bei den jungen Leuten verziehen, die in der Tapferkeit gewöhnlich den Gipfel aller menschlichen Tugenden und eine Entschuldigung für alle möglichen Laster sehen. Nach und nach wurde das aber vergessen, und Silvio erwarb sich wieder seinen früheren Einfluß.

Ich allein vermochte ihm nicht mehr nahezukommen. Von Natur mit einer romantischen Phantasie begabt, hatte ich mich früher mehr als alle diesem Menschen angeschlossen, dessen Leben ein Rätsel war und der mir als Held eines geheimnisvollen Romans erschien. Er liebte mich; wenigstens gab er im Verkehre mit mir allein seine schroffe und lästerliche Art auf und sprach mit mir über alle möglichen Gegenstände einfach und ungemein angenehm. Aber nach jenem unglückseligen Abend wollte mich der Gedanke, daß seine Ehre befleckt und nach seinem eigenen Willen nicht reingewaschen sei, nicht verlassen und hinderte mich, ihn wie früher zu behandeln; ich mußte mich schämen, ihn anzusehen. Silvio war zu klug und zu erfahren, um das nicht zu merken und die Ursache dieser Veränderung nicht zu erraten. Dies schien ihn zu kränken; wenigstens sah ich ihm einige Male den Wunsch an, sich mit mir auseinanderzusetzen; ich ging aber jeder Gelegenheit dazu aus dem Wege, und Silvio gab mich auf. Von nun an sah ich ihn nur noch in Gesellschaft von Kameraden, und unsere früheren vertrauten Gespräche hörten auf.

Die an Zerstreuungen reichen Bewohner der Hauptstadt haben keine Vorstellung von vielen Aufregungen, die den Bewohnern der Dörfer und kleinen Städte bekannt sind, z. B. von der Erwartung des Posttages: jeden Dienstag und Freitag war unsere Regimentskanzlei mit Offizieren angefüllt; der eine erwartete Geld, der andere einen Brief, der dritte Zeitungen. Die Sendungen wurden gewöhnlich gleich geöffnet und alle Neuigkeiten mitgeteilt, und so bot die Kanzlei ein sehr belebtes Bild. Silvio bekam seine Briefe an die Adresse unseres Regiments und befand sich gewöhnlich auch in der Kanzlei. Einmal übergab man ihm einen Brief, den er mit dem Ausdrucke größter Ungeduld entsiegelte. Während er den Brief überflog, funkelten seine Augen. Die Offiziere, die mit ihren eigenen Briefen beschäftigt waren, merkten nichts. „Meine Herren," sagte ihnen Silvio, „die Umstände verlangen meine sofortige Abreise; ich verreise heute nacht; ich hoffe, daß Sie es mir nicht abschlagen werden, bei mir zum letzten Male zu Mittag zu essen. Ich erwarte auch Sie," fuhr er fort, sich an mich wendend, „ich erwarte Sie unbedingt." Mit diesen Worten entfernte er sich eilig, während wir, nachdem wir uns verabredet hatten, uns bei Silvio zu treffen, auseinandergingen.

Ich kam zu Silvio zur festgesetzten Stunde und traf bei ihm fast das ganze Regiment an. Alle seine Sachen waren schon gepackt; es blieben nur die nackten, zerschossenen Wände zurück. Wir setzten uns zu Tisch; der Hausherr war außerordentlich gut aufgelegt, und die lustige Stimmung wurde bald allgemein;

die Pfropfen knallten jeden Augenblick, die Gläser schäumten unaufhörlich, und wir wünschten dem Abreisenden mit dem größten Eifer gute Reise und jeden Segen. Wir erhoben uns sehr spät vom Tische. Als wir aufbrachen, nahm Silvio beim Abschied mich bei der Hand und hielt mich, als ich schon fortgehen wollte, zurück. „Ich muß mit Ihnen sprechen," sagte er leise. Ich blieb.

Die Gäste waren fort, und wir blieben allein. Wir setzten uns einander gegenüber und begannen schweigend unsere Pfeifen zu rauchen. Silvio schien besorgt; von seiner früheren krampfhaften Lustigkeit war keine Spur geblieben. Die düstere Blässe, die funkelnden Augen und der dichte Tabaksrauch, der ihm aus dem Munde kam, verliehen ihm das Aussehen eines echten Teufels. Es vergingen einige Minuten, und Silvio brach das Schweigen. „Vielleicht sehen wir uns nie wieder," sagte er mir. „Vor der Trennung möchte ich mich Ihnen gegenüber aussprechen. Sie werden wohl bemerkt haben, daß ich auf fremde Meinung nicht viel gebe; Sie aber liebe ich, und es wäre mir peinlich, in Ihrer Phantasie eine ungerechte Vorstellung zu hinterlassen."

Er hielt inne und begann seine ausgebrannte Pfeife neu zu stopfen; ich schwieg und hielt die Augen gesenkt. „Es kam Ihnen seltsam vor," fuhr er fort, „daß ich von diesem betrunkenen Narrn R.*** keine Satisfaktion gefordert habe. Sie werden doch zugeben, daß sein Leben, da ich die Wahl der Waffe hatte, sich in meiner Hand befand, während das meinige fast außer jeder Gefahr war; ich könnte meine Mäßigung meiner Großmut allein zuschreiben, ich will aber nicht lügen. Könnte ich den R.*** züchtigen, ohne mein Leben einer Gefahr auszusetzen, so würde ich es ihm nicht verziehen haben."

Ich sah Silvio erstaunt an. Dieses Geständnis machte mich ganz wirr. Silvio fuhr fort:

„Es ist so: ich habe nicht das Recht, mich einer Lebensgefahr auszusetzen. Vor sechs Jahren habe ich eine Ohrfeige bekommen, und mein Feind ist noch am Leben."

Meine Neugier war im höchsten Grade erregt. „Sie haben sich mit ihm nicht geschlagen?" fragte ich. „Dann haben wohl die Umstände Sie von ihm getrennt?"

„Ich habe mich mit ihm wohl geschlagen," antworte Silvio, „und hier ist die Erinnerung an unseren Zweikampf."

Silvio stand auf und holte aus einem Karton eine rote Mütze mit goldener Quaste und goldener Tresse (wie sie die Franzosen bonnet de police nennen); er setzte sie auf; sie war zwei Zoll über der Stirne durchschossen. „Sie wissen," fuhr Silvio fort, „daß ich im ***schen Husarenregiment gedient habe. Mein Charakter ist Ihnen bekannt: ich bin gewohnt, überall die erste Rolle zu spielen; aber in meiner Jugend war das bei mir geradezu eine Leidenschaft. In unserer Zeit waren tolle Streiche in Mode: ich war wohl der tollste Offizier in der ganzen Armee. Wir prahlten mit unserer Kunst zu trinken: ich übertraf darin den berühmten, von Denis Dawydow besungenen Burzow. Duelle gab es in unserem Regiment jeden Augenblick: ich beteiligte mich an allen entweder als Zeuge oder als handelnde Person. Die Kameraden vergötterten mich, und die Regimentskommandeure, die jeden Augenblick wechselten, betrachteten mich als ein unvermeidliches Übel.

So genoß ich ruhig (oder unruhig) meinen Ruhm, als in unser Regiment ein junger Mann aus einer reichen und vornehmen Familie eintrat (seinen Namen will ich nicht nennen). Seit ich lebe, habe ich noch keinen so glücklichen und glänzenden Menschen gesehen. Denken Sie sich Jugend, Geist, Schönheit, die tollste Lustigkeit, die verwegenste Tapferkeit, einen wohlklingenden Namen, unglaublichen Reichtum, der sich niemals erschöpfte, und stellen Sie sich nun den Eindruck vor, den er auf uns machte. Meine Vorherrschaft geriet ins Schwanken. Von meinem Ruhme geblendet, suchte er anfangs meine Freundschaft; ich nahm ihn aber sehr kühl auf, und er verließ mich ohne jedes Bedauern. Ich fing ihn zu hassen an. Seine Erfolge im Regiment und bei den Frauen brachten mich zur Verzweiflung. Ich suchte einen Streit mit ihm. Meine Epigramme beantwortete er mit Epigrammen, die mir immer unerwarteter und beißender als die meinigen erschienen und die natürlich unvergleichlich lustiger waren: er scherzte, während ich wütete. Endlich, als ich ihn einmal auf einem Balle bei einem polnischen Gutsbesitzer als Gegenstand der Aufmerksamkeit aller Damen und besonders der Hausfrau, mit der ich ein Verhältnis hatte, sah, sagte ich ihm eine platte Grobheit ins Ohr. Er fuhr auf und gab mir eine Ohrfeige. Wir stürzten nach unseren Säbeln; die Damen fielen in Ohnmacht; man brachte uns auseinander, und in der gleichen Nacht fuhren wir noch hinaus, um uns zu schlagen.

Es war beim Tagesanbruch. Ich stand mit meinen drei Sekundanten an der verabredeten Stelle. Mit unbeschreiblicher Ungeduld wartete ich auf meinen Gegner. Die Frühlingssonne war schon aufgegangen, und es fing an, heiß zu werden. Ich sah ihn in der Ferne. Er ging zu Fuß, hatte seinen Waffenrock am Säbel hängen und war von nur einem Sekundanten begleitet. Er näherte sich, eine Mütze voll Kirschen in der Hand. Die Sekundanten maßen uns zwölf Schritte ab. Ich hatte als erster zu schießen; aber meine Wut war so groß, daß ich mich auf die Sicherheit meiner Hand nicht verlassen wollte und ihm den ersten Schuß abtrat, um mich indessen etwas abzukühlen; mein Gegner wollte darauf nicht eingehen. Es wurde beschlossen, das Los entscheiden zu lassen: die erste Nummer fiel auf ihn, den ewigen Liebling Fortunas. Er zielte, und seine Kugel durchbohrte meine Mütze. Nun war ich an der Reihe. Endlich hatte ich sein Leben in meiner Hand; ich sah ihn gierig an und bemühte mich, aus seinem Gesicht auch nur einen Schatten von Unruhe zu entdecken. Während er vor meiner Pistole stand, suchte er sich aus seiner Mütze die reifen Kirschen aus und spuckte die Steine vor sich hin, so daß sie mir fast vor die Füße flogen. Seine Gleichgültigkeit machte mich rasend. Was nützt es, dachte ich mir, ihm das Leben zu nehmen, wenn er so wenig Wert darauf legt. Ein böser Gedanke ging mir durch den Kopf. Ich senkte die Waffe. „Mir scheint, Sie denken jetzt nicht an den Tod," sagte ich ihm: „Sie belieben zu frühstücken; ich will Sie nicht stören. „Sie stören mich nicht im geringsten," antwortete er, „wollen Sie nur schießen, – übrigens wie es Ihnen beliebt; Ihr Schuß bleibt Ihnen; ich stehe Ihnen immer zur Verfügung." Ich wandte mich an die Sekundanten, erklärte ihnen, daß ich heute nicht die Absicht hätte, zu schießen, und damit war das Duell beendet...

Ich quittierte den Dienst und zog mich in dieses Städtchen zurück. Es ist aber seitdem nicht ein Tag vergangen, an dem ich nicht an Rache gedacht hätte. Nun ist meine Stunde gekommen..."

Silvio holte aus der Tasche den Brief, den er am Morgen bekommen hatte, und gab ihn mir zu lesen. Jemand (anscheinend ein Bevollmächtigter) teilte ihm mit, daß die bewußte Person sich demnächst mit einem schönen jungen Mädchen verheiraten würde. „Sie ahnen wohl," sagte Silvio, „wer diese bewußte Person ist. Ich gehe nach Moskau. Wir wollen sehen, ob er den Tod vor der Hochzeit ebenso gleichgültig hinnehmen wird, wie er ihn damals bei seinen Kirschen erwartete!"

Bei diesen Worten stand Silvio auf, warf seine Mütze auf den Boden und fing an, im Zimmer auf und ab zu gehen wie ein Tiger in seinem Käfig. Ich hatte ihm regungslos zugehört: seltsame, widerstreitende Gefühle regten sich in mir. Der Diener kam herein und meldete, daß die Pferde bereitstünden. Silvio drückte mir kräftig die Hand; wir umarmten uns. Er setzte sich in den Wagen, in dem zwei Koffer standen, der eine mit seinen Pistolen, der andere mit seinen übrigen Sachen. Wir verabschiedeten uns wieder, und die Pferde sprengten von dannen.

## II

Es vergingen mehrere Jahre, und die Familienverhältnisse zwangen mich, in ein armes Dörfchen des N***schen Kreises zu ziehen. Ich beschäftigte mich zwar mit der Bewirtschaftung des Gutes, hörte aber nicht auf, im Geheimen meinem früheren lärmenden und sorglosen Leben nachzuseufzen. Am schwersten fiel es mir, mich daran zu gewöhnen, die Frühlings- und Winterabende in voller Vereinsamung zuzubringen. Die Zeit vor dem Mittagessen gelang es mir noch irgendwie totzuschlagen: ich sprach mit dem Dorfschulzen, sah mir die Arbeiten an oder machte einen Rundgang durch die neuen Gebäude; aber sobald es zu dunkeln anfing, wußte ich gar nicht, was anzufangen. Die wenigen Bücher, die ich unter den Schränken und in der Vorratskammer gefunden hatte, wußte ich bereits auswendig. Alle Märchen, die die Haushälterin Kirilowna nur wüßte, hatte sie mir schon erzählt; die Lieder der Bauernweiber langweilten mich. Ich machte mich schon an den ungesüßten Fruchtschnaps, aber davon bekam ich Kopfweh; auch fürchtete ich, offen gestanden, mich aus Kummer dem Trunke zu ergeben, also Quartalsäufer zu werden, wofür es in unserem Kreise mehrere Beispiele gab. Nahe Nachbarn hatte ich nicht, mit Ausnahme von zwei oder drei Quartalsäufern, deren Unterhaltung hauptsächlich im Aufstoßen und Seufzen bestand. Die Einsamkeit war schon leichter zu ertragen. Endlich entschloß ich mich, so früh als möglich zu Bett zu gehen und so spät als möglich zu Mittag zu essen. Aus diese Weise verkürzte ich den Abend und verlängerte den Tag; und ich fand, daß es gut war.

Vier Werst von mir lag ein großes Gut, das der Gräfin B*** gehörte; es war nur vom Verwalter allein bewohnt; die Gräfin war auf ihr Gut nur einmal im ersten Jahre nach ihrer Verheiratung gekommen und hatte hier keinen vollen Monat verbracht. Aber im zweiten Frühling meines Einsiedlerlebens kam das Gerücht auf, daß die Gräfin mit ihrem Manne für den Sommer auf das Gut kommen würde. Sie trafen in der Tat Anfang Juni ein. Die Ankunft eines reichen Nachbarn ist ein wichtiges Ereignis für alle Landbewohner. Die Gutsbesitzer und ihr Gesinde sprechen davon zwei Monate vorher und drei Jahre nachher. Was aber mich betrifft, so muß ich gestehen, daß die Nachricht von der Ankunft der jungen und schönen Nachbarin einen großen Eindruck auf mich machte; ich brannte vor Ungeduld, sie zu sehen, und so begab ich mich am ersten Sonntag nach ihrer Ankunft nach dem Essen ins Kirchdorf ***, um den beiden Erlauchten als nächster Nachbar und ergebenster Diener meine Aufwartung zu machen.

Ein Lakai führte mich in das Kabinett des Grafen und ging, um mich anzumelden. Das geräumige Zimmer war mit dem größten Luxus ausgestattet; an den Wänden standen Schränke mit Büchern und auf jedem von ihnen eine Büste aus Bronze; über dem Marmorkamin hing ein breiter Spiegel; der Fußboden war mit grünem Tuch ausgeschlagen und mit Teppichen bedeckt. Da ich mir in meiner ärmlichen Behausung jeden Luxus abgewöhnt und schon lange keinen fremden Reichtum gesehen hatte, wurde ich hier von einer gewissen Scheu ergriffen und erwartete den Grafen mit Beben, wie ein Gesuchsteller aus der Provinz das Erscheinen eines Ministers erwartet. Die Tür ging auf, und ein hübscher Mann von etwa zweiunddreißig Jahren trat ein. Der Graf näherte sich mir mit der herzlichsten und freundschaftlichsten Miene, ich machte mir Mut und fing an, mich vorzustellen, aber er kam mir zuvor. Wir setzten uns. Seine ungezwungene und liebenswürdige Unterhaltung zerstreute bald meine linkische Scheu; ich fing schon an, meine gewöhnliche Stimmung wiederzugewinnen, als plötzlich die Gräfin erschien, und sich meiner eine noch größere Verlegenheit bemächtigte. Sie war in der Tat eine Schönheit. Der Graf stellte mich ihr vor; ich wollte ungezwungen erscheinen, aber je mehr ich mich bemühte, mir eine ungezwungene Miene zu geben, um so verlegener fühlte ich mich. Um mir Zeit zu lassen, mich zu beruhigen und mich an die neuen Bekannten zu gewöhnen, fingen sie an, miteinander zu sprechen, wie man es ungezwungen in Gegenwart eines guten Nachbarn tut. Ich fing indessen an, auf und abzugehen und mir die Bucher und die Bilder anzusehen. Von Bildern verstehe ich nicht viel, aber eines zog meine Aufmerksamkeit auf sich. Es stellte irgendeine Schweizer Landschaft dar; mich fesselte aber nicht die Malerei, sondern der Umstand, daß das Bild von zwei Kugeln durchbohrt war, die aufeinander saßen. „Ein vorzüglicher Schuß," sagte ich, mich an den Grafen wendend. – „Ja," antwortete er, „es ist ein merkwürdiger Schuß. Schießen Sie gut?" fuhr er fort. – „Nicht schlecht," antwortete ich, erfreut, daß das Gespräch endlich einen mir vertrauten Gegenstand berührte. „Auf dreißig Schritte Distanz verfehle ich keine Karte, natürlich mit einer Pistole, die ich schon kenne." – „Wirkliche" fragte die Gräfin mit dem Ausdrucke eines großen Interesses. „Kannst auch du, mein Freund, eine Karte auf dreißig Schritte Distanz treffen?" – „Das wollen wir einmal versuchen," antwortete der Graf. „Zu meiner Zeit schoß ich nicht schlecht; aber seit vier Jahren habe ich keine Pistole mehr angerührt." – „Ah," bemerkte ich, „in diesem Falle möchte ich wetten, daß Erlaucht auch auf zwanzig Schritte Distanz keine Karte treffen werden; die Pistole verlangt tägliche Übung. Das weiß ich aus Erfahrung. In unserem Regiment galt ich als einer der besten Schützen. Einmal traf es sich, daß ich einen ganzen Monat keine Pistole anrührte, denn die meinigen waren in Reparatur. Und was glauben Sie, Erlaucht: als ich wieder zu schießen begann, verfehlte ich viermal hintereinander eine Flasche auf zwanzig Schritte Distanz. Wir hatten einen Rittmeister, einen geistreichen Witzling; er war zufällig dabei und sagte mir: „Ich weiß, Bruder, du kannst deine Hand nicht gegen eine Flasche erheben." Nein, Erlaucht, man soll die tägliche Übung nicht für gering halten, sonst verlernt man es ganz. Der beste Schütze, den ich jemals gesehen habe, pflegte jeden Vormittag wenigstens dreimal zu schießen. Das war bei ihm Sitte wie das Glas Branntwein vor dem Essen."

Der Graf und die Gräfin freuten sich, daß ich so gesprächig geworden war. „So, wie schoß er denn?" fragte mich der Graf. – „Nun, Erlaucht: wenn er mal eine Fliege auf der Wand sitzen sah ... Sie lachen, Gräfin? Bei Gott, es ist wahr... Wenn er eine Fliege sah, rief er gleich: „Kusjka, die Pistole!" Kusjka bringt ihm die geladene Pistole. Paff, und die Fliege steckt schon tief in der Wand!" –

„Erstaunlich!" sagte der Graf. „Und wie hieß er?" – „Silvio, Erlaucht." – „Silvio!" rief der Graf und sprang von seinem Platze auf. „Sie kannten also Silvio?" – „Gewiß, Erlaucht, wir waren Freunde; er wurde in unserem Regiment als Kamerad behandelt; aber seit fünf Jahren habe ich von ihm nichts mehr gehört. Also haben auch Sie ihn gekannt, Erlaucht?" – „Ja, sogar sehr gut. Hat er Ihnen nicht von einem sehr seltsamen Erlebnis erzählt?" – „Meinen Erlaucht vielleicht die Ohrfeige, die er auf einem Balle von einem jungen Taugenichts bekommen hat?" – „Hat er Ihnen nicht den Namen dieses Taugenichtses genannt?" – „Nein, Erlaucht, er hat ihn nicht genannt... Ach, Erlaucht!" fuhr ich fort, die Wahrheit ahnend: „Entschuldigen Sie ... ich habe es nicht gewußt ... waren Sie es?" ... – „Ja, ich," antwortete der Graf mit höchst verlegener Miene, „und das durchschossene Bild ist ein Andenken an unsere letzte Begegnung." – „Ah, Liebster," sagte die Gräfin: „um Gottes willen, erzähle es nicht. Es wird mir schrecklich sein, es zu hören." – „Nein," entgegnete der Graf, „ich will alles erzählen; er weiß, wie ich seinen Freund beleidigt habe; soll er nun hören, wie Silvio sich an mir gerächt hat." Der Graf schob mir einen Sessel hin, und ich hörte mit gespanntester Neugier folgende Erzählung: „Vor fünf Jahren habe ich geheiratet. Den ersten Monat verbrachte ich hier in diesem Dorfe. Diesem Hause danke ich die schönsten Augenblicke und zugleich eine der schrecklichsten Erinnerungen. Abends ritten wir beide aus; das Pferd meiner Frau scheute; sie erschrak, gab mir die Zügel und ging zu Fuß nach Hause. Ich ritt voraus. Auf unserem Hofe traf ich einen Reisewagen; man sagte mir, daß in meinem Kabinett ein Mann sitze, der seinen Namen nicht nennen wollte und einfach gesagt habe, daß er mit mir etwas zu erledigen hätte... Ich trat in dieses Zimmer und erblickte in der Dunkelheit einen mit Staub bedeckten bärtigen Mann; er stand hier am Kamin. Ich ging auf ihn zu und versuchte mich zu erinnern, wo ich dieses Gesicht schon einmal gesehen hätte. „Du hast mich nicht wiedererkannt, Graf?“ fragte er mit zitternder Stimme. – „Silvio!“ rief ich aus, und ich muß gestehen, ich fühlte, wie mir die Haare zu Berge standen. –‚Ja, das bin ich,“ fuhr er fort,“ „Ich habe noch einen Schuß und bin hergekommen, um meine Pistole zu entladen; bist du bereit?“ In seiner Seitentasche steckte wirklich eine Pistole. Ich maß zwölf Schritte ab, stellte mich dort in den Winkel und bat ihn, schneller zu schießen, ehe meine Frau zurückkäme. Er zögerte und verlangte Licht. Man brachte Kerzen. Ich schloß die Türe zu, befahl niemand hereinzulassen und bat ihn wieder, zu schießen. Er holte seine Pistole aus der Tasche und zielte... Ich zählte die Sekunden und dachte an sie... So verging eine entsetzliche Minute. Silvio ließ die Hand sinken. „Es tut mir leid,“ sagte er, „daß die Pistole nicht mit Kirschkernen geladen ist ... die Kugel ist schwer. Ich habe das Gefühl, daß es kein Duell sei, sondern ein Mord: ich bin nicht gewohnt, auf einen Wehrlosen zu schießen. Fangen wir von vorn an; losen wir, wer zuerst schießen soll.“ Der Kopf schwindelte mir... Ich glaube, ich wollte darauf nicht eingehen. Endlich wurde noch eine Pistole geladen; wir rollten zwei Zettel zusammen; er legte sie in die Mütze, die ich einst durchlöchert hatte; und ich zog wieder Nummer eins heraus. „Du hast teuflisches Glück, Graf,“ sagte er mit einem Lächeln, das ich niemals vergesse. Ich begreife nicht, was mit mir los war und wie er mich dazu hat zwingen können ... aber ich schoß und traf dieses Bild hier.“ (Der Graf zeigte mit dem Finger auf das durchbohrte Bild; sein Gesicht glühte wie Feuer; die Gräfin war weißer als ihr Taschentuch; ich konnte mich nicht eines Ausrufes enthalten.)

„Ich schoß,“ fuhr der Graf fort, „und fehlte Gott sei Dank; nun begann Silvio .... (in diesem Augenblick war er wirklich schrecklich) begann Silvio zu zielen. Plötzlich geht die Tür auf, Mascha stürzt herein und wirft sich mir schreiend um den Hals. Ihre Gegenwart gab mir meinen Mut wieder. „Liebste,“ sagte ich ihr, „siehst du denn nicht, daß wir scherzen? Wie erschrocken du bist. Geh', trink' ein Glas Wasser, und dann komm' wieder zurück; ich will dir einen alten Freund und Kameraden vorstellen.“ Mascha wollte mir nicht recht trauen. „Sagen Sie, spricht mein Mann die Wahrheit?“ wandte sie sich an den schrecklichen Silvio: „Ist es wahr, daß Sie beide scherzen?“ – „Er scherzt immer, Gräfin,“ antwortete ihr Silvio. „Einmal gab er mir im Scherz eine Ohrfeige; dann schoß er mir im Scherz eine Kugel durch diese Mütze; im Scherz hat er soeben fehlgeschossen; jetzt bin ich an der Reihe, zu scherzen..." Mit diesem Worte wollte er auf mich zielen ... in ihrer Gegenwart. Mascha warf sich ihm zu Füßen. „Steh auf, Mascha, schäme dich" rief ich wütend. „Und Sie, mein Herr, werden Sie mal aufhören, sich über ein armes Weib lustig zu machend Werden Sie schießen oder nicht? – „ Nein, ich werde nicht," antwortete Silvio. 'Ich bin befriedigt: ich sah deine Verwirrung und deine Angst, ich zwang dich, auf mich zu schießen. Für mich ist das genug. Du wirst mich nicht vergessen. Ich überlasse dich deinem Gewissen." Er wollte schon hinausgehen, blieb aber noch in der Türe stehen, warf einen Blick auf das von mir durchlöcherte Bild, schoß darauf, fast ohne zu zielen, und verschwand. Meine Frau lag in einer Ohnmacht; die Diener wagten nicht, ihn zurückzuhalten und sahen ihn entsetzt an; er trat vor das Haus, rief seinem Kutscher und fuhr davon, ehe ich zur Besinnung kommen konnte."

Der Graf verstummte. So erfuhr ich das Ende dieser Geschichte, deren Anfang mich einst in solches Erstaunen versetzt hatte. Den Helden dieser Geschichte sah ich niemals wieder. Man sagt, daß Silvio beim Aufstande Alexander Ypsilantis an der Spitze einer Abteilung Heteristen, die er befehligte, in der Schlacht bei Skulleni gefallen sei.

## Der Stationsaufseher

Wer hat noch nicht auf die Stationsaufseher geflucht, wer sich mit ihnen noch nicht herumgeschlagen? Wer hat von ihnen im Augenblick des Zornes noch nicht das ominöse Buch verlangt, um in dasselbe eine zwecklose Beschwerde über Schikanen, Grobheiten und Unpünktlichkeit einzutragen? Wer hält sie nicht für Verbrecher am Menschengeschlecht, ähnlich den Rechtsverdrehern an den alten Gerichten oder wenigstens den Räubern von Murom? Wollen wir jedoch gerecht sein und uns in ihre Lage versetzen; dann werden wir sie vielleicht viel nachsichtiger beurteilen. Was ist so ein Stationsaufseher? Ein wahrer Märtyrer der vierzehnten Beamtenklasse, durch seinen Rang nur vor Schlägen geschützt, und auch das nicht immer (ich appelliere an das Gewissen meiner Leser). Wie ist das Amt dieses „Diktators", wie ihn der Dichter Fürst Wjasemskij im Scherz nennt? Ist es nicht eine wahre Zuchthausstrafe? Keine

Ruhe bei Tag und Nacht. Den ganzen Ärger, der sich während der langen langweiligen Fahrt angesammelt hat, läßt der Reisende an ihm aus. Das Wetter ist unerträglich, der Weg schrecklich, der Postkutscher eigensinnig, die Pferde wollen nicht fahren, – schuld hat aber an allem der Stationsaufseher. Betritt der Reisende seine ärmliche Behausung, so sieht er ihn gleich als einen Feind an; es ist noch gut, wenn er den ungebetenen Gast schnell abfertigen kann; wenn aber zufällig keine Pferde da sind? ... Mein Gott, was für Flüche, was für Drohungen fallen ihm dann auf das Haupt! Bei Regen und Schmutz muß er auf der Suche nach Pferden von Hof zu Hof laufen; bei Sturm und beim Dreikönigsfrost geht er auf den Flur hinaus, um sich nur für einen Augenblick vom Geschrei und den Püffen des wütenden Gastes zu erholen. Ein General kommt gefahren; der zitternde Stationsaufseher muß ihm die beiden letzten Troikas geben, darunter auch die für die Kuriere bestimmte. Der General fährt weiter, ohne sich bedankt zu haben. Nach fünf Minuten wieder ein Glöckchen... und der Feldjäger wirft ihm seine Ordre auf den Tisch. ... Wenn wir dies alles genau bedenken, wird sich unser Herz eher mit aufrichtigem Mitleid als mit Empörung füllen.

Nur noch einige Worte: im Laufe von zwanzig Jahren habe ich Rußland in allen Richtungen bereist; fast alle Poststraßen sind mir bekannt; ich kenne mehrere Generationen von Postkutschern; es gibt wenige Stationsaufseher, die ich nicht kennte, mit wenigen habe ich noch nicht zu tun gehabt; die interessante Sammlung meiner Reisebeobachtungen gedenke ich in kürzester Zeit zu veröffentlichen; heute möchte ich nur sagen, daß die öffentliche Meinung eine ganz falsche Anschauung vom Stande der Stationsaufseher hat. Diese viel verleumdeten Stationsaufseher sind im allgemeinen friedliche Leute, von Natur dienstfertig, zum geselligen Leben geneigt, bescheiden in ihren Ansprüchen auf Ehren und nicht allzu eigennützig. Aus ihrer Unterhaltung (die die Herren Reisenden mit Unrecht verschmähen), kann man viel Interessantes und Belehrendes schöpfen. Und was mich betrifft, so ziehe ich, offen gestanden, eine Unterhaltung mit ihnen den Reden irgendeines Beamten der sechsten Rangklasse vor, der im dienstlichen Austrage reist.

Man wird leicht erraten, daß ich in diesem ehrenwerten Stande der Stationsaufseher meine Freunde habe. Und in der Tat, das Andenken eines von ihnen ist mir sehr teuer. Die Umstände hatten uns zusammengeführt, und von ihm möchte ich auch meinen geneigten Lesern erzählen.

Im Mai des Jahres 1816 fuhr ich zufällig durch das ***sche Gouvernement auf einer heute abgeschafften Poststraße. Ich bekleidete damals einen unbedeutenden Rang, reiste mit der Post und bezahlte für zwei Pferde. Aus diesem Grunde machten die Stationsaufseher mit mir wenig Federlesens, und ich mußte mir oft mit Gewalt erkämpfen, was mir meiner Ansicht nach von rechtswegen zukam. Da ich jung und aufbrausend war, entrüstete ich mich über die Gemeinheit und den Kleinmut eines Stationsaufsehers, wenn er die für mich bereitstehenden Troikapferde vor die Equipage eines höheren Beamten spannte. Ebenso lange konnte ich mich nicht daran gewöhnen, an der Tafel des Gouverneurs von einem wählerischen leibeigenen Diener mit einer Speise übergangen zu werden. Heute erscheint mir das eine wie das andere ganz in der Ordnung der Dinge. Und in der Tat, wie würde es mit uns stehen, wenn an die Stelle der allgemein anerkannten Regel: „Der Rang ehre den Rang" eine andere, zum Beispiel: „Der Verstand ehre den Verstand", käme? Was für Streitigkeiten würden da entstehen! Und in welcher Reihenfolge würden die Diener die Speisen herumtragen? Aber ich kehre zu meiner Erzählung zurück. Es war ein heißer Tag. Drei Werst von der Station begann es zu tröpfeln, und nach wenigen Minuten war ich schon von einem Regenguß bis aus die Haut durchnäßt. Nach der Ankunft auf der Station war meine erste Sorge, so schnell als möglich meine Kleider zu wechseln, und die zweite – mir Tee geben zu lassen. „He, Dunja." rief der Stationsaufseher: „Bereite den Samowar und hole Sahne." Bei diesem Wort kam hinter dem Verschlag ein etwa vierzehnjähriges Mädchen heraus und lief in den Flur. Ihre Schönheit setzte mich in Erstaunen. „Ist das deine Tochter?" fragte ich den Stationsaufseher. – „Ja, meine Tochter," antwortete er mit der Miene befriedigten Stolzes: „und sie ist so gescheit und so flink, ganz wie ihre selige Mutter." Hier begann er meine Ordre ins Buch einzutragen, und ich sah mir indessen die Bilder an, die die Wände seiner bescheidenen, doch reinlichen Behausung schmückten. Sie stellten die Geschichte des verlorenen Sohnes dar: auf dem ersten entließ ein ehrwürdiger Greis in Nachtmütze und Schlafrock den ruhelosen Jüngling, der von ihm eilig den Segen und einen Sack mit Geld in Empfang nahm. Auf dem nächsten war in leuchtenden Farben der liederliche Lebenswandel des jungen Mannes dargestellt; er sitzt an einer Tafel, umgeben von falschen Freunden und schamlosen Weibern. Ferner sah man den verarmten Jüngling in Bettlerkleidung und Dreispitz Schweine hüten und mit ihnen das Mal teilen; sein Gesicht drückte tiefen Kummer und Reue aus. Schließlich war auch seine Rückkehr zum Vater dargestellt: der gute Greis stürzt ihm in derselben Nachtmütze und im selben Schlafrock entgegen; der verlorene Sohn liegt auf den Knien; im Hintergrunde schlachtet der Koch ein gemästetes Kalb, und der ältere Bruder befragt die Diener nach der Ursache einer solchen Freude. Unter jedem der Bilder las ich entsprechende deutsche Verse. Dies alles ist mir bis heute im Gedächtnis geblieben, ebenso die Balsaminentöpfe, das Bett mit den bunten Vorhängen und die übrigen Gegenstände, die mich umgaben. Ich sehe auch noch den Wirt selbst vor mir, einen noch frischen und rüstigen fünfzigjährigen Mann, in einem langschößigen grünen Rock mit drei Medaillen an verschossenen Bändern an der Brust.

Kaum hatte ich mit dem Kutscher, mit dem ich bisher gefahren war, abgerechnet, als Dunja mit dem Samowar zurückkehrte. Die kleine Kokette hatte schon beim zweiten Blick den Eindruck gemerkt, den sie auf mich machte; sie schlug ihre großen blauen Augen nieder; ich begann ein Gespräch mit ihr; sie antwortete mir ohne die geringste Scheu, wie ein Mädchen, das schon die Welt gesehen hat. Ich bot ihrem Vater ein Glas Punsch an; Dunja gab ich eine Tasse Tee, und wir unterhielten uns zu dreien, als wären wir schon seit einer Ewigkeit bekannt. Die Pferde standen schon lange bereit, ich hatte aber noch immer keine Lust, mich vom Stationsaufseher und seiner Tochter zu trennen. Endlich nahm ich doch Abschied; der Vater wünschte mir glückliche Reise, und die Tochter begleitete mich zum Wagen. Im Flure blieb ich stehen und bat sie um Erlaubnis, sie küssen zu dürfen; Dunja willigte ein... Ich könnte viele Küsse aufzählen, die ich genossen, seitdem ich dieses Handwerk treibe, aber keiner hat in mir eine so dauernde, so angenehme Erinnerung hinterlassen.

Es vergingen mehrere Jahre, und die Umstände brachten mich wieder in die gleiche Gegend, auf die gleiche Poststraße. Ich erinnerte mich der Tochter des alten Stationsaufsehers und freute mich beim Gedanken, daß ich sie wiedersehen würde. „Vielleicht," dachte ich mir, „ist aber der alte Stationsaufseher schon abgesetzt; Dunja ist wohl auch verheiratet." Auch der Gedanke, daß einer von beiden gestorben sein könnte, ging mir durch den Sinn, und ich näherte mich der Station *** mit banger Vorahnung. Die Pferde hielten vor dem kleinen Stationsgebäude. Als ich ins Zimmer trat, erkannte ich sofort die Bilder, die die Geschichte des verlorenen Sohnes darstellten; der Tisch und das Bett standen noch auf ihren alten Stellen, aber auf den Fensterbänken gab es keine Blumen mehr, und alles ringsum zeigte Vernachlässigung und Verfall. Der Stationsaufseher schlief unter einem Schafspelze; meine Ankunft weckte ihn; er stand auf... Er war es in der Tat, Simeon Wyrin; aber wie alt war er geworden. Während er sich anschickte, meine Ordre ins Buch einzutragen, betrachtete ich sein graues Haar, die tiefen Runzeln in seinem schon lange nicht mehr rasierten Gesicht, den gekrümmten Rücken, und ich mußte darüber staunen, wie die drei oder vier Jahre diesen rüstigen Mann in einen gebrechlichen Greis zu verwandeln vermochten. „Hast du mich erkannt?“ fragte ich ihn: „Wir sind ja alte Bekannte.“ – „Ist schon möglich,“ antwortete er mürrisch, „hier ist ja eine Landstraße, gar viele Reisende sind schon hier gewesen.“ – „Geht es deiner Dunja gut?“ fuhr ich fort. Der Alte machte ein finsteres Gesicht. „Gott mag das wissen,“ antwortete er. – „Sie ist also wohl verheiratet?“ fragte ich. Der Alte tat, als hätte er meine Frage überhört, und fuhr fort, meine Ordre im Flüstertone zu lesen. Ich gab meine Fragen auf und ließ mir Tee kochen. Die Neugier begann mich zu quälen, und ich hoffte, daß der Punsch meinem alten Freund die Zunge lösen würde. Ich hatte mich nicht getäuscht: der Alte lehnte das angebotene Glas nicht ab. Ich bemerkte, daß der Rum ihn aufheiterte. Beim zweiten Glas wurde er gesprächig: er erinnerte sich meiner oder tat bloß so, und ich erfuhr von ihm die Geschichte, die mich damals außerordentlich fesselte und rührte.

„Sie kannten also meine Dunja?“ begann er. „Wer hat sie auch nicht gekannt? Ach, Dunja, Dunja. Was war das für ein Mädel. Wer auch vorbei kam, ein jeder lobte sie, niemand hatte ihr etwas vorzuwerfen. Die Damen schenkten ihr bald ein Tüchlein und bald Ohrringe. Die Herren Reisenden machten hier absichtlich halt, als wollten sie zu Mittag oder zu Abend essen, in Wirklichkeit aber nur, um sie länger sehen zu können. Wie wütend mancher Herr auch war, in ihrer Gegenwart wurde er still sprach mit mir gnädig. Glauben Sie es mir, Herr: Kuriere und Feldjäger verplauderten mit ihr oft halbe Stunde. Das ganze Haus hielt sich nur durch sie: sie räumte auf und kochte und kam immer zurecht. Und ich alter Narr konnte mich gar nicht sattsehen, konnte mich nicht genug freuen; habe ich denn meine Dunja nicht geliebt, habe ich mein Kind nicht verhätschelt? Hat sie nicht ein gutes Leben bei mir gehabt? Aber nein, vor dem Unglück ist niemand gefeit, was einem beschieden ist, dem kann man nicht entrinnen.“ Hier erzählte er mir ausführlich von seinem Kummer. Vor drei Jahren, an einem Winterabend, als der Stationsaufseher ein neues Buch liniierte und seine Tochter hinter dem Verschlag an einem Kleide nähte, hielt vor dem Hause eine Troika, und ein Reisender, mit einer Tscherkessenmütze und Militärmantel angetan, in einen Schal gewickelt, trat ins Zimmer und verlangte Pferde. Sämtliche Pferde waren fort. Bei dieser Nachricht erhob der Reisende schon seine Stimme und seine Reitpeitsche; aber Dunja, die an solche Szenen gewöhnt war, kam hinter dem Verschlag herausgelaufen und wandte sich an den Reisenden mit der Frage: „Ob es ihm nicht genehm sei, etwas zu speisen?“ Dunjas Erscheinen verfehlte seinen Eindruck nicht. Der Zorn des Reisenden verpuffte. Er erklärte sich bereit, auf die Pferde zu warten, und bestellte ein Abendessen. Nachdem er die nasse, zottige Mütze abgenommen, den Schal abgelegt und den Mantel zusammengerollt hatte, stand der Reisende als junger schlanker Husar mit kleinem schwarzen Schnurrbart da. Er machte es sich beim Stationsaufseher bequem und fing an, sich mit ihm und seiner Tochter lustig zu unterhalten. Man reichte das Abendessen. Indessen waren Pferde zurückgekehrt, und der Stationsaufseher ließ sie, ohne sie erst zu füttern, sofort an den Wagen des Reisenden spannen; als er aber in die Stube zurückkehrte, fand er den jungen Mann fast bewußtlos auf der Bank liegen; es war ihm plötzlich schlecht geworden, er hatte Kopfweh und konnte unmöglich weiterfahren... Was war da zu tun? Der Stationsaufseher trat ihm sein Bett ab, und es wurde beschlossen, wenn es dem Kranken nicht besser ginge, am nächsten Morgen aus S*** einen Arzt zu holen. Am anderen Tage hatte sich der Zustand des Husaren verschlechtert. Sein Diener ritt nach der Stadt, um den Arzt zu holen. Dunja umband ihm den Kopf mit einem mit Essig befeuchteten Tuch und setzte sich mit ihrer Näharbeit an sein Bett. In Gegenwart des Stationsaufsehers stöhnte der Kranke und sprach fast kein Wort, trank aber zwei Tassen Kaffee und bestellte sich stöhnend ein Mittagessen. Dunja wich nicht von seiner Seite. Jeden Augenblick verlangte er zu trinken, und Dunja reichte ihm einen Becher mit Limonade, die sie zubereitet hatte. Der Kranke benetzte seine Lippen und drückte, sooft er den Becher zurückgab, mit seiner schwachen Hand dankbar die Hand Dunjas.

Um die Mittagsstunde kam der Arzt. Er fühlte dem Kranken den Puls, sprach mit ihm auf deutsch und erklärte dann auf russisch, daß er nur der Ruhe bedürfe und so nach zwei Tagen seine Reise fortsetzen können würde.

Der Husar händigte ihm fünfundzwanzig Rubel für die Visite ein und forderte ihn auf, mit ihm zu essen; der Arzt willigte ein; beide aßen mit großem Appetit, tranken eine Flasche Wein und schieden sehr zufrieden miteinander. Es verging noch ein Tag, und der Husar war wieder lebendig geworden. Er war außerordentlich heiter, scherzte unaufhörlich bald mit Dunja und bald mit dem Stationsaufseher, pfiff allerlei Lieder, plauderte mit den Reisenden, trug ihre Ausweise in das Postbuch ein und gefiel dem guten Stationsaufseher so gut, daß es ihm sehr leid tat, sich am dritten Morgen von seinem liebenswürdigen Gast trennen zu müssen. Es war ein Sonntag. Dunja wollte zur Messe. Der Wagen des Husaren hielt vor der Tür. Er nahm Abschied vom Stationsaufseher, entlohnte ihn reichlich für die Unterkunft und die Bewirtung; nahm auch von Dunja

Abschied und machte ihr den Vorschlag, sie bis zur Kirche zu fahren, die sich am anderen Ende des Dorfes befand. Dunja stand ratlos da... „Was fürchtest du denn? sagte ihr der Vater. „Seine Hochwohlgeboren sind doch kein Wolf und werden dich nicht auffressen; fahre doch mit ihm zur Kirche." Dunja setzte sich in den Wagen neben den Husaren, der Diener sprang auf den Bock, der Kutscher pfiff, und die Pferde sprengten davon. Der arme Stationsaufseher begriff selbst nicht, wie er nur Dunja hatte erlauben können, mit dem Husaren mitzufahren, wie diese Verblendung über ihn hatte kommen können und wo er damals seinen Verstand hatte. Es war noch keine halbe Stunde vergangen, als sein Herz sich zusammenkrampfte und sich seiner eine solche Unruhe bemächtigte, daß er sich nicht länger beherrschen konnte und selbst zur Messe ging. Als er sich der Kirche näherte, sah er, daß die Leute schon auseinandergingen, aber Dunja war weder aus dem Kirchhofe noch vor der Kirchentüre zu sehen. Er trat eilig in die Kirche; der Geistliche kam aus der Sakristei; der Küster löschte die Lichter; zwei alte Frauen beteten noch in einem Winkel, aber Dunja war auch nicht in der Kirche. Der arme Vater konnte sich kaum entschließen, den Küster zu fragen, ob sie bei der Messe gewesen sei. Der Küster antwortete, sie sei nicht dagewesen. Der Stationsaufseher kehrte mehr tot als lebendig nach Hause zurück. Nur eine Hoffnung war ihm noch geblieben: vielleicht war es Dunja in ihrem jugendlichen Leichtsinn eingefallen, bis zur nächsten Station mitzufahren, wo ihre Patin wohnte. In qualvoller Unruhe erwartete er die Rückkehr der Troika, mit der er sie hatte fahren lassen. Der Kutscher kam lange nicht. Erst gegen Abend kehrte er allein und betrunken zurück mit der niederschmetternden Nachricht: „Dunja ist von der nächsten Station mit dem Husaren weitergefahren." Der Alte konnte diesen Schlag nicht ertragen: er legte sich sofort in das gleiche Bett, in dem einen Tag vorher der junge Betrüger gelegen hatte. Jetzt kam der Stationsaufseher, indem er alle Umstände erwog, dahinter, daß die Krankheit geheuchelt gewesen sei. Der Ärmste erkrankte an einem heftigen Fieber; man brachte ihn nach S*** und besetzte seinen Posten vorübergehend mit einem anderen Beamten. Der gleiche Arzt, der zum Husaren gekommen war, behandelte auch ihn. Er versicherte dem Stationsaufseher, daß der junge Mann vollkommen gesund gewesen sei; er hätte schon damals seine böse Absicht vermutet, aber aus Furcht vor seiner Reitpeitsche geschwiegen. Ob der Deutsche die Wahrheit sprach oder bloß mit seinem Scharfsinn prahlen wollte, jedenfalls tröstete er damit den armen Kranken in keiner Weise. Kaum hatte er sich von seiner Krankheit erholt, erbat er sich vom Postmeister zu S*** einen Urlaub für zwei Monate und machte sich, ohne jemand auch ein Wort von seiner Absicht gesagt zu haben, zu Fuß auf, seine Tochter zu suchen. Aus den Reisepapieren wußte er, daß der Rittmeister Minskij aus Smolensk nach Petersburg fuhr. Der Kutscher, der ihn gefahren hatte, erzählte, daß Dunja während der ganzen Fahrt geweint habe, obwohl sie doch freiwillig mitzufahren schien. „Vielleicht bringe ich mein verirrtes Schäfchen doch noch heim," dachte sich der Stationsaufseher.

Mit diesen Gedanken kam er nach Petersburg, stieg im „Ismajlowskij-Polk", im Hause eines verabschiedeten Unteroffiziers, seines alten Kameraden, ab und machte sich auf die Suche. Bald erfuhr er, daß Minskij sich in Petersburg befand und im Demutschen Gasthofe wohnte. Der Stationsaufseher entschloß sich, ihn aufzusuchen. Am frühen Morgen kam er zu ihm ins Vorzimmer und bat, Seiner Hochwohlgeboren zu melden, daß ein alter Soldat ihn zu sehen wünsche. Der Bursche, der einen Stiefel aus einem Leisten putzte, erklärte ihm, daß der Herr noch schlafe und vor elf Uhr niemand empfange. Der Stationsaufseher ging und kam zur angegebenen Zeit wieder. Minskij kam selbst in Schlafrock und roter Mütze zu ihm heraus. „Was willst du, Bruder?" fragte er ihn. Dem Alten klopfte das Herz, Tränen traten ihm in die Augen, und er sagte mit zitternder Stimme bloß: „Euer Hochwohlgeboren... erweisen Sie mir die göttliche Gnade..." Minskij sah ihn scharf an, wurde rot, nahm ihn bei der Hand, führte ihn in sein Kabinett und verschloß die Tür. „Euer Hochwohlgeboren!" fuhr der Alte fort: „Was verloren, ist verloren; geben Sie mir wenigstens meine arme Dunja wieder. Sie haben sich an ihr genug ergötzt; richten Sie sie nicht unnütz zugrunde." – „Was geschehen, kann ich nicht mehr ändern," antwortete der junge Mann in größter Verwirrung: „Ich bin schuldig gegen dich und will dich um Verzeihung bitten; glaube aber nicht, daß ich von Dunja lassen könnte. Sie wird glücklich sein, ich gebe dir mein Ehrenwort drauf. Was brauchst du sie? Sie liebt mich; sie hat sich ihres früheren Lebens entwöhnt. Keiner von euch, weder du noch sie wird das Geschehene vergessen können." Dann steckte er dem Alten etwas in den Ärmel, öffnete die Tür, und der Stationsaufseher trat, er wußte selbst nicht wie, wieder auf die Straße.

Lange stand er unbeweglich. Endlich gewahrte er in seinem Ärmelaufschlag einen Pack Papiere; er holte ihn hervor und entfaltete einige zerknüllte Fünfzigrubelscheine. Wieder traten ihm Tränen in die Augen – Tränen der Entrüstung. Er ballte die Banknoten zu einem Knäuel zusammen, warf diesen auf den Boden, trat mit den Füßen drauf und ging weiter... Nach einigen Schritten blieb er stehen ... überlegte sich ... ging zurück ... aber die Banknoten waren schon verschwunden. Ein gut gekleideter junger Mann stürzte sich, als er ihn erblickte, zu einer Droschke, setzte sich eilig hinein und rief dem Kutscher: „Fahr zu.“ Der Stationsaufseher verfolgte ihn nicht. Er hatte beschlossen, auf seine Station zurückzukehren; aber vorher wollte er wenigstens einmal seine arme Dunja sehen. In dieser Abficht ging er nach zwei Tagen wieder zu Minskij; der Bursche sagte ihm aber streng, daß der Herr niemand empfange, drängte ihn mit der Brust aus dem Vorzimmer hinaus und schlug ihm die Tür vor der Nase zu. Der Stationsaufseher stand noch eine Weile da und ging dann seiner Wege.

Am Abend des gleichen Tages ging er durch die Litejnaja-Straße, nachdem er zuvor in der Kirche „Aller Betrübten Freude“ einen Gottesdienst hatte abhalten lassen. Plötzlich flog eine elegante Droschke an ihm vorüber, und der Stationsaufseher erkannte Minskij. Die Droschke hielt vor einem dreistöckigen Hause, und der Husar lief die Stufen hinauf. Ein glücklicher Gedanke ging dem Stationsaufseher durch den Kopf. Er kehrte um, ging auf den Kutscher zu und fragte ihn: „Wessen Pferd ist das, Bruder? Gehört es nicht dem Minskij? – „Ja,“ antwortete der Kutscher, „aber was willst du?“ – „Siehst du, dein Herr hat mir befohlen, seiner Dunja ein Briefchen zu bringen, und ich habe vergessen, wo diese Dunja wohnt.“ – „Sie wohnt hier im zweiten Stock. Du kommst zu spät mit deinem Briefchen, Bruder: er ist jetzt selbst bei ihr.“ – „Tut nichts,“ entgegnete der Stationsaufseher mit unsagbarem Herzklopfen, „ich danke dir für die Auskunft, meine Sache werde ich schon selbst besorgen.“ Und mit diesen Worten ging er die Treppe hinauf.

Die Tür war verschlossen; er klingelte. Einige Sekunden vergingen in einer für ihn schier unerträglichen Erwartung. Der Schlüssel rasselte; man machte ihm auf. „Wohnt hier Awdotja Simeonowna?“ fragte er. – „Hier,“ antwortete ihm eine junge Magd. „Was willst du von ihr?“ – Der Stationsaufseher trat, ohne ihr zu antworten, in den Salon. – „Nicht doch!“ rief ihm die Magd nach: „Awdotja Simeonowna hat Besuch!“ – Aber der Stationsaufseher ging, ohne auf sie zu hören, weiter. In den beiden ersten Zimmern war es dunkel; im dritten brannte Licht. Er trat in die offene Tür und blieb stehen. Im prachtvoll ausgestatteten Zimmer saß Minskij in Gedanken versunken. Dunja, mit allem Luxus der Mode gekleidet, saß auf der Lehne seines Sessels wie eine Reiterin in einem englischen Sattel. Sie sah Minskij zärtlich an und wickelte sich seine schwarzen Locken um ihre diamantfunkelnden Finger. Der arme Stationsaufseher! Noch niemals hatte er seine Tochter so schön gesehen; er mußte sie unwillkürlich bewundern. „Wer ist da?“ fragte sie, ohne den Kopf zu heben. Er schwieg noch immer. Da Dunja keine Antwort bekam, hob sie den Kopf … und fiel mit einem Schrei zu Boden.

Der erschrockene Minskij stürzte zu ihr hin, um sie aufzuheben, erblickte aber in der Tür den alten Stationsaufseher, ließ Dunja los und ging zitternd vor Wut auf ihn zu: „Was willst du?“ sagte er zu ihm mit zusammengepreßten Zähnen: „Was schleichst du mir überall nach wie ein Räuber? Oder willst du mich ermorden? Mach', daß du fortkommst.“ Und er packte den Alten mit starker Hand am Kragen und stieß ihn auf die Treppe hinaus.

Der Alte kehrte in sein Quartier zurück. Sein Freund riet ihm, sich zu beschweren; aber der Stationsaufseher dachte eine Weile nach, winkte abwehrend mit der Hand und entschloß sich, nichts zu unternehmen. Nach zwei Tagen begab er sich aus Petersburg auf seine Station zurück und trat sein Amt wieder an. „Es ist schon das dritte Jahr,“ schloß er seine Erzählung, „daß ich ohne Dunja lebe und von ihr nichts gehört oder gesehen habe. Ob sie lebt oder nicht, weiß Gott allein. Alles ist in dieser Welt möglich. Sie ist nicht die erste und nicht die letzte, die von einem durchreisenden Taugenichts verführt, eine Zeitlang ausgehalten und dann verlassen wird. In Petersburg gibt es viele solche jungen dummen Gänse, die heute in Samt und Seide gehen und morgen mit allerlei Gesindel die Straße kehren. Wenn ich so bedenke, daß auch Dunja ebenso zugrundegehen kann, so sündige ich unwillkürlich und wünsche ihr den Tod...“ Das war die Geschichte meines Freundes, des alten Stationsaufsehers, die Geschichte, die mehr als einmal von Tränen unterbrochen wurde, welche er malerisch mit seinem Rockschoß abwischte, wie der eifrige Terentjitsch in Dmitrijews schöner Ballade. Diese Tränen waren zum Teil vom Punsche hervorgerufen, von dem er während der Erzählung fünf Glas geleert hatte; aber wie dem auch sei, sie rührten mich sehr. Nachdem ich mich von ihm getrennt hatte, konnte ich lange Zeit den alten Stationsaufseher nicht vergessen und dachte auch lange an die arme Dunja... Als ich vor kurzem wieder durch das Städtchen *** fuhr, erinnerte ich mich meines Freundes; ich erfuhr, daß die Station, der er vorgestanden, aufgehoben worden war. Auf meine Frage, ob der alte Stationsaufseher noch lebe, konnte mir niemand eine befriedigende Antwort geben. Ich entschloß mich, die mir bekannte Gegend aufzusuchen, mietete mir ein Privatfuhrwerk und fuhr nach dem Dorfe N. Es war im Herbst. Graue Wolken bedeckten den Himmel, ein kalter Wind wehte von den abgemähten Feldern und riß das rote und gelbe Laub von den Bäumen. Ich kam ins Dorf bei Sonnenuntergang und hielt vor dem Posthause. In dem Flur (wo mich einst die arme Dunja geküßt hatte) empfing mich eine dicke Frau und antwortete mir auf meine Fragen, daß der alte Stationsaufseher seit einem Jahre tot sei und daß in seinem Hause jetzt ein Bierbrauer wohne; sie selbst sei die Frau dieses Bierbrauers. Ich fing schon an, meine zwecklose Fahrt und die sieben Rubel, die sie mich gekostet, zu bereuen. „Woran ist er denn gestorben?" fragte ich die Frau des Bierbrauers. – „Am Trunke, Väterchen," antwortete sie. – „Und wo hat man ihn beerdigt?" – „Hier auf dem Friedhofe, neben seiner verstorbenen Frau." – „Kann mich nicht jemand zu seinem Grabe führen?" – „Warum nicht? He, Wanjk! genug mit der Katze zu spielen. Führe den Herrn auf den Friedhof und zeige ihm des Stationsaufsehers Grab."

Bei diesen Worten kam ein zerlumpter, rothaariger und einäugiger Junge zu mir herausgelaufen und führte mich sofort auf den Friedhof.

„Hast du den Verstorbenen gekannt?" fragte ich ihn unterwegs.

„Wie soll ich ihn nicht gekannt haben! Er hat mich gelehrt, Rohrpfeifen zu schnitzen. Manchmal geht er (Gott hab' ihn selig!) aus der Schenke, und wir laufen ihm nach und schreien: „Großvater, Großvater. Gib uns Nüsse! und er schenkte uns Nüsse. Immer gab er sich mit uns ab."

„Erinnern sich die Reisenden noch seiner?"

„Jetzt fahren wenig Reisende durch; höchstens kommt noch der Assessor her, aber der kümmert sich nicht um die Toten. Im letzten Sommer kam eine vornehme Dame gefahren, die fragte nach dem alten Stationsaufseher und besuchte auch sein Grab."

„Was für eine Dame?" fragte ich neugierig.

„Eine wunderschöne Dame," antwortete der Junge. „Sie fuhr in einer sechsspännigen Kutsche mit drei kleinen Kindern, mit einer Amme und mit einem schwarzen Hündchen, und als man ihr sagte, der alte Stationsaufseher sei tot, fing sie zu weinen an und sagte zu ihren Kindern: „Bleibt ruhig sitzen, ich gehe zum Friedhof." Ich erbot mich, sie hinzuführen. Aber die Dame sagte: „Ich kenne selbst den Weg." Und sie schenkte mir einen silbernen Fünfer... So eine gute Dame."

Wir kamen zum Friedhof, einem öden, nicht eingezäunten Platz, voller Holzkreuze, doch ohne einen einzigen Baum. Seit ich lebe, habe ich noch keinen so traurigen Friedhof gesehen.

„Das ist das Grab des alten Stationsaufsehers," sagte mir der Junge, auf einen Sandhaufen springend, auf dem ein schwarzes Kreuz mit einem kleinen Heiligenbild aus Messing stand.

„Kam auch jene Dame her?“ fragte ich ihn. „Ja, sie kam her,“ antwortete Wanjka, „ich habe ihr von weitem zugeguckt. Sie warf sich hier nieder und lag lange da. Dann ging die Dame ins Dorf, ließ den Popen kommen, gab ihm Geld und fuhr davon, mir aber gab sie einen silbernen Fünfer ... eine gute Dame.“ Auch ich schenkte dem Jungen einen Fünfer und bedauerte nicht mehr, daß ich diesen Abstecher gemacht und die sieben Rubel ausgegeben hatte.